古典詩歌研究彙刊

第 十 八 輯

龔鵬程 主編

第 **12** 冊

清代常州派四部詞選
評點唐宋詞研究（下）

徐 秀 菁 著

國家圖書館出版品預行編目資料

清代常州派四部詞選評點唐宋詞研究（下）／徐秀菁 著 — 初
版 — 新北市：花木蘭文化出版社，2015〔民104〕
目 4+172 面；17×24 公分
（古典詩歌研究彙刊 第十八輯；第 12 冊）
ISBN 978-986-404-304-0（精裝）
1. 唐五代詞 2. 宋詞 3. 詞論
820.91　　　　　　　　　　　　　　　104014044

ISBN- 978-986-404-304-0

9 789864 043040

古典詩歌研究彙刊
第十八輯　第十二冊　　　　　　ISBN：978-986-404-304-0

清代常州派四部詞選評點唐宋詞研究（下）

作　　　者	徐秀菁
主　　編	龔鵬程
總 編 輯	杜潔祥
副總編輯	楊嘉樂
編　　輯	許郁翎
出　　版	花木蘭文化出版社
社　　長	高小娟
聯絡地址	235 新北市中和區中安街七二號十三樓
	電話：02-2923-1455／傳眞：02-2923-1452
網　　址	http://www.huamulan.tw 信箱 hml 810518@gmail.com
印　　刷	普羅文化出版廣告事業
初　　版	2015 年 9 月
全書字數	437194 字
定　　價	第十八輯 13 冊（精裝）新台幣 20,000 元

清代常州派四部詞選評點唐宋詞研究（下）

徐秀菁　著

第八章　結　論

　　夏敬觀《蕙風詞話詮評》針對學詞入門，指出：「兩宋人詞多矣，令其多讀多看，彼必不知從何下手，而亦無從知何者當學，何者不當學也。……夫初步讀詞，當讀選本。」〔註1〕劉尊明、王兆鵬《唐宋詞的定量分析》則針對選本的影響，說明：「文學選本作爲總集的一個子類，是最重要的紙本傳播媒介。它首先有著保存文本的功能，是詞作安身立命之處。其次，相對於叢編、別集和諸如《全宋詞》這樣的總集而言，它具有更廣泛的接受群體。」〔註2〕譚新紅《詞學研究》亦云：「選本乃借他人的作品，寓自家的見解，選本是中國古代文學批評中的重要形式之一」〔註3〕可見，詞作選輯在傳播、批評、學習，甚至是闡揚詞學理論〔註4〕，都能發揮相當的作用。但除了選詞，伴隨詞作一起出現的批評文字和圈點符號，也能發揮

〔註1〕　夏敬觀：《蕙風詞話詮評》，唐圭璋編：《詞話叢編》，北京：中華書局，2005 年 10 月二版，頁 4599。

〔註2〕　劉尊明、王兆鵬：《唐宋詞的定量分析》，北京：北京大學出版社，2012 年 2 月一版，頁 171。

〔註3〕　譚新紅：《詞學研究》，北京：中國社會科學出版社，2013 年 4 月一版，頁 245。

〔註4〕　龍沐勛〈選詞標準論〉：「選詞之目的有四：一曰便歌，二曰傳人，三曰開宗，四曰尊體；前二者依他，後二者爲我。」龍沐勛編：《詞學季刊》第一卷第二號，1933 年 8 月，臺北：臺灣學生書局，1967 年 6 月初版，頁 1。

相當的引導、賞鑑與批評功能；如果沒有評點，缺乏有識見之人的評賞或解析，讀者要徹底掌握詞作，進而品評優劣，相對來說就會比較不容易。

除此之外，評點因爲可以與作品進行直接的對談，提出獨到的看法，展現識見，讀者亦可透過歸納與解析，掌握評點者的詮釋路徑與審美標準，因此評點者在品評作品時，亦須仔細體悟，才能深契作者用心，並引起讀者共鳴。李卓吾評《西遊記‧第一回》即云：「讀《西遊記》者，不知作者宗旨，定作戲論。余爲一一拈出，庶幾不埋沒了作者之意。即如第一回有無限妙處，若得其意，勝如罄翻了一《大藏》了也。」〔註5〕金聖歎〈讀第五才子書法〉亦云：「大凡讀書，先要曉得作書之人是何心胸。」〔註6〕其評《水滸傳‧楔子》則云：「古人著書，每每若干年布想，若干年儲才，又復若干年經營點竄，而後得脫於稿，裒然成爲一書也。今人不會看書，往往將書容易混帳過去。於是古人書中所有得意處、不得意處，轉筆處、難轉筆處，趁水生波處，翻空出奇處，不得不補處，不得不省處，順添在後處，倒插在前處，無數方法，無數筋節，悉付之於茫然不知……吾特悲讀者之精神不生，將作者之意思盡沒，不知心苦，實負良工。故不辭不敏，而有此批也。」〔註7〕這些說法都凸顯了評點的重要，以及對讀者產生的影響。清代趙古農、巢阿〈《紀評蘇詩擇粹》序〉曾經針對紀筠的評點指出：「曉嵐先生批本決擇精嚴，評騭允當，坡公九泉應爲首肯也。夫士不幸不生古人之世，親見古人著作，識其苦心；而又幸生古人之後，俾當代名流操評選之權，知古人之語焉而精擇焉而詳，庶不爲古人所囿，則開卷不大有益乎！」〔註8〕對應常州派詞選對唐宋詞的評

〔註5〕 李卓吾評《西遊記‧第一回》，〔明〕吳承恩著，李卓吾批評：《李卓吾批評本西遊記》，南京：鳳凰出版社，2010年4月一版，頁8。

〔註6〕 金聖歎〈讀第五才子書法〉，〔明〕施耐庵著，〔清〕金聖歎批評：《金聖歎批評本水滸傳》，南京：鳳凰出版社，2010年4月一版，頁10。

〔註7〕 金聖歎評《水滸傳‧楔子》，《金聖歎批評本水滸傳》，頁2。

〔註8〕 趙古農、巢阿〈《紀評蘇詩擇粹》序〉，〔宋〕蘇東坡原著，〔清〕紀

點，亦是爲了「曉得作詞之人是何心胸」，「不埋沒了作者之意」，而能「識其苦心」，同時對當代的創作，有所建議與指導，這即是常州派詞選評點的一大意義。

　　以唐宋詞的評點來看，經歷了長時間的發展，每個時代皆有不同特色，詞選的編輯和評點方式也各有不同，究竟清代常州詞四部詞選，包括《詞選》、《詞辨》、《宋四家詞選》和《詞則》，對唐宋詞的評點有何價值與影響？以下依據論文研究結果，作一綜合性論述。

第一節　清代常州派四部詞選評點唐宋詞的價值

一、確立常州詞派比興寄託的理論

　　從評點唐宋詞的發展來看，宋代鮦陽居士《復雅歌詞》和黃昇《花庵詞選》的評點，前者初步就詞意進行解讀，後者則就詞的主旨、內容、形式、風格、意境等，作出評賞，具有審美的眼光，爲詞的評點奠定基礎；明代以《草堂詩餘》爲主所展開的評點，如楊愼批點《草堂詩餘》，因爲配合批點符號評賞詞句，評語帶有議論與考辨性質，充分表達自己的詞學觀點和審美觀，也使《草堂詩餘》獲得更多重視；沈際飛《古香岑草堂詩餘》則因建立評點的體例，批評的態度也較爲嚴謹，成爲其中的代表著作；明末徐士俊對《古今詞統》的評點，因以情爲出發，強調讀者的體會，使評語能跳脫格套，並提供不同的評賞路徑；清代講究樸實，再加上時代的影響，注重詞的教化功能，朱彝尊《詞綜》爲糾正明代崇尚《草堂詩餘》，導致空疏俗俚的詞風，在選詞時，著意選錄南宋雅詞，並沿繼黃昇《花庵詞選》評、傳結合的方式，考訂詞人生平，並提供相關詞評，凸顯詞人和詞作特點；先著、程洪的《詞潔》強調詞要有「風骨」，欣賞「渾成」之作；黃蘇《蓼園詞選》著重詞之寄託，與常州詞派張惠言《詞選》的以寄託解詞，不謀而合，反映時代特點；周濟《宋四家詞選》在張惠言寄託說

___

曉嵐批點：《紀評蘇詩擇粹》，頁 1。

的架構下，加以修正，提出寄託要能入又能出，並透過選詞和評點，提供習詞門徑；譚獻對周濟《詞辨》的評點，廣泛運用旁批進行細膩解讀，教學意味濃厚，並結合書法理論，而有精闢見解，同時以讀者詮釋的自由，確立寄託說的理論基礎；陳廷焯《詞則》為強調寄託的重要，上溯《詩》、《騷》傳統，說明唐宋詞的前有所承，以證明詞的吟風弄月只是表相，背後其實有著嚴肅而深刻的寫作目的，並因此提出詩教說，規範詞體的創作，同時建立一套解詞的理論系統。

　　常州詞論的中心議題是要破除詞為小道的認知，因此張惠言以「意內而言外」定義詞，並以「緣情造端，興於微言，以相感動。極命風謠里巷男女哀樂，以道賢人君子幽約怨悱不能自言之情」〔註9〕為詞體的主要特質；周濟提出「夫詞，非寄託不入，專寄託不出」〔註10〕的觀點，論證寄託對詞作的重要影響；譚獻直接點出「瑚琢曼詞」非「詞之本然」〔註11〕，再以詞之「大旨近《雅》」〔註12〕，重新肯定詞的文學地位和價值；陳廷焯則從詞的本源，說明詞是「樂府之變調，《風》、《騷》之流派」〔註13〕，並以本諸《風》、《騷》忠厚之旨者，為詞之正軌。然而，這些論點都需要經過證明，才能使理論具有信服力，同時發揮轉變風氣的作用。因此，他們都透過詞選的編纂，傳揚不同的詞學觀點，或藉以宣揚理論，孫克強《清代詞學批評

〔註9〕 張惠言《詞選‧敘》，〔清〕張惠言輯：《詞選》，據清道光十年宛鄰書屋刻本影印，《續修四庫全書‧集部‧詞類》，上海：上海古籍出版社，2002 年初版，頁 536。

〔註10〕 周濟《宋四家詞選‧序論》，〔清〕周濟輯：《宋四家詞選》，據清光緒潘祖蔭輯刊《滂喜齋叢書》本影印，《百部叢書集成》，臺北：藝文印書館，1967 年出版，頁 1。

〔註11〕 譚獻《復堂詞錄‧序》：「瑚琢曼詞，蕩而不反，文焉而不物者，過矣靡矣，又豈詞之本然也哉。」〔清〕譚獻：《復堂詞話》，唐圭璋編：《詞話叢編》，頁 3987。

〔註12〕 譚獻《復堂詞錄‧序》：「詞不必無《頌》，而大旨近《雅》。於《雅》不能大，然亦非小，殆《雅》之變者歟。」〔清〕譚獻：《復堂詞話》，唐圭璋編：《詞話叢編》，頁 3987。

〔註13〕 陳廷焯《詞則‧序》，〔清〕陳廷焯編選：《詞則》，上海：上海古籍出版社，1984 年 5 月一版，頁 1。

史論》云：「詞選體現了清人的詞學審美思想，成為清代詞學理論的重要載體，對詞風的嬗變和詞學理論的發展起著重要作用。」〔註14〕但，除了詞選，評點也在其中發揮著批評的功能，用以印證詞論，並作為批評之實踐。在他們的評點中，著意探討詞中的比興寄託，即是呼應這樣的詞學觀點，以證明詞作的文學意義。在常州詞派的努力下，原本被視為「小道」、「遊戲之作」的詞，有了寫作的正當性，得以躋身大雅之堂，並與《風》、《騷》取得一脈相承的關係，同時與詩、賦相提並論，這種用心值得重視。在這樣的影響下，詞的評賞與創作態度都有所轉變，讀詞和習詞不單純是一種文學享受，或藉以抒情，取以為樂，而是要以一種學術、思辨、嚴肅、論理的態度來面對，甚至當作一種使命，以求詞有所為而為，務求詞有用於世，這是常州詞人的時代課題，也是他們的學術使命。

在這樣的評點過程中，唐宋詞由主角變為配角，用以論證詞學觀，詞人的寫作動機被賦予正當目的，但不見得能禁得起歷史的考證與檢驗。龔鵬程《中國文學批評史論》云：「在以意逆志的辦法下，細部批評的注目小處，基本形態仍是主客合一：一方面要窺作者之用心；一方面則說是自看，是抒讀者之見解。就前者說，窺作者之用心倒不是追究作者的原意，而只是觀察他如何寫，不問他為何寫，故於歷史考證索隱迥然不同。就後者說，則作品非先驗的存在，而是經讀者想像力重建的美客體，跟新批評視作品為一封閉而客觀的整體語言結構之態度亦復大異。」〔註15〕正因為如此，常州詞人對詞的解讀，難免引起爭議。在此同時，詞的音樂特性也因內容意義的不斷放大和深化，而被忽略。詞原本因為與音樂結合，取得生命的起點，與詩有別，最終又回歸到詩的闡釋體系，以取得延續生命的方法，究竟是賦予了詞新生的契機，抑或泯除？則是在肯定常州詞派評點幫助確立比興寄託理論的同時，亟需深思的問題。

〔註14〕孫克強：《清代詞學批評史論》，上海：上海古籍出版社，2008 年 11 月一版，頁 283。

〔註15〕龔鵬程：《中國文學批評史論》，頁 179～180。

二、建構唐宋詞典範，提供習詞門徑

　　常州詞派張惠言、周濟、譚獻、陳廷焯之所以編輯詞選，並對唐宋詞進行評點，主要目的是爲了提供習詞門徑，指點方法，以張惠言《詞選》來看，是爲了教學而編輯唐宋詞讀本〔註16〕；周濟《宋四家詞選‧序論》則提出：「問塗碧山，歷夢窗、稼軒，以還清眞之渾化」〔註17〕的習詞途徑；譚獻之所以評點周濟《詞辨》，更是爲了「以示規範」〔註18〕；陳廷焯有鑑於「後之爲詞者，茫乎不知其所從」〔註19〕，因而編輯《詞則》，同時加以評點，以指點迷津，並規範詞體創作。因應這樣的教學目的，在評點的同時，勢必會標舉某些詞家和詞作，以爲習詞典範，詞人的地位也重新被評定。張惠言《詞選》以溫庭筠爲最高〔註20〕；周濟《宋四家詞選》標舉周邦彥、辛棄疾、吳文英、王沂孫四家，以爲習詞典範，循序漸進以達「清眞之渾化」，同時修正張惠言不取柳永、吳文英詞〔註21〕的過苛言論，並且退蘇進辛，以辛詞之有門徑，可供學習，因而將蘇軾詞附在辛棄疾詞之下〔註22〕；陳廷焯除了推崇王沂孫爲詞品最高者〔註23〕，還點出張先詞「古今一

〔註16〕張琦〈重刻《詞選》序〉云：「嘉慶二年，余與先兄皋文先生同館歙金氏，金氏諸生好塡詞，先兄以爲詞雖小道，失其傳且數百年。自宋之亡而正聲絕，元之末而規矩隳，窔宦不闢，門戶辛迷，乃與余校錄唐宋詞四十四家，凡一百一十六首，爲二卷，以示金生。」，〔清〕張惠言輯：《詞選》，頁 539。

〔註17〕周濟《宋四家詞選‧序論》，〔清〕周濟輯：《宋四家詞選》，頁 1。

〔註18〕譚獻〈《詞辨》跋〉：「及門徐仲可中翰，錄《詞辨》，索予評泊，以示規範。」〔清〕譚復堂評：《譚評詞辨》，頁 1。

〔註19〕陳廷焯《詞則‧序》，〔清〕陳廷焯編選：《詞則》，頁 1。

〔註20〕張惠言《詞選‧敘》：「溫庭筠最高，其言深美閎約。」〔清〕張惠言輯：《詞選》，頁 536。

〔註21〕張惠言《詞選‧敘》：「其盪而不反，傲而不理，枝而不物，柳永、黃庭堅、劉過、吳文英之倫，亦各引一端，以取重於當世。而前數子者，又不免有一時放浪通脱之言出於其間。後進彌以馳逐，不務原其指意，破析乖剌，壞亂而不可紀。」〔清〕張惠言輯：《詞選》，頁 536。

〔註22〕周濟《宋四家詞選‧目錄》，〔清〕周濟輯：《宋四家詞選》，頁 1。

〔註23〕陳廷焯評王沂孫〈天香〉（孤嶠蟠煙）：「王碧山詞品最高，味最厚，意境最深，力量最沉。」〔清〕陳廷焯編選：《詞則‧大雅集》，頁 137。

大轉移」〔註 24〕的關鍵地位。這種對唐宋詞家典範地位的標舉和凸顯，連帶影響這些作品成爲唐宋詞經典。劉尊明、王兆鵬《唐宋詞的定量分析》云：「古今評點，也是影響文學作品傳世的一個重要因素。批評者對某個作家作品的品評作爲一種批評權威話語，不僅彰顯著精英群體的接受狀況，而且會影響到選家遴選時的取捨，並影響或引導著普通接受者對某個作家作品的態度。」〔註 25〕從這個角度看，當讀者著意爭辯溫庭筠是否眞爲「感士不遇」時，其〈菩薩蠻〉十四首也一再被閱讀，使內容意義和藝術特色得以展開多面向探討，深化詞作的解讀，這或許也是常州派詞學家希望達到的目的。

此外，因爲標舉唐宋詞典範，以爲習詞參考，也促成評點的細膩化與深刻化，評點除了發揮鑑賞和批評的功能，爲了教學，必須針對詞作之章法、句法進行解析，一方面爲了加深對詞作的掌握，另一方面亦可作爲習詞參考。如周濟和譚獻，都著意對詞作之謀篇命意與筆法作出分析，尤其譚獻大量使用旁批的方式，直接在詞句之旁進行有關筆法與章法的分析與說明，即具有相當的教學指導作用。

從評點的角度，探究常州派四部詞選評點的方法及意義，可以看出詞評家對詞作的不同解讀，不但可以由此透顯所持詞學觀點與立場的差異，同時反映所處時代的特殊學風。透過他們的評點，除了讓詞作呈現出不同的面貌，以及豐富的內涵，更讓詞作具有實用價值，雖然這是詞評家刻意引導的結果，但也可以看出爲了適應時代變化，推尊詞體所做的努力。而且當詞選結合評點之後，也可以看出詞作選輯逐漸朝文學讀本發展的趨勢，一個有評點的唐宋詞選本，不但可以引導讀者入門，亦可培養讀者評賞的眼光，還可以作爲深入鑽研的憑藉，這也是詞樂消失以後，唐宋詞還可以廣泛流傳，深化其內涵，提高其價值的關鍵，更是促成唐宋詞經典化的方式之一。

〔註24〕〔清〕陳廷焯：《白雨齋詞話》，上海：上海古籍出版社，1984 年 5 月一版，頁 17～18。
〔註25〕劉尊明、王兆鵬：《唐宋詞的定量分析》，頁 171。

三、解析詞之章法、筆法，凸顯詞體特色

在文學評點的著作中，評點者除了著意探索作品的主旨，更關注寫作的手法和美感呈現的方式，如金聖歎〈讀第五才子書法〉即云：「《水滸傳》有許多文法，非他書所曾有」，如「倒插法」、「夾敘法」、「草蛇灰線法」〔註26〕，掌握「無數方法，無數筋節」〔註27〕，不但可以「提高讀者對於詩文與辭賦的分析欣賞能力與自身作文水平」〔註28〕，更能深入並且透徹了解「作者用心之所在」〔註29〕，因此，金聖歎評點小說，便詳細解析小說的各種作法；石麟《中國古代小說評點派研究》亦云：小說評點中常見的「讀法」，「就是在閱讀某部小說作品時，先提出一些讀者應注意的問題，而談得最多的乃是人物性格問題和『文法』問題。……而所謂『文法』，其實具有兩面性：對讀者而言，它是閱讀文本和欣賞作品的提示，是『讀法』；對作者而言，它又是創作經驗和寫作技巧的總結，是『作法』。」〔註30〕一個文學作品能進行如此細膩的解析，其「法」之形成必經歷長時間的發展，逐漸確立這一文體的特色，並能與其他文體作出區別；一個評點者能深入解析作法，必是相當嫻熟這一文體的創作要點。而透過作品文法或筆法的解析，各種文體的特色，也能因此

〔註26〕 金聖歎〈讀第五才子書法〉，《金聖歎批評本水滸傳》，頁12～13。

〔註27〕 金聖歎評《水滸傳・楔子》，《金聖歎批評本水滸傳》，頁2。

〔註28〕 王書才《明清文選學述評》云：評點經常「標出警策佳句精言妙語，並從謀篇布局、章法結構、句法用詞、煉詞煉字等多角度，講析指點妙在何處，為何工妙，提高讀者對於詩文與辭賦的分析欣賞能力與自身作文水平。」王書才：《明清文選學述評》，上海：上海古籍出版社，2008年8月一版，頁45。

〔註29〕 龔鵬程《中國文學批評史論》云：細部批評「它的特點，就在於它最關切的是『法』的問題，對文學最基本的看法是『文者，名號雖殊，而其積字而為句，積句而為段、而為篇，則天下之凡名為文者一也』（曾國藩〈答許屏仙書〉），所以它致力於分析文章用字造句及分段之法的討論，認為這就是作者用心之所在，應該用心掘發。」龔鵬程：《中國文學批評史論》，頁166。

〔註30〕 石麟：《中國古代小說評點派研究》，北京：中國社會科學出版社，2011年11月一版，頁25。

凸顯出來。

　　以常州派詞選的評點來看，亦是著重解析詞的謀篇命意之法，以及各個詞家的特殊筆法，其中談得最多的即是溫庭筠〈菩薩蠻〉十四首前後如何貫串照應的章法和用意，以及周邦彥詞筆法之「渾厚」，探討景、物、人、情如何寫，如何表達的問題，以及周邦彥如何不爲技法所限，而能寫出不同的觀察和感受，並寓含寄託。但常州派詞選對詞作章法、筆法的解析，多半採取眉批或旁批的方式，極爲精簡扼要的作出提點，如周濟評周邦彥〈浪淘沙慢〉（曉陰重）：「空際出力，夢窗最得其訣。三句一氣趕下，是清眞長技。鈎勒勁健峭舉。」評柳永〈鬥百花〉（煦色韶光明媚）：「柳詞總以平敘見長，或發端、或結尾、或換頭，以一、二語句勒、提、掇，有千鈞之力。」〔註31〕譚獻評王沂孫〈齊天樂〉（碧痕初化池塘草），針對「樓陰時過數點，椅欄人未睡，曾賦幽恨」一句，旁批云：「拓成遠勢，過變中又一法。」〔註32〕陳廷焯評周邦彥〈蘭陵王〉（柳陰直）：「一則曰『登臨望故國』，再則曰『閒尋舊蹤跡』，至收筆『沉思前事，似夢裏，淚暗滴』，遙遙挽合，妙，有許多說不出處，欲語復咽，是爲沉鬱。」〔註33〕這些評語適切地點綴在詞作之上或詞句之旁，幫助理解，以深入閱讀詞作，掌握詞作巧妙，還能展現評點者的識見。尤其譚獻結合書法理論，對詞之筆法有精妙的比喻，成爲詞之評點的一大特色，如評溫庭筠〈更漏子〉（玉爐香）：「似直下語，正從『夜長』逗出，亦書家無垂不縮之法。」〔註34〕評溫庭筠〈南歌子〉（倭墮低梳髻）：「『百花時』三字，加倍法，亦重筆也。」〔註35〕讓詞作評點有所拓展，並顯得靈活而有變化，同時不會搶走作品的風采。

〔註31〕〔清〕周濟輯：《宋四家詞選》，頁4：9。
〔註32〕〔清〕譚復堂評：《譚評詞辨》，卷一，頁10～11。
〔註33〕〔清〕陳廷焯編選：《詞則・大雅集》，頁76。
〔註34〕〔清〕譚復堂評：《譚評詞辨》，卷一，頁1。
〔註35〕〔清〕譚復堂評：《譚評詞辨》，卷一，頁1～2。

　　比起小說的評點，如金聖歎評《水滸傳‧楔子》：「古人著書，每每若干年布想，若干年儲才，又復若干年經營點竄，而後得脫於稿，裒然成為一書也。今人不會看書，往往將書容易混帳過去。於是古人書中所有得意處、不得意處，轉筆處、難轉筆處，趁水生波處，翻空出奇處，不得不補處，不得不省處，順添在後處，倒插在前處，無數方法，無數筋節，悉付之於茫然不知，而僅僅粗記前後事跡、是否成敗，以助其酒前茶後，雄譚快笑之旗鼓。嗚呼！《史記》之稱五帝之文尚不雅馴，而為薦紳之所難言，奈何乎今忽取綠林豪滑之事，而為士君子之所難言乎？吾特悲讀者之精神不生，將作者之意思盡沒，不知心苦，實負良工。故不辭不敏，而有此批也。」〔註36〕這一大段文字，就列在原文之前，雖然充分展現金聖歎個人的批評特色和對文學作品的識見，但不免搶了原著的光彩。相較而言，詞的評點文字簡約，一語道出作品好壞，詞作之出色與評點之精妙一體呈現，可視為詞之評點的特色。

　　整體而言，常州派詞選對章法、筆法的解析，說明詞體創作尤須用心，絕非只是「小道」、「小技」而已。常州派詞選的評點既是為了教學，並提供習詞門徑，如張惠言《詞選》、譚獻評點《詞辨》，以及周濟《宋四家詞選》，亦有導正詞體創作和詞風發展的深刻用意，如陳廷焯《詞則》；這些詞學家透過選本與評點的結合，並以唐宋詞為分析對象和學習典範，探索詞之寄託與創作手法，從創作心理出發，講尚文雅詞句，以及與現實結合的社會責任，在清代嘉慶以後動盪的時局中，為凸顯詞體意義和價值而努力，這應是常州詞派詞學觀能引起迴響的原因。

〔註36〕金聖歎評《水滸傳‧楔子》，《金聖歎批評本水滸傳》，頁2。

第二節　清代常州派四部詞選評點唐宋詞的影響

一、轉變詞風，引領清末詞壇發展

　　自從常州詞派張惠言以「意內而言外」定義詞體特質，強調詞可以表達「賢人君子幽約怨悱不能自言之情」〔註37〕，著意分析詞中的比興寄託，周濟進一步將詞人「感士不遇」的情感，擴大爲家國盛衰之感慨，強調「性情、學問、境地」對於塡詞的影響〔註38〕，並提出「問塗碧山，歷夢窗、稼軒，以還清眞之渾化」〔註39〕的具體習詞途徑，再加上譚獻與陳廷焯相繼爲張惠言的以寄託解詞找到理論的支持與印證，影響所及，不只張、周、譚、陳四人之創作，講尙寄託，清末四大家王鵬運（1848～1904）、鄭文焯（1856～1918）、況周頤（1859～1926）、朱祖謀（1857～1931）之創作與詞論主張，因爲清廷對外戰爭接連失利，詞人感時憂憤之情有更明顯的表現，這與常州派詞選之以寄託評詞，亦有直接關係。針對常州派詞選及詞作的影響，龍沐勛《近三百年名家詞選·後記》云：

> 　　自（朱彝尊）所輯《詞綜》行世，遂開浙西詞派之宗，所謂「家白石而戶玉田」，亦見其風靡之盛矣。末流漸入於枯寂，於是張惠言兄弟起而振之，別輯《詞選》一書，以尊詞體，擬之「變風之義，騷人之歌」。周濟旣興，益暢其說，復撰《詞辨》及《宋四家詞選》以爲圭臬，而常州詞派以成。終清之世，兩派迭興，而常州一脈，乃由江、浙而遠被嶺南，晚近詞家如王、朱、況、鄭之輩，固皆沿張、周之塗轍，而發揮光大，以自書其身世之悲者也。〔註40〕

從常州詞派張惠言、周濟、譚獻、陳廷焯四人之創作來看，已漸漸

〔註37〕張惠言《詞選·敘》，〔清〕張惠言輯：《詞選》，頁536。

〔註38〕周濟《介存齋論詞雜著》：「感慨所寄，不過盛衰。或綢繆未雨，或太息厝薪，或已溺己飢，或獨清獨醒，隨其人之性情、學問、境地，莫不有由衷之言。」〔清〕周濟：《詞辨》，頁577。

〔註39〕周濟《宋四家詞選·序論》，〔清〕周濟輯：《宋四家詞選》，頁1。

〔註40〕龍沐勛《近三百年名家詞選·後記》，龍沐勛編選：《近三百年名家詞選》，上海：上海古籍出版社，1979年10月一版，頁225～226。

可以看出清代詞風的轉向，如張惠言〈木蘭花慢〉（儘飄零盡了），起首「儘飄零盡了，誰人解，當花看」，不只在寫楊花，也從中寄寓自己的身世飄零之感，嚴迪昌《清詞史》云：「（此首）表現的游轉無定、託身無著的形象，可說是精彩的『寒士』寫照，當然也就是詞人的自我刻畫。」﹝註41﹞另外，張惠言最為著名的〈水調歌頭〉（東風無一事）（百年復幾許）（珠簾卷春曉）（今日非昨日）（長鑱白木柄）五首，譚獻盛讚：「胸襟學問，醞釀噴薄而出，賦手文心，開倚聲家未有之境。」﹝註42﹞陳廷焯亦云：「皋文〈水調歌頭〉五章，既沉鬱，又疏快，最是高境。陳、朱雖工詞，究曾到此地步否？不得以其非專門名家少之。⋯⋯熱腸鬱思，若斷仍連，全自《風》、《騷》變出。」﹝註43﹞顯見推崇。雖然這五首據葉嘉瑩〈說張惠言〈水調歌頭〉五首〉考證應為乾隆年間張惠言在京師所做，乃在編輯《詞選》之前，但葉嘉瑩認為：這五首詞「不僅果然寫出了學道之儒士的一種心靈品質方面的文化修養，而且還果然表現了詞這種文學體式所特有的一種要眇深微的特美」，之所以有這種表現「蓋由於張氏原具有一種深思銳感之心性，此種心性一方面使得他在儒家學道之精微的義理中，足以獲得一種研尋與自得的樂趣，而另一方面則同時也使得他對於詞這種文學體式中之要眇幽微的特美，也特別具有一種領悟與掌握的能力。而他為《詞選》所寫的一篇序言，可以說就恰好表現了他個人以自己之心性，對這兩方面之體悟所做出的一種微妙之結合。」﹝註44﹞因此，張惠言在詞中表現一種要眇幽微的情感，寄寓身世之慨，亦可與他後來對唐宋詞的評點作一呼應。

﹝註41﹞嚴迪昌：《清詞史》，南京：江蘇古籍出版社，2001 年 7 月二版，頁 476。
﹝註42﹞〔清〕譚獻輯：《篋中詞》，據清光緒八年刻本影印，《續修四庫全書·集部·詞類》，上海：上海古籍出版社，2002 年初版，卷三，頁 654。
﹝註43﹞〔清〕陳廷焯：《白雨齋詞話》，卷五，頁 159～161。
﹝註44﹞葉嘉瑩〈說張惠言〈水調歌頭〉五首〉，葉嘉瑩：《清詞叢論》，石家庄：河北教育出版社，2000 年 12 月二版，頁 179～180。

　　至於周濟〈渡江雲〉（春風眞解事），詞中如「一星星是恨，直送春歸，替了落花聲」、「休更惜，秋風吹老蒓羹」等句，情感幽怨抑鬱，言外別有事在，故譚獻評曰：「怨斷之中，豪宕不減。」〔註45〕又，周濟〈徵招〉（邊笳吹老天山雪），譚獻評曰：「擲筆空際偉岸，深警如讀杜詩。」〔註46〕譚獻〈青門引〉（人去闌干靜）、〈蝶戀花〉（玉頰妝臺人道瘦），陳廷焯評曰：「淒婉而深厚，純乎《騷》、《雅》」；「沉至語，殊覺哀而不傷，怨而不怒。」〔註47〕陳廷焯〈卜算子〉（殘夢逐楊花）、〈買陂塘〉（最愁人深秋時節），其受業甥包榮翰評曰：「感時傷世，意苦思深，有欲言難言之隱，所以爲深，所以爲厚。」〔註48〕從這些批評，可了解爲矯正當時詞壇「淫詞」、「鄙詞」、「游詞」之弊〔註49〕，常州詞派張惠言、周濟、譚獻、陳廷焯四人，除了編輯詞選，著意評點，同時也有創作，無非是爲了轉變詞壇風氣。而這樣的期盼，在清末四大家的承繼與拓展下，終有所成。

　　從清末四大家的創作來看，明顯體現常州詞派的影響，這與時局有著直接關係。卓師清芬《清末四大家詞學及詞作研究》云：「由於國運陵夷，清末詞家多以比興寄託的隱晦手法，抒發心中感慨，在創作上具體實踐了常州派的理論。」〔註50〕以王鵬運爲例，他的詞學受

〔註45〕　〔清〕譚獻輯：《篋中詞》，卷三，頁 658。
〔註46〕　〔清〕譚獻輯：《篋中詞》，卷三，頁 658。
〔註47〕　〔清〕陳廷焯：《白雨齋詞話》，卷五，頁 177。
〔註48〕　〔清〕陳廷焯：《白雨齋詞存》，據清光緒刻本影印，張宏生編：《清詞珍本叢刊》，南京：鳳凰出版社，2007 年 12 月一版，頁 562～563。
〔註49〕　金應珪《《詞選》後序》：「近世爲詞，厥有三蔽：義非宋玉而獨賦蓬髮，諫謝淳于而唯陳履寫，揣摩牀第，汙穢中冓，是謂淫詞，其蔽一也；猛起奮末，分言析字，談嘲則俳優之末流，叫嘯則市儈之盛氣，此猶巴人振喉以和〈陽春〉，鼀蠪怒嗌以調疏越，是謂鄙詞，其蔽二也；規模物類，依托歌舞，哀樂不衷其性，慮歎無與乎情，連章累篇不出乎花鳥，感物指事不外乎酬應，雖既雅而不豔，斯有句而無章，是謂游詞，其蔽三也。」〔清〕張惠言錄：《詞選》，《四部備要・集部》，頁 1～2。
〔註50〕　卓清芬：《清末四大家詞學及詞作研究》，臺北：國立臺灣大學出版

到端木埰（1816～1890〔註51〕）的影響〔註52〕，王鵬運承襲常派家法，並影響朱祖謀〔註53〕、況周頤等人，被推為詞壇盟主。朱祖謀〈《半塘定槁》敘〉云：

> 君天性和易而多憂戚，若別有不堪者。既任京秩，久而得御史，抗疏言事，直聲震内外，然卒以不得志去位。其遇厄窮，其才未竟厥施，故鬱伊不聊之概，一於詞陶寫之。君詞導源碧山，復歷稼軒、夢窗，以還清真之渾化。與周止庵氏説，契若鍼芥。〔註54〕

這裏明白點出王鵬運的習詞途徑，即是沿繼周濟《宋四家詞選》所提供的門徑。又如王鵬運、朱祖謀之《庚子秋詞》，有鑑於「光緒庚子之夏，拳匪倡亂，七月既望，各國師集都門。乘輿西狩，士大夫之官京朝者，亦各倉皇，戎馬奔馳星散」，除了以詞紀實〔註55〕，更是「自

〔註51〕 委員會，2003 年 3 月初版，頁 16。
據卓師清芬考證：光緒十四年（1888），況周頤與端木埰仍有交遊，故端木埰卒年應非如饒宗頤〈清詞年表〉所載之 1887 年，應往後推。卓清芬：《清末四大家詞學及詞作研究》，頁 25。

〔註52〕 唐圭璋〈端木子疇批注張惠言《詞選》跋〉：「子疇先生為王鵬運、況周頤之前輩，亦為王、況學詞之導師，襄讀宋人王碧山之〈齊天樂・詠蟬〉詞，王鵬運嘗引先生之評語，但不知引自何處；今讀冀野鈔示，乃知得自先生批注張氏《詞選》中。」唐圭璋：《詞學論叢》，上海：上海古籍出版社，1986 年 6 月一版，頁 1055。

〔註53〕 朱彊邨〈《半塘定槁》敘〉：「始予在汴梁，納交君相得也，已而從學為詞，愈益親。及庚子之變，歐聯隊入京，城居人或驚散，予與同年劉君伯崇，就君以居，三人者痛世運之凌夷，患氣之非一日致，則發憤叫呼，相對太息，既不得他往，乃約為詞。」據此，可知朱祖謀學詞於王鵬運。朱彊邨〈《半塘定槁》敘〉，〔清〕王鵬運：《半塘定槁》，據清光緒三十二年朱祖謀刻本影印，《續修四庫全書・集部・詞類》，頁 380。

〔註54〕 朱彊邨〈《半塘定槁》敘〉，〔清〕王鵬運：《半塘定槁》，據清光緒三十二年朱祖謀刻本影印，《續修四庫全書・集部・詞類》，頁 380。

〔註55〕 王鵬運《庚子秋詞・序》：「古今之變既極，生死之路皆窮，偶於架上得叢殘詩牌二百許葉，猶是亡弟辛峰自淮南製贈者，葉顛倒書，平側聲字各一系，以韻目約五百許言。秋夜漸長，哀蛩四泣。深巷犬聲如豹，獰惡馘人。商音怒號，砭心刺骨，淚涔涔下矣。乃約夕

寫幽憂之作」〔註56〕。常州詞論之所以能在清末引起如此大的迴響，由此亦可了解原因。

龍沐勛〈與吳則虞論碧山詞書〉云：

> 自甲午以來，外侮頻仍，國幾不國，有心之士，故不能漠然無動於中，一事一物，引而申之，以寫其幽憂憤悱之情，以結一代詞壇之局，碧山詞所以特盛於清季，殆不僅因其隸事處以意貫串，渾化無痕，爲有矩度可循也。〔註57〕

清末的動盪，再加上張惠言、周濟、譚獻、陳廷焯等人在評點中，不斷強調王沂孫詞的「君國之憂」〔註58〕和「故國之思」〔註59〕，「有變徵之音」〔註60〕，而且「品最高，味最厚」〔註61〕，王沂孫遂成爲習詞的典範，詞風因而轉變，感時憂世，抒發幽憂，寓含寄託，成爲當時的創作主軸〔註62〕。朱祖謀〈望江南〉云：「金鍼度，《詞辨》止

拈一二調，以爲程課。……每夕詞成，古微以烏絲闌精書之，伯崇題其端曰：《庚子秋詞》，蓋紀實云。」〔清〕王鵬運等：《庚子秋詞》，臺北：臺灣學生書局，1972 年 1 月初版，頁 3～4。

〔註56〕徐定超《庚子秋詞》序〉：「光緒庚子之夏，拳匪倡亂，七月既望，各國師集都門。乘輿西狩，士大夫之官京朝者，亦各倉皇，戎馬奔馳星散。半塘老人獨閉門戶如故，而歸安朱古微學士，臨桂劉伯崇殿撰，咸以故居擾於寇，依之以居。余居去半塘最近，晨夕過從，相與慰藉。既出近詞一編示余，則皆兩月來篝鐙倡訓，自寫幽憂之作。」〔清〕王鵬運等：《庚子秋詞》，頁 1。

〔註57〕龍沐勛〈與吳則虞論碧山詞書〉，龍沐勛：《龍榆生詞學論文集》，上海：上海古籍出版社，1997 年 7 月一版，頁 374。

〔註58〕張惠言評王沂孫〈眉嫵〉（漸新痕懸柳），〔清〕張惠言輯：《詞選》，頁 547。

〔註59〕周濟評王沂孫〈南浦〉（柳下碧粼粼），〔清〕周濟輯：《宋四家詞選》，頁 25。

〔註60〕譚獻評王沂孫〈齊天樂〉（一襟餘恨宮魂斷），〔清〕譚復堂評：《譚評詞辨》，卷一，頁 11。

〔註61〕陳廷焯評王沂孫〈天香〉（孤嶠蟠煙），〔清〕陳廷焯編選：《詞則‧大雅集》，頁 137。

〔註62〕龍沐勛嫡傳弟子張壽平云：「周濟之所以強調習詞要從王沂孫入門，清末詞壇之重視王沂孫詞，正是因爲王詞有『故國之思』；因此常州詞派講求先立意（國家興亡），後技巧（密—吳文英；疏—辛棄疾），最後回還周邦彥之自然渾化。」此段論述是在博士論文口考時，因

庵精。截斷眾流窮正變，一鐙樂苑此長明。推演四家評。」〔註63〕更可看出他對常州詞派，尤其是周濟的肯定。雖然朱祖謀年近四十始爲詞，可是龍沐勛指出：「時值朝政日非，外患日亟，左衽沉陸之懼，憂生念亂之嗟，一於倚聲發之。故先生之詞，託興深微，篇中咸有事在」〔註64〕，而且專心治詞，除《彊邨叢書》，更校訂《夢窗四稿》，王國維《人間詞話》云：「彊邨學夢窗，而情味較夢窗反勝。蓋有臨川、廬陵之高華，而濟之以白石之疏越者。學人之詞，斯爲極則。」〔註65〕夏孫桐〈清故光祿大夫前禮部右侍郎朱公行狀〉云：朱祖謀「與王半塘給諫最契。同校《夢窗四稿》，詞格一變。窮究倚聲家正變源流，晚造益深。嘗言半塘所以過人者，其生平所學及抱負，盡納詞中，而不他旁及。公亦正與之相同，身世所歷，憂危沉痛，更過於半塘。清末詞學，視浙西朱、厲，毗陵張、周諸家，境界又進者，亦時爲之也。故公詞遂爲一代之結局。」〔註66〕可知經過常州派詞選的評點，王沂孫詞的被重視，吳文英詞地位的提高，正影響清末王鵬運、朱祖謀兩大詞家的詞作與詞學。

　　況周頤基本上認同周濟寄託論的主張，《蕙風詞話》云：「詞貴有寄託。所貴者流露於不自知，觸發於弗克自已。身世之感，通於性靈，即性靈，即寄託，非二物相比附也。橫亙一寄託於搦管之先，此物之志，千首一律，則是門面語耳，略無變化之陳言耳。」〔註67〕但強調這種寄託不能是刻意的比附，須是性靈的自然流露，對寄託

　　　張壽平教授的提點與啓發，因而撰述，特此說明。

〔註63〕朱祖謀：《彊邨語業》，據民國刻《彊邨遺書》本影印，《續修四庫全書·集部·詞類》，頁559。

〔註64〕龍沐勛〈彊邨本事詞〉，龍沐勛編：《詞學季刊》第一卷第三號，頁77。

〔註65〕王國維：《人間詞話刪稿》，唐圭璋編：《詞話叢編》，臺北：新文豐出版公司，1988年2月臺一版，頁4260。

〔註66〕夏孫桐〈清故光祿大夫前禮部右侍郎朱公行狀〉，龍沐勛編：《詞學季刊》創刊號，頁199。

〔註67〕況周頤：《蕙風詞話》，唐圭璋編：《詞話叢編》，頁4526。

論作出修正；至於鄭文焯，基本上傾向張惠言「意內言外」，推尊詞體的主張，鄭氏云：「詞者意內而言外，理隱而文貴，其源出於《變風》、《小雅》，而流濫竽漢魏樂府歌謠，皋文所謂『不敢同詩賦而並誦之』者，亦以《風》、《雅》之馨遺，文章之流別，其體微，其道尊也。」〔註68〕從這些主張，亦可看出常州詞派的主張在當時所引起的討論熱潮，以及引領詞壇發展的明顯影響。

二、成為清末民初評論唐宋詞之參考

　　清代常州詞派的詞學觀點，如「寄託說」、「沉鬱說」，引起許多詞學家的關注和廣泛討論，這樣的詞學觀點，在常州派詞選的評點中亦有具體的實踐和發揮，成為對唐宋詞立場最鮮明、觀點最獨特的批評，後來的詞選編輯者，以及賞析詞作的評論家，必然要參考或討論常州派詞選的評點意見。如端木埰即曾批注張惠言《詞選》，雖然有的沿繼張惠言以比興寄託解詞的方式，批注詞作，如評王沂孫〈齊天樂〉（一襟餘恨宮魂斷）：

> 詳味詞意，殆亦碧山黍離之悲也。首句「宮魂」字，點出命意；「乍咽」、「還移」，慨播遷也；「西窗」三句，傷敵騎暫退，晏安如故也；「鏡暗妝殘」，殘破滿眼；「為誰」句，指當日修容飾貌，側媚依然；衰世臣主，全無心肝，真千古一轍也；「銅仙」三句，傷宗器重寶均被遷奪北去也；「病翼」三句，更是痛哭流涕，大聲疾呼，言海徼棲流，斷不能久也；「餘音」三句，遺臣孤憤，哀怨難論也；「謾想薰風，柳絲千萬縷」，則諸臣當此，尚安危利災，視若全盛也。語意明顯，淒惋不忍卒讀。〔註69〕

有的作出檢討，如評無名氏〈綠意〉（碧圓自潔）：

> 即無寓意，亦是絕唱。注釋荒謬，甚不足取。〈綠意〉即〈疏

〔註68〕龍沐勛輯錄：《大鶴山人詞集跋尾‧四印齋本花間集跋》，龍沐勛編：《詞學季刊》第一卷第三號，頁133。

〔註69〕端木埰批注王沂孫〈齊天樂〉（一襟餘恨宮魂斷），〈端木子疇批注張惠言《詞選》〉，唐圭璋：《詞學論叢》附錄，頁1056～1057。

影〉別名，創自堯章，此詞即非玉田，亦是咸、景以後格
調，與元鎮、伯紀時代不合。且謂傷君子枉死，當時君子
枉死，有過於武穆者乎？李、趙雖被謫，猶未至於死也。「喜
其巳死」句尤荒謬，有傷悼君子而喜其死者乎？若果如此，
是全無人心者矣。大約張氏兄弟，薰心兩廡，心神瞀亂，
故於古人多作妄箋至此。此詞無論是否玉田作，但就詠荷
葉尋繹之，自是千秋絕調，不必胡牽妄摭，致絕妙好辭，
盡成夢囈。〔註70〕

但端木埰曾以此教學，承襲常派家法，又有所檢討，並影響王鵬運、
朱祖謀、況周頤等人，「這是對常州派詞學的一種積極推進和發展」
〔註71〕，也是張惠言《詞選》在清末發揮影響的明證。此外，端木
埰編有《宋詞賞心錄》，「大抵傷懷念遠，感深君國之作；一種頓挫
往復，沉鬱悲涼之致，與近日朱古老所選之《三百首》，消息相通，
一脈綿延，足資印證」〔註72〕；朱祖謀《宋詞三百首》，則有感於「近
世以小慧側豔為詞，致斯道為之不尊，往往塗抹半生，未窺宋賢門
徑，何論堂奧」〔註73〕，修正了張惠言《詞選》選詞過於精簡的問
題，「以渾成之一境為學人必赴之程境」〔註74〕，從這兩部詞選的宗
旨，可知常州詞派的主張，也影響了清末民初詞選的編輯。

　　另外，清光緒三十四年，梁令嫻出版《藝蘅館詞選》〔註75〕，
分為唐五代詞、北宋詞、南宋詞、清朝及近人詞等共四卷，並有補

〔註70〕端木埰批注無名氏〈綠意〉（碧圓自潔），〈端木子疇批注張惠言《詞
　　　　選》〉，唐圭璋：《詞學論叢》附錄，頁1057～1058。
〔註71〕彭玉平：〈端木埰與晚清詞學〉，《中山大學學報（社會科學版）》，2004
　　　　年1期，頁37。
〔註72〕唐圭璋《〈宋詞賞心錄校評〉跋》，〔清〕端木埰選錄，何廣棪校評：
　　　　《宋詞賞心錄校評》，臺北：正中書局，1975年出版。
〔註73〕況周頤〈《宋詞三百首》原序〉，〔清〕上彊邨民重編、唐圭璋箋注：
　　　　《宋詞三百首箋注》，上海：上海古籍出版社，1979年9月新一版，
　　　　頁2。
〔註74〕況周頤〈《宋詞三百首》原序〉，《宋詞三百首箋注》，頁2。
〔註75〕梁令嫻編，劉逸生校點：《藝蘅館詞選》，廣州：廣東人民出版社，
　　　　1981年12月一版。

遺一卷，收有六百七十六首詞，是一歷代詞精選本。其書在詞人名之下載有詞人小傳，眉批鈔有各家評語，詞末附有考證，就選本評點的形式與內容來看，都非常豐富。然而，眉批所鈔錄的詞評，多錄自黃昇《花庵詞選》、張炎《詞源》、張惠言《詞選》、周濟《宋四家詞選》、譚獻《篋中詞》，及其師麥孟華、其父梁啓超之語，主要承繼常州詞派的看法，這也是受到常州派詞選的影響。又，徐珂《中國歷代詞選集評》〔註76〕，亦多引述其師譚獻的批評，以及張惠言和周濟的評點；俞平伯《清眞詞釋》對周邦彥詞「鉤勒」的解釋：「申言鉤勒之義，他人何以薄，清眞何以厚？釋之曰：以鉤勒爲鉤勒則薄，以不鉤勒爲鉤勒則厚」〔註77〕，以及對譚獻評語「埽處即生」的移用〔註78〕，這樣的討論及應用，不但深化詞作的探討，也可看出常州派詞選評點的對詞作批評的影響。朱萬曙《明代戲曲評點研究》云：評點「有著其他批評形態所不具備的優勢特點，它緊密地附著於作品文本，它的批評形式又靈活多樣，因而，它的批評，往往最能夠貼近作品的文類特徵，也最能夠揭示出作品的『美和缺點』，實現文學批評的功能；在靈動的批評形式中，評點者也能夠闡發出其他批評形態所難以體認的理論見解。」〔註79〕以常州派詞選的評點來看，正是因爲深刻揭示詞之主旨、寓意、章法、筆法，批評與鑑賞意味濃厚，同時自成體系，因而容易被引述，以作爲參照。

王書才《文選評點述略》云：「完整的評點樣式，其必需的載體

〔註76〕徐珂選評：《中國歷代詞選集評》，臺北：國家出版社，2012年5月初版。

〔註77〕俞平伯：《讀詞偶得　清眞詞釋》（北京：人民文學出版社，2000年12月一版），頁94。

〔註78〕俞平伯評周邦彥〈望江南〉（游妓散）：「譚評《詞辨》於歐陽修〈採桑子〉首句『羣芳過後西湖好』，旁批曰：『埽處即生』，正可移用。猛下『游妓散』三字，便覺繁華過眼而空，筆力竟直注結尾矣。以下步步逼緊，直逼出『無處不凄凄』之神理來，一首只是一句，一句只是一感覺。」俞平伯：《讀詞偶得　清眞詞釋》，頁78。

〔註79〕朱萬曙：《明代戲曲評點研究》，合肥：安徽教育出版社，2004年6月二版，頁4。

乃是文學總集或別集」,「完整的評點樣式,其必需的內容乃是作品、評論和圈點三者具備。」〔註80〕從這樣的標準來看,常州派的這四部詞選,有精選過的唐宋詞作,再輔以評語和圈點,著重作品寓意的解讀,關注詞人寫作的情感,「標舉讀者的閱讀感受,追求作品具有耐人尋繹之言外韻味」〔註81〕,還將詞作導向對現實的關注,幫助讀者了解和掌握詞意,培養品評與賞鑑的眼光,因而成為常州詞派詞史觀,以及詞之本體、創作、鑑賞理論的建構基礎,影響至為重要。

第三節　清代常州派四部詞選評點唐宋詞之檢討

侯美珍〈明清士人對「評點」的批評〉云:當明清文學評點風氣大開時,亦有士人對評點持反對意見,反對的主要原因是「使作者無限之書,拘於評者有限之心手」,「流為評選者的一家之說」〔註82〕。以這樣的觀點,檢視常州派四部詞選對唐宋詞的評點,確實只代表常州詞派的一家之說,這是選本批評必然會出現的主觀與有所局限的問題,但從唐宋詞評點的發展來看,常州詞派的評點仍顯現特殊意義。南宋鮦陽居士《復雅歌詞》、黃昇《花庵詞選》的評點,是為詞之評點的起源,或對詞作特點進行概括,或站在作者、作品角度,以類似箋注的方式,幫助對詞意的了解;明代則結合批點符號以批評詞作,如楊慎批點《草堂詩餘》、沈際飛《古香岑草堂詩餘四集》評點、徐士俊評點《古今詞統》,對詞作的閱讀與賞鑑進行引導,關注詞句的藝術特點;清代朱彝尊《詞綜》選詞內容豐富,為詞人評傳建立體例,詞作評點則不多;先著、程洪《詞潔》和黃蘇《蓼園詞選》評點,雖強調「風骨」、「寄託」,但知名度不高,影響也不大;自張惠言《詞選》出現,唐宋詞的評點轉向內容意義作開發,並針對詞人創作動機

〔註80〕王書才:《文選評點述略》,頁4。
〔註81〕遲寶東:《常州詞派與晚清詞風》,天津:南開大學出版社,2008年1月一版,頁71。
〔註82〕侯美珍:〈明清士人對「評點」的批評〉,《中國文哲研究通訊》2004年9月,第十四卷第三期,頁232。

及詞作意旨作深入探索，同時帶入賦法的解讀，最後給予詞作品評，因而使唐宋詞評點開展出不同的視野。

在此基礎上，周濟《宋四家詞選》、譚獻評點《詞辨》、陳廷焯《詞則》，或在理論實踐、根源作拓展，探究筆法，指導創作，提供門徑；或結合書法理論，使評點更爲靈活，同時加入旁批，教學意味濃厚；或將詞作區分爲九種等級，對詞作進行更細膩而深入的品評。朱萬曙《明代戲曲評點研究》云：「評點批評一般局限於一部作品、一篇作品的批評，它缺乏的是理論上的概括力，與《文心雕龍》那樣系統性的理論著作是無法相提並論的，與《詩品》以及其他詩話、詞話、曲話等批評著作相比，在深度上也顯得不夠。」〔註83〕但在常州派四部詞選的評點中，可以看到從序文到各詞作的評點，彼此之間有著緊密關係，如果將序文視爲總評，是理論之建立，詞作的評點則可視爲理論之印證與批評之實踐。評點原本依附作品而生，卻可以從中表達評點者對詞史、詞體、創作、鑑賞的不同看法，發揮宣揚和印證理論的重要影響。曹明升〈清人評點宋詞探微〉云：「清人對宋詞的評點在外部形態上兼採小說、戲曲評點之眾體。」〔註84〕但透過唐宋詞評點的回顧，以及本章第一節的比較，可以發現唐宋詞的評點有自己的特色，不管在詞作特點的形容或比喻，都極爲精妙；清代常州詞派對唐宋詞的評點，與其說是「兼採小說、戲曲評點之眾體」，不如說是承襲了南宋《復雅歌詞》以來悠久的評點傳統，一方面引用前代的評點資料以爲參照，一方面在詞作意義和價值上作更深入的探討，讓詞在當代得以流傳，延續生命，並開發新意義，同時建立理論，進而轉變詞風，影響當代創作。

歷來有關常州詞派相關詞學議題的研究，已累積相當豐碩的研

〔註83〕朱萬曙：《明代戲曲評點研究》，合肥：安徽教育出版社，2004 年 6 月二版，頁 53。

〔註84〕曹明升：〈清人評點宋詞探微〉，《鄭州大學學報（哲學社會科學版）》2005 年 3 期，頁 120。

究成果，本文嘗試從評點的角度出發，將張惠言《詞選》、周濟《宋四家詞選》、譚獻評點《詞辨》和陳廷焯《詞則》，放在唐宋詞評點的發展脈絡，來作檢視與探究，並透過統計，分析常州派詞選對詞家和詞作的選取趨向，除了明白常州詞派評點的前有所承，更看到常州詞派評點的開創、拓展與深化，不但確立常州詞派比興寄託的理論，有助於唐宋詞家如溫庭筠、韋莊、周邦彥、王沂孫地位的提昇，建構唐宋詞典範，提供習詞門徑，更在解析詞之章法、筆法時，充分凸顯詞體特色，實屬唐宋詞評點的成熟時期，意義特殊。常州詞派經由這四部詞選的理論宣揚、批評實踐，不但轉變詞風，引領清末詞壇的發展，更影響清末民初對唐宋詞的評論。透過本論文的梳理與探討，對唐宋詞評點的發展可以有更深入的了解，對常州詞派的研究，亦提供不同的研究路徑與發現。

參考文獻

(按作者姓氏筆畫順序排列)

一、專　書

（一）詞論、詞學研究

1. 弓英德：《詞學新詮》，臺北：臺灣商務印書館，1982 年 9 月初版。

2. 王兆鵬：《詞學研究方法十講》，北京：北京大學出版社，2008 年 6 月一版。

3. 王兆鵬：《詞學史料學》，北京：中華書局，2004 年 5 月一版)。

4. 王兆鵬、王可喜、方星移：《兩宋詞人叢考》，南京：鳳凰出版社，2007 年 5 月一版。

5. 王偉勇：《詞學專題研究》，臺北：文史哲出版社，2003 年 4 月初版。

6. 王熙元：《優游詞曲的天地》，臺北：東大圖書公司，1996 年 5 月初版。

7. 皮述平：《晚清詞學的思想與方法》，北京：學苑出版社，2003 年 3 月一版。

8. 朱崇才：《詞話學》，臺北：文津出版社，1995 年 1 月初版。

9. 朱惠國：《中國近世詞學思想研究》，上海：上海古籍出版社，2005 年 6 月一版。

10. 朱德慈：《常州詞派通論》，北京：中華書局，2006 年 11 月一版。

11. 朱麗霞：《清代辛稼軒接受史》，濟南：齊魯書社，2005 年 1 月一版。

12. 艾治平：《清詞論說》，上海：學林出版社，1999 年 7 月一版。

13. 吳世昌：《詞林新話》，北京：北京出版社，2000 年 10 月第一版。

14. 吳世昌：《詩詞論叢》，北京：北京出版社，2000 年 10 月第一版。

15. 吳宏一：《常州派詞學研究》，嘉新水泥公司文化基金會，1970 年 6 月初版。

16. 吳宏一：《清代詞學四論》，臺北：聯經出版公司，1990 年 7 月初版。

17. 吳宏一：《溫庭筠〈菩薩蠻〉詞研究》，新竹：清華大學出版社，2009 年 9 月初版。

18. 吳梅：《詞學通論》，上海：華東師範大學出版社，1996 年 11 月一版。

19. 吳熊和：《唐宋詞通論》，杭州：浙江古籍出版社，1989 年 3 月二版。

20. 沙先一、張暉：《清詞的傳承與開拓》，上海：上海古籍出版社，2008 年 5 月一版。

21. 李冬紅：《《花間集》接受史論稿》，濟南：齊魯書社，2006 年 6 月一版。

22. 李劍亮：《宋詞詮釋學論稿》，北京：人民文學出版社，2006 年 9 月一版。

23. 李睿：《清代詞選研究》，合肥：安徽大學出版社，2011 年 6 月一版。

24. 余意：《明代詞學之建構》，上海：上海古籍出版社，2009 年 7 月一版。

25. 余毅恆：《詞筌》(增訂本)，臺北：正中書局，1996 年 11 月增訂版。

26. 沈松勤、黃之棟：《詞家之冠——周邦彥傳》，杭州：浙江人民出版社，2006 年 12 月一版。

27. 沈祖棻：《宋詞賞析》，北京：北京出版社，2003 年 1 月一版。

28. 沈家莊：《宋詞的文化定位》，長沙：湖南人民出版社，2005 年 1 月一版。

29. 〔日〕青山宏：《唐宋詞研究》，北京：北京大學出版社，1995 年 1 月一版。

30. 卓清芬：《清末四大家詞學及詞作研究》，臺北：國立臺灣大學出版委員會，2003 年 3 月初版。

31. 胡建次：《中國古典詞學理論批評承傳研究》，南京：鳳凰出版社，2011 年 6 月一版。

32. 胡雲翼：《宋詞研究》，成都：巴蜀書社，1989 年 5 月一版。

33. 洪惟助：《詞曲四論》，臺北：華正書局，1977 年 5 月初版。

34. 洛地：《詞體構成》，北京：中華書局，2009 年 10 月一版。

35. 苗菁：《唐宋詞體通論》，鄭州：中州古籍出版社，1998 年 3 月一版。

36. 侯雅文：《中國文學流派學初論——以常州詞派爲例》，臺北：大安出版社，2009 年 7 月一版。

37. 夏承燾：《作詞法》，臺南：臺南北一出版社，1971 年 8 月初版。

38. 徐珂：《清代詞學概論》，上海：大東書局，1926 年 10 月出版。

39. 徐楓：《嘉道年間的常州詞派》，臺北：知書房出版集團，2002 年出版。

40. 孫立：《詞的審美特性》，臺北：文津出版社，1995 年 2 月初版。

41. 孫克強：《清代詞學》，北京：中國社會科學出版社，2004 年 7 月一版。

42. 孫虹：《北宋詞風嬗變與文學思潮》，上海：上海古籍出版社，2009 年 11 月一版。

43. 孫康宜：《晚唐迄北宋詞體演進與詞人風格》，臺北：聯經出版公司，1994 年 6 月初版。

44. 孫維城：《千年詞史待平章——晚清三大詞話研究》，合肥：安徽大學出版社，2010 年 9 月一版。

45. 崔海正：《中國詞學研究體系建構稿》，濟南：齊魯書社，2007 年 10 月初版。

46. 梁啓勳：《詞學》，臺北：學海出版社，2000 年 1 月初版。

47. 梁榮基：《詞學理論綜考》，北京：北京大學出版社，1991 年 8 月一版。

48. 張以仁：《花間詞論集》，臺北：中央研究院文哲所籌備處，2001 年 11 月二版。

49. 張以仁：《花間詞論續集》，臺北：中央研究院中國文哲研究所，2006 年 8 月初版。

50. 張宏生：《清代詞學的建構》，南京：江蘇古籍出版社，1999 年 9 月一版。

51. 張宏生：《清詞探微》，上海：上海古籍出版社，2008 年 5 月一版。

52. 張璟：《蘇詞接受史研究》，北京：光明日報出版社，2009 年 10 月一版。

53. 張麗珠：《袖珍詞學》，臺北：里仁書局，2000 年 5 月初版。

54. 陳水雲：《唐宋詞在明末清初的傳播與接受》，北京：中國社會科學出版社，2010 年 10 月一版。

55. 陳弘治：《詞學今論》，臺北：文津出版社，1991 年 7 月增訂二版。

56. 陳良運主編：《中國歷代詞學論著選》，南昌：百花洲文藝出版社，

1998 年 8 月一版。

57. 陳振寰：《讀詞常識》，臺北：萬卷樓圖書公司，1993 年 7 月初版。

58. 陳慷玲：《清代世變與常州詞派之發展》，臺北：國家出版社，2012 年 2 月初版。

59. 郭娟玉：《溫庭筠接受研究》，臺北：萬卷樓圖書公司，2013 年 12 月出版。

60. 陶子珍：《明代詞選研究》，臺北：秀威資訊科技公司，2003 年 7 月出版。

61. 陶子珍：《明代四種詞集叢編研究》，臺北：秀威資訊科技公司，2006 年 7 月出版。

62. 黃文吉：《北宋十大詞家研究》，臺北：文史哲出版社，1996 年 3 月初版。

63. 黃志浩：《常州詞派研究》，北京：中國社會科學出版社，2008 年 12 月一版。

64. 黃雅莉：《宋代詞學批評專題研究》，臺北：文津出版社，2008 年初版。

65. 黃雅莉：《宋詞雅化的發展與嬗變——以柳、周、姜、吳為探究中心》，臺北：文津出版社，2002 年 6 月初版。

66. 彭軍輝：《社會信息傳播視野下的唐詩宋詞》，北京：中國社會科學出版社，2010 年 6 月一版。

67. 閔豐：《清初清詞選本考論》，上海：上海古籍出版社，2008 年 5 月一版。

68. 葉嘉瑩、陳邦炎：《清詞名家論集》，臺北：中央研究院中國文哲研究所籌備處，1996 年 12 月初版。

69. 葉嘉瑩：《清詞叢論》，石家庄：河北教育出版社，2000 年 12 月二版。

70. 葉嘉瑩：《中國詞學的現代觀》，臺北：大安出版社，1999 年 7 月二版。

71. 葉嘉瑩：《唐宋詞名家論集》，臺北：正中書局，1995 年 8 月初版。

72. 葉嘉瑩：《王國維及其文學批評》，臺北：桂冠圖書公司，1992 年 4 月初版。

73. 葉嘉瑩：《唐宋詞十七講》，石家庄：河北教育出版社，1997 年 7 月一版。

74. 萬柳：《清代詞社研究》，鄭州：中州古籍出版社，2011 年 10 月一

版。

75. 楊柏嶺:《晚清民初詞學思想建構》,合肥:安徽大學出版社,2004年9月一版。

76. 楊柏嶺:《唐宋詞審美文化闡釋》,合肥:黃山書社,2007年3月一版。

77. 楊海明:《唐宋詞美學》,南京:江蘇教育出版社,1998年6月一版。

78. 鄭福田:《唐宋詞研究》,呼和浩特:內蒙古大學出版社,1997年11月一版。

79. 蔡鎮楚、龍宿莽:《唐宋詩詞文化解讀》,北京:北京圖書館出版社,2004年9月一版。

80. 劉少雄:《詞學文體與史觀新論》,臺北:里仁書局,2010年8月出版。

81. 劉少雄:《南宋姜吳典雅詞派相關詞學論題之探討》,臺北:國立臺灣大學出版委員會,1995年5月初版。

82. 劉明華:《叢生的文體——唐宋文學五大文體的繁榮》,南京:江蘇教育出版社,2000年8月一版。

83. 劉揚忠編著:《宋詞研究之路》,北京:中國社會科學出版社,1999年12月一版。

84. 劉堯民:《詞與音樂》,昆明:雲南人民出版社,1985年5月第二版。

85. 劉尊明、王兆鵬:《唐宋詞的定量分析》,北京:北京大學出版社,2012年2月一版。

86. 蔣伯潛、蔣祖怡:《詞曲》,上海:上海書店出版社,1997年5月一版。

87. 錢錫生:《唐宋詞傳播方式研究》,上海:復旦大學出版社,2009年1月一版。

88. 歐明俊:《詞學思辨錄》,北京:人民出版社,2011年10月一版。

89. 龍沐勛:《倚聲學(詞學十講)》,臺北:里仁書局,1996年1月初版。

90. 龍榆生:《詞曲概論》,上海:上海古籍出版社,1980年4月一版。

91. 賴橋本:《詞曲散論》,臺北:文津出版社,1990年3月出版。

92. 盧冀野編:《詞曲研究》,臺北:臺灣中華書局,1982年1月臺三版。

93. 鮑恆:《清代詞體學論稿》,北京:人民文學出版社,2007年5月一版。

94. 遲寶東:《常州詞派與晚清詞風》,天津:南開大學出版社,2008年

1 月一版。

95. 蕭鵬：《群體的選擇——唐宋人詞選與詞人群通論》，南京：鳳凰出版社，2009 年 4 月一版。

96. 繆鉞：《詩詞散論》，臺北：臺灣開明書店，1982 年 10 月臺七版。

97. 繆鉞：《繆鉞說詞》，上海：上海古籍出版社，1999 年 12 月一版。

98. 繆鉞、葉嘉瑩：《詞學古今談》，臺北：萬卷樓圖書公司，1992 年 10 月初版。

99. 繆鉞、葉嘉瑩：《靈谿詞說》，臺北：正中書局，1993 年 8 月臺初版。

100. 薛泉：《宋人詞選研究》，哈爾濱：黑龍江人民出版社，2010 年 6 月一版。

101. 謝桃坊：《宋詞辨》，上海：上海古籍出版社，1999 年 9 月一版。

102. 蘇淑芬：《朱彝尊之詞與詞學》，臺北：文史哲出版社，1986 年 3 月初版。

103. 蘇淑芬：《湖海樓詞研究》，臺北：里仁書局，2005 年 2 月初版。

104. 譚新紅：《清詞話考述》，武昌：武漢大學出版社，2009 年 9 月一版。

105. 譚新紅：《詞學研究》，北京：中國社會科學出版社，2013 年 4 月一版。

106. 嚴迪昌：《陽羨詞派研究》，濟南：齊魯書社，1993 年 2 月一版。

107. 顧憲融：《填詞門徑》，臺北：廣文書局，1981 年 8 月再版。

（二）詞史、詞學史、詞學研究史

1. 王水照：《宋代文學通論》，開封：河南大學出版社，1997 年 6 月一版。

2. 王兆鵬：《唐宋詞史論》，北京：人民文學出版社，2000 年 1 月一版。

3. 王易：《詞曲史》，臺北：廣文書局，1997 年 9 月再版。

4. 方智範、鄧喬彬、周聖偉、高建中：《中國古典詞學理論史》，上海：華東師範大學出版社，2005 年 12 月一版。

5. 木齋：《唐宋詞流變》，北京：京華出版社，1997 年 11 月一版。

6. 木齋：《宋詞體演變史》，北京：中華書局，2008 年 12 月一版。

7. 朱惠國、劉明玉：《明清詞研究史稿》，濟南：齊魯書社，2006 年 8 月一版。

8. 艾治平：《婉約詞派的流變》，瀋陽：遼寧大學出版社，1994 年 1 月一版。

9. 李正輝、李華豐：《中國古代詞史》，新店：志一出版社，1995 年

12 月一版。

10. 邱世友:《詞論史論稿》,北京:人民文學出版社,2002 年 1 月一版。

11. 姚蓉:《明清詞派史論》,桂林:廣西師範大學版社,2007 年 7 月一版。

12. 孫克強:《清代詞學批評史論》,上海:上海古籍出版社,2008 年 11 月一版。

13. 高峰:《唐五代詞研究史稿》,濟南:齊魯書社,2006 年 8 月一版。

14. 張仲謀:《明詞史》,北京:人民文學出版社,2002 年 2 月一版。

15. 張建業、李勤印:《中國詞曲史》,臺北:文津出版社,1996 年 8 月初版。

16. 陳水雲:《清代詞學發展史論》,北京:學苑出版社,2005 年 7 月一版。

17. 陳水雲:《明清詞研究史》,武昌:武漢大學出版社,2006 年 9 月一版。

18. 陳玉剛:《中國古代詩詞曲史》,南昌:百花洲文藝出版社,1995 年 2 月一版。

19. 許宗元:《中國詞史》,合肥:黃山書社,1990 年 12 月一版。

20. 陶爾夫、諸葛憶兵:《北宋詞史》,哈爾濱:黑龍江教育出版社,2002 年 7 月一版。

21. 陶爾夫、劉敬圻:《南宋詞史》,哈爾濱:黑龍江人民出版社,1992 年 12 月一版。

22. 曹辛華:《二十世紀中國古代文學研究史・詞學卷》,上海:東方出版中心,2006 年 1 月一版。

23. 楊海明:《唐宋詞史》,天津:天津古籍出版社,1998 年 12 月一版。

24. 蔣哲倫、傅蓉蓉:《中國詩學史 詞學卷》,廈門:鷺江出版社,2002 年 9 月一版。

25. 劉子庚:《詞史》,臺北:學生書局,1973 年 9 月再版。

26. 劉揚忠:《唐宋詞流派史》,福州:福建人民出版社,1999 年 3 月一版。

27. 劉尊明:《唐五代詞史論稿》,北京:文化藝術出版社,2000 年 10 月一版。

28. 劉靖淵、崔海正:《北宋詞研究史稿》,濟南:齊魯書社,2006 年 8 月一版。

29. 劉毓盤:《詞史》,上海:上海書店,1985 年 5 月一版。

30. 鄧紅梅、侯方元：《南宋詞研究史稿》，濟南：齊魯書社，2006 年 8 月一版。

31. 薛礪若：《宋詞通論》，臺北：臺灣開明書店，1974 年 3 月臺四版。

32. 謝桃坊：《中國詞學史》（修訂本），成都：巴蜀書社，2002 年 12 月一版。

33. 嚴迪昌：《清詞史》，南京：江蘇古籍出版社，2001 年 7 月二版。

（三）詞　話

1. 〔清〕王士禎：《花草蒙拾》，唐圭璋編：《詞話叢編》，北京：中華書局，2005 年 10 月二版。

2. 〔明〕王世貞《藝苑卮言》，《詞話叢編》本。

3. 〔宋〕王灼：《碧雞漫志》，《詞話叢編》本。

4. 王熙元撰：《歷代詞話敘錄》，臺北：中華書局，1972 年出版。

5. 王國維：《人間詞話》、《人間詞話刪稿》，《詞話叢編》本。

6. 〔清〕王闓運：《湘綺樓評詞》，《詞話叢編》本。

7. 朱崇才編纂：《詞話叢編續編》，北京：人民文學出版社，2010 年出版。

8. 〔清〕先著、程洪：《詞潔輯評》，《詞話叢編》本。

9. 〔宋〕沈義父：《樂府指迷》，《詞話叢編》本。

10. 〔清〕杜文瀾《憩園詞話》，《詞話叢編》本。

11. 李良年輯：《詞壇紀事》，臺北：廣文書局，1969 年出版。

12. 〔清〕周濟：《介存齋論詞雜著》，《詞話叢編》本。

13. 〔清〕周濟：《宋四家詞選目錄序論》，《詞話叢編》本。

14. 〔清〕周濟等：《介存齋論詞雜著·復堂詞話·蒿庵論詞》，北京：人民文學出版社，1959 年 10 月一版。

15. 〔清〕況周頤：《蕙風詞話》，《詞話叢編》本。

16. 屈興國校注：《白雨齋詞話足本校注》，濟南：齊魯書社，1983 年 11 月一版。

17. 施蟄存、陳如江輯錄：《宋元詞話》，上海：上海書店出版社，1999 年 2 月一版。

18. 夏敬觀：《蕙風詞話詮評》，《詞話叢編》本。

19. 〔清〕徐珂：《歷代詞選輯評》，葛渭君編：《詞話叢編補編》，北京：中華書局，2013 年 3 月一版。

20. 〔清〕許昂宵：《詞綜偶評》，《詞話叢編》本。

21. 〔清〕陳廷焯：《詞壇叢話》，《詞話叢編》本。

22. 〔清〕陳廷焯：《白雨齋詞話》，《詞話叢編》本。

23. 〔清〕陳廷焯：《白雨齋詞話》，臺北：河洛圖書出版社，1978 年 1 月一版。

24. 〔清〕陳廷焯：《白雨齋詞話》，上海：上海古籍出版社，1984 年 5 月一版。

25. 〔清〕陳廷焯：《雲韶集輯評》，《詞話叢編補編》本。

26. 〔清〕陳廷焯：《詞則輯評》，《詞話叢編補編》本。

27. 〔清〕陳洵：《海綃說詞》，《詞話叢編》本。

28. 〔清〕梁啓超：《飲冰室評詞》，《詞話叢編》本。

29. 〔宋〕張玉田撰、蔡楨疏證：《詞源疏證》，臺北：學海出版社，1988 年 1 月初版。

30. 〔宋〕張炎：《詞源》，《詞話叢編》本。

31. 〔宋〕張炎注、夏承燾校注：《詞源注》，臺北：木鐸出版社，1987 年 7 月初版。

32. 〔清〕張惠言：《張惠言論詞》，《詞話叢編》本。

33. 〔清〕張惠言：《臬文手批山中白雲詞》，《詞話叢編補編》本。

34. 〔宋〕黃昇：《花庵詞評 補中興詞話》，《詞話叢編補編》本。

35. 〔清〕黃蘇：《蓼園詞評》，《詞話叢編》本。

36. 〔清〕賀裳：《皺水軒詞筌》，《詞話叢編》本。

37. 〔清〕馮煦：《蒿庵論詞》，《詞話叢編》本。

38. 〔明〕楊慎：《詞品》，上海：上海古籍出版社，2009 年 8 月一版。

39. 〔明〕楊慎：《詞品》，《詞話叢編》本。

40. 〔明〕楊慎：《批點草堂詩餘》，《詞話叢編補編》本。

41. 〔清〕劉熙載：《藝概》，臺北：漢京文化事業公司，1985 年 9 月初版。

42. 〔清〕劉熙載：《藝概·詞曲概》，《詞話叢編》本。

43. 〔清〕蔣兆蘭：《詞說》，《詞話叢編》本。

44. 〔清〕蔣敦復：《芬陀利室詞話》，《詞話叢編》本。

45. 鄧子勉編：《宋金元詞話全編》，南京：鳳凰出版社，2008 年 12 月一版。

46. 〔宋〕鯛陽居士：《復雅歌詞》，《詞話叢編》本。

47.〔宋〕鮦陽居士:《復雅歌詞》,《詞話叢編補編》本。

48.〔宋〕魏慶之:《魏慶之詞話》(附《中興詞話》),《詞話叢編》本。

49.〔清〕譚獻:《復堂詞話》,《詞話叢編》本。

(四)詞選、詞總集、別集、輯評

1. 〔清〕上彊邨民重編、唐圭璋箋注:《宋詞三百首箋注》,上海:上海古籍出版社,1979 年 9 月新一版。

2. 巴壺天:《唐宋詩詞選／詞選之部》,臺北:東大圖書公司,1990 年 12 月初版。

3. 〔清〕王鵬運:《半塘定槀》,據清光緒三十二年朱祖謀刻本影印,《續修四庫全書‧集部‧詞類》,上海:上海古籍出版社,2002 年初版。

4. 〔清〕王鵬運等:《庚子秋詞》,臺北:臺灣學生書局,1972 年 1 月初版。

5. 王兆鵬主編:《唐宋詞彙評 唐五代卷》,杭州:浙江教育出版社,2004 年 1 月一版。

6. 王兆鵬、郁玉英、郭紅欣:《宋詞排行榜》,北京:中華書局,2012 年 1 月一版。

7. 朱德才主編:《增訂注釋全宋詞》,北京:文化藝術出版社,1997 年 12 月出版。

8. 〔清〕朱彝尊抄撮,汪森增定:《詞綜》,《四部備要‧集部》,臺北:中華書局,1966 年臺一版。

9. 〔清〕朱彝尊、汪森編,孟斐標校:《詞綜》,上海:上海古籍出版社,1999 年 11 月一版。

10.〔清〕朱孝臧輯校:《彊邨叢書》,上海:上海書店出版。

11. 朱祖謀:《彊邨語業》,據民國刻《彊邨遺書》本影印,《續修四庫全書‧集部‧詞類》,上海:上海古籍出版社,2002 年初版。

12.〔清〕先著、程洪輯,劉崇德、徐文武點校:《詞潔》,北京:河北大學出版社,2012 年 2 月出版。

13.〔宋〕何士信輯:《增修箋注妙選羣英草堂詩餘》,據明洪武二十五年遵正書堂刻本影印,《續修四庫全書‧集部‧詞類》,上海:上海古籍出版社,2002 年初版。

14.〔清〕成肇麐輯:《唐五代詞選》,臺北:臺灣商務印書館,1968 年 9 月臺一版。

15.〔清〕沈辰垣、王奕清等編:《御選歷代詩餘》,臺北:廣文書局,1972 年 5 月初版。

16. 李次九：《詞選續詞選校讀》，臺北：復興書局，1971 年 9 月二版。

17. 李清照著，平慧善譯注：《李清照詩文詞》，臺北：錦繡出版公司，1992 年 8 月初版。

18. 李誼：《花間集注釋》，成都：文藝出版社，1986 年 6 月一版。

19. 〔宋〕吳文英著，吳蓓箋校：《夢窗詞彙校箋釋集評》，杭州：浙江古籍出版社，2007 年 9 月一版。

20. 吳熊和主編：《唐宋詞彙評 兩宋卷》，杭州：浙江教育出版社，2004 年 1 月一版。

21. 〔明〕沈際飛評選：《古香岑草堂詩餘四集》，明崇禎翁少麓刊本，臺北：國家圖書館藏。

22. 汪中：《新譯宋詞三百首》，臺北：三民書局，1990 年 8 月五版。

23. 〔明〕卓人月彙選、徐士俊參評：《古今詞統》，據明崇禎刻本影印，《續修四庫全書‧集部‧詞類》，上海：上海古籍出版社，2002 年初版。

24. 〔宋〕周密編，查爲仁、厲鶚箋：《絕妙好詞箋》，《景印文淵閣四庫全書‧集部‧詞曲類》，臺北：臺灣商務印書館，1986 年 7 月初版。

25. 周泳先校編：《唐宋金元詞鉤沉》，上海：商務印書館，1937 年 7 月初版。

26. 〔清〕周銘輯：《林下詞選》，據清康熙十年刻本影印，《續修四庫全書‧集部‧詞類》，上海：上海古籍出版社，2002 年初版。

27. 周篤文、馬興榮主編：《全宋詞評注》，北京：學苑出版社，2011 年 6 月一版。

28. 〔清〕周濟輯：《宋四家詞選》，據清光緒潘祖蔭輯刊《滂喜齋叢書》本影印，《百部叢書集成》，臺北：藝文印書館，1967 年出版。

29. 〔清〕周濟輯：《宋四家詞選》，據清同治十二年潘祖蔭刻《滂喜齋叢書》本影印，《續修四庫全書‧集部‧詞類》，上海：上海古籍出版社，2002 年初版。

30. 〔清〕周濟：《詞辨》，據清光緒四年刻本影印，《續修四庫全書‧集部‧詞類》，上海：上海古籍出版社，2002 年初版。

31. 〔清〕周濟：《存審軒詞》，據清光緒十八年周恭壽刻《求志堂存稿彙編》本影印，《續修四庫全書‧集部‧詞類》，上海：上海古籍出版社，2002 年初版。

32. 〔清〕周濟編：《宋四家詞選》，上海：古典文學出版社，1958 年 6 月一版。

33. 〔清〕周濟：《宋四家詞選 附譚復堂評詞辨 介存齋論詞雜著》，臺

北：廣文書局，1962 年初版。

34. 〔明〕卓人月匯選、徐士俊參評，谷輝之校點：《古今詞統》，瀋陽：遼寧教育出版社，2000 年 1 月一版。

35. 姜亮夫箋註：《詞選續詞選箋註》，臺北：廣文書局，1980 年 12 月初版。

36. 胡雲翼選注：《宋詞選》，上海：上海古籍出版社，1997 年 11 月一版。

37. 俞平伯：《讀詞偶得 清眞詞釋》，北京：人民文學出版社，2000 年 12 月一版。

38. 洪惟助：《清眞詞訂校註評》，臺北：華正書局，1982 年 3 月初版。

39. 唐圭璋編：《全宋詞》，北京：中華書局，1965 年 6 月一版。

40. 徐珂選評：《中國歷代詞選集評》，臺北：國家出版社，2012 年 5 月初版。

41. 徐培鈞：《李清照集箋注》，上海：上海古籍出版社，2002 年 4 月一版。

42. 〔清〕陳廷焯編選：《詞則》，上海：上海古籍出版社，1984 年 5 月一版。

43. 〔清〕陳廷焯：《白雨齋詞存》，據清光緒刻本影印，張宏生編：《清詞珍本叢刊》，南京：鳳凰出版社，2007 年 12 月一版。

44. 陳匪石編著、鐘振振校點：《宋詞舉》，南京：江蘇古籍出版社，2002 年 4 月一版。

45. 張占國、王鐵柱主編：《中國歷代詩詞分類品讀》，北京：學苑出版社，2006 年 1 月一版。

46. 張宏生編：《清詞珍本叢刊》，南京：鳳凰出版社，2007 年 12 月一版。

47. 張紅：《考調論詞／兩宋二十二名家詞選》，天津：南開大學出版社，1997 年 8 月一版。

48. 〔清〕張惠言輯：《詞選》，據清道光十年宛鄰書屋刻本影印，《續修四庫全書・集部・詞類》，上海：上海古籍出版社，2002 年初版。

49. 〔清〕張惠言錄：《詞選》，《四部備要・集部》，據錢塘徐氏校本校刊，臺北：臺灣中華書局，1970 年 6 月臺二版。

50. 〔清〕張惠言錄，劉崇德、徐文武點校：《詞選（附《續詞選》）》，保定：河北大學出版社，2006 年 6 月一版。

51. 張夢機、張子良編著：《唐宋詞選注》，臺北：華正書局，1998 年 2

月修訂十八版。

52. 張夢機：《詞箋》，臺北：三民書局，1988 年 11 月初版。

53. 〔宋〕黃大輿編：《梅苑》，《景印文淵閣四庫全書·集部·詞曲類》，臺北：臺灣商務印書館，1986 年 7 月初版。

54. 〔宋〕黃昇編集：《唐宋諸賢絕妙詞選》，據上海涵芬樓景印明刻本；《中興以來絕妙詞選》，據無錫孫氏小淥天藏明萬曆二年舒伯明刻本景印，《四部叢刊·正編·集部》，臺北：臺灣商務印書館，1979 年 11 月臺一版。

55. 〔宋〕黃昇輯：《中興以來絕妙詞選》，吳昌綬、陶湘輯：《景刊宋金元明本詞》，上海：上海古籍出版社，1989 年 9 月一版。

56. 〔宋〕黃昇編集：《花庵詞選》，〔明〕毛晉編：《詞苑英華》，《汲古閣宋人詞文及填詞集》（十一）（十二），北京：全國圖書館文獻微縮複製中心，2008 年 7 月印刷。

57. 〔宋〕黃昇輯：《花庵詞選》，《景印文淵閣四庫全書·集部·詞曲類》，臺北：臺灣商務印書館，1986 年 7 月初版。

58. 〔宋〕黃昇：《散花庵詞》，《景印文淵閣四庫全書·集部》，臺北：臺灣商務印書館，1986 年 7 月初版。

59. 〔宋〕黃昇輯，王雪玲、周曉薇校點：《花庵詞選》，瀋陽：遼寧教育出版社，1997 年 3 月一版。

60. 〔清〕黃蘇、周濟、譚獻選評，尹志騰校點：《清人選評詞集三種》，濟南：齊魯書社，1988 年 9 月一版。

61. 曾昭岷、曹濟平、王兆鵬、劉尊民編：《全唐五代詞》，北京：中華書局，1999 年 12 月一版。

62. 〔宋〕曾慥：《樂府雅詞》，《景印文淵閣四庫全書·集部·詞曲類》，臺北：臺灣商務印書館，1986 年 7 月初版。

63. 〔宋〕曾慥編：《樂府雅詞》，據清咸豐伍崇曜《粵雅堂叢書》校刊本影印，《百部叢書集成》，臺北：藝文印書館，1965 年出版。

64. 〔宋〕曾慥輯，陳三強校點：《樂府雅詞》，瀋陽：遼寧教育出版社，1997 年 3 月一版。

65. 〔清〕曹貞吉：《珂雪詞》，《景印文淵閣四庫全書·集部·詞曲類》，臺北：臺灣商務印書館，1986 年 7 月初版。

66. 梁令嫻編，劉逸生校點：《藝蘅館詞選》，廣州：廣東人民出版社，1981 年 12 月一版。

67. 閔宗述、劉紀華、耿湘沅：《歷代詞選注》，臺北：里仁書局，1993 年 9 月初版。

68. 〔清〕董毅錄：《續詞選》，《四部備要‧集部》，臺北：臺灣中華書局，1970 年 6 月臺二版。

69. 〔明〕楊慎批點：《草堂詩餘》，明吳興閔暎璧刊朱墨套印本，臺北：國家圖書館藏。

70. 〔明〕楊慎批點：《草堂詩餘》，清光緒山陰宋澤元《懺花盦叢書》本，《叢書集成續編》，臺北：新文豐出版公司，1991 年 7 月臺一版。

71. 〔清〕端木埰選錄，何廣棪校評：《宋詞賞心錄校評》，臺北：正中書局，1975 年出版。

72. 〔後蜀〕趙崇祚編：《花間集》，《景印文淵閣四庫全書‧集部‧詞曲類》，臺北：臺灣商務印書館，1986 年 7 月初版。

73. 〔後蜀〕趙崇祚編：《花間集》，臺北：世界書局，1992 年 9 月四版。

74. 〔宋〕趙聞禮選：《陽春白雪 附外集》，北京：中華書局，1985 年北京新一版。

75. 〔宋〕趙聞禮：《陽春白雪》，臺北：臺灣商務印書館，1981 年 10 月初版。

76. 〔宋〕趙聞禮選：《陽春白雪》，據清咸豐伍崇曜《粵雅堂叢書》校刊本影印，《百部叢書集成》，臺北：藝文印書館，1965 年出版。

77. 〔宋〕趙聞禮輯：《陽春白雪》，據宛委別藏清抄本影印，《續修四庫全書‧集部‧詞類》，上海：上海古籍出版社，2002 年初版。

78. 〔宋〕趙聞禮選：《陽春白雪》，《叢書集成新編》，臺北：新文豐出版公司，1984 年 6 月出版。

79. 鄭騫編注：《詞選》，臺北：中國文化大學出版部，1995 年 6 月一版。

80. 劉崇德、徐文武點校：《明刊草堂詩餘二種》，保定：河北大學出版社，2010 年 2 月一版。

81. 劉學鍇：《溫庭筠全集校注》，北京：中華書局，2007 年 1 月一版。

82. 龍沐勛編選：《唐宋名家詞選》，上海：上海古籍出版社，1980 年 2 月一版。

83. 龍沐勛編選、卓清芬注說：《唐宋名家詞選》，臺北：里仁書局，2007 年 10 月初版。

84. 龍沐勛編：《唐五代宋詞選》，臺北：自力出版社，1959 年 5 月出版。

85. 龍沐勛：《唐五代詞選注》，上海：上海古籍出版社，2006 年 6 月一版。

86. 龍沐勛編選：《近三百年名家詞選》，上海：上海古籍出版社，1979 年 10 月一版。

87. 鄺利安：《宋四家詞選箋注》，臺北：臺灣中華書局，1971 年 1 月初版。

88. 〔清〕譚復堂評，徐珂、三多、趙逢年校刊：《譚評詞辨》，線裝書，1920 年出版。

89. 〔清〕譚獻輯：《篋中詞》，據清光緒八年刻本影印，《續修四庫全書·集部·詞類》，上海：上海古籍出版社，2002 年初版。（亦載於《叢書集成續編》，臺北：新文豐出版公司，1991 年 7 月臺一版。）

90. 〔清〕譚獻輯：《篋中詞》，杭州：西泠印社出版社，2007 年 6 月一版。

91. 〔清〕譚獻輯，羅仲鼎校點：《清詞一千首》，杭州：西泠印社出版社，2007 年 6 月一版。

92. 嚴迪昌編：《近代詞鈔》，南京：江蘇古籍出版社。

93. 〔明〕顧從敬、錢允治輯，錢允治、陳仁錫箋釋：《類選箋釋草堂詩餘》，《續修四庫全書·集部·詞類》，上海：上海古籍出版社，2002 年初版。

94. 〔宋〕《草堂詩餘》，《景印文淵閣四庫全書·集部·詞曲類》，臺北：臺灣商務印書館，1986 年 7 月初版。

95. 〔宋〕《尊前集》，《景印文淵閣四庫全書·集部·詞曲類》，臺北：臺灣商務印書館，1986 年 7 月初版。

96. 〔宋〕《增修箋注妙選草堂詩餘》，據上海涵芬樓借杭州葉氏藏明刊本景印，《四部叢刊·正編·集部》，臺北：臺灣商務印書館，1979 年 11 月臺一版。

97. 〔宋〕《樂府補題》，《景印文淵閣四庫全書·集部·詞曲類》，臺北：臺灣商務印書館，1986 年 7 月初版。

（五）詞韻、詞律

1. 〔清〕戈載：《詞林正韻》，臺北：文史哲出版社，1991 年 12 月五版。

2. 王力：《漢語詩律學》，香港：中華書局，1976 年 5 月初版。

3. 王熙元、陳滿銘、陳弘治：《詞林韻藻》，臺北：臺灣學生書局，1981 年 10 月再版。

4. 羊基廣編著：《詞牌格律》，成都：巴蜀書社，2008 年 7 月一版。

5. 呂正惠：《詩詞曲格律淺說》，臺北：大安出版社，1988 年初版。

6. 何文匯：《詩詞曲格律淺說》，臺北：臺灣書店，1999 年初版。

7. 徐信義：《詞譜格律原論》，臺北：文史哲出版社，1995 年 1 月初版。

8. 夏授道：《詩詞曲聲律淺說》，武漢：湖北教育出版社，2000 年 10 月一版。

9. 〔清〕康熙帝御製：《欽定詞譜》據清康熙五十四年內府刻本影印，北京：中國書店，1983 年 3 月一版。

10. 〔清〕舒夢蘭輯，謝朝徵箋：《白香詞譜》，臺北：世界書局，2004 年 10 月二版。

11. 〔清〕萬樹：《詞律》，臺北：臺灣商務印書館，1968 年 9 月臺一版。

12. 龍沐勛：《唐宋詞格律》，臺北：里仁書局，1995 年 8 月初版。

13. 藍少成：《詩詞曲格律與欣賞》，桂林：廣西師範大學出版社，1989 年一版。

（六）評　點

1. 〔元〕方回選評、李慶甲集評校點：《瀛奎律髓彙評》，上海：上海古籍出版社，1986 年 4 月一版。

2. 王書才：《文選評點述略》，上海：上海古籍出版社，2012 年 11 月一版。

3. 石麟：《中國古代小說評點派研究》，北京：中國社會科學出版社，2011 年 11 月一版。

4. 朱萬曙：《明代戲曲評點研究》，合肥：安徽教育出版社，2004 年 6 月二版。

5. 孫琴安：《中國評點文學史》，上海：上海社會科學院，1999 年 6 月一版。

6. 章培恆、王靖宇主編：《中國文學評點研究論集》，上海：上海古籍出版社，2002 年 12 月一版。

7. 黃肇基：《鑒奧與圓照——方苞林紓的《左傳》評點》，臺北：允晨文化，2008 年 10 月初版。

8. 張世君：《明清小說評點敘事概念研究》，北京：中國社會科學出版社，2007 年 8 月一版。

9. 楊清惠：《文法——金聖歎小說評點之敘事美學研究》，臺北：大安出版社，2011 年 12 月初版。

10. 〔宋〕蘇東坡原著，〔清〕紀曉嵐批點：《紀評蘇詩擇粹》，臺北：佩文書社，1961 年 4 月出版。

（七）文學史、文學理論、文學批評

1. 〔英〕Terry Eagleton 著，吳新發譯：《文學理論導讀》，臺北：書林

出版公司，1993 年 4 月一版。

2. 〔美〕Rene&Wellek：《文學理論》，臺北：水牛圖書公司，1995 年 11 月三版。

3. 王夢鷗：《文學概論》，臺北：藝文印書館，1994 年 12 月初版。

4. 王運熙、顧易生主編：《中國文學批評史》，上海：上海古籍出版社，1985 年 7 月第一版。

5. 毛正天：《中國古代詩學 本體論闡釋》，臺北：五南圖書公司，1997 年 4 月初版。

6. 〔法〕皮埃爾‧布迪厄著，劉暉譯：《藝術的法則──文學場的生成和結構》，北京：中央編譯出版社，2001 年 3 月一版。

7. 〔義〕艾柯等：《詮釋與過度詮釋》，北京：新華書店，1997 年 4 月一版。

8. 吳文治主編：《宋詩話全編》，南京：江蘇古籍出版社，1998 年出版。

9. 吳俊忠：《文學鑑賞論》，廣州：高等教育出版社，1998 年 5 月一版。

10. 吳建民：《中國古代詩學原理》，北京：人民文學出版社，2001 年 12 月一版。

11. 李幼蒸：《結構與意義─現代西方哲學論集》，臺北：聯經出版公司，1994 年 10 月初版。

12. 李明軍：《文統與政統之間：康雍乾時期的文化政策和文學精神》，濟南：齊魯書社，2008 年 11 月一版。

13. 周勛初：《中國文學批評小史》，高雄：麗文文化公司，1994 年 7 月初版。

14. 馬積高、黃鈞主編：《中國古代文學史》，臺北：萬卷樓圖書公司，1998 年 7 月初版。

15. 孫望、常國武：《宋代文學史》，北京：人民文學出版社，1991 年 2 月一版。

16. 袁行霈：《中國文學概論》，臺北：五南圖書公司，1997 年 6 月二版。

17. 〔法〕茨維坦‧托多洛夫著，王東亮、王晨陽譯：《批評的批評──教育小說》，臺北：桂冠圖書公司，1990 年 1 月初版。

18. 陳傳才、周文柏：《文學理論新編》，北京 ：中國人民大學出版社，1994 年 11 月一版。

19. 梁啟超：《中國之美文及其歷史》，北京：東方出版社，1996 年 3 月一版。

20. 康來新：《晚清小說理論研究》，臺北：大安出版社，1986 年 6 月初

版。

21. 郭紹虞：《中國文學批評史》，臺北：文史哲出版社，1988 年 4 月出版。

22. 張少康：《中國文學理論批評史教程》，北京：北京大學出版社，1999 年 4 月一版。

23. 張方：《中國詩學的基本觀念》，北京：東方出版社，1999 年 5 月一版。

24. 張伯偉：《中國古代文學批評方法研究》，北京：中華書局，2002 年 5 月一版。

25. 康來新：《發跡變態——宋人小說學論稿》，臺北：大安出版社，2010 年 4 月二版。

26. 黃永武：《中國詩學——鑑賞篇》，臺北：巨流圖書公司，1976 年 6 月一版。

27. 黃永武：《中國詩學——設計篇》，臺北：巨流圖書公司，1976 年 6 月一版。

28. 黃保眞、成復旺、蔡鍾翔：《中國文學理論史》，臺北：洪葉文化公司，1994 年 4 月初版。

29. 黃書泉：《文學批評新論》，合肥：安徽大學出版社，2001 年 9 月一版。

30. 〔美〕喬治·J.E.格雷西亞：《文本性理論：邏輯與認識論》，北京：人民出版社，2009 年 3 月一版。

31. 馮若春：《「他者」的眼光——論北美漢學家關於「詩言志」、「言意關係」的研究》，成都：巴蜀書社，2008 年 5 月一版。

32. 童慶炳：《文學理論要略》，北京：人民文學出版社，1995 年 7 月一版。

33. 童慶炳、陶東風主編：《文學經典的建構、解構和重構》，北京：北京大學出版社，2007 年 11 月一版。

34. 程千帆、吳新雷：《兩宋文學史》，上海：上海古籍出版社，1991 年 2 月一版。

35. 葉慶炳：《中國文學史》，臺北：臺灣學生書局，1987 年 8 月初版。

36. 楊松年：《中國文學批評問題研究論集》，臺北：文史哲出版社，1994 年 5 月初版。

37. 楊紅旗：《以意逆志與詮釋倫理》，成都：巴蜀書社，2009 年 12 月一版。

38. 〔德〕漢斯·格奧爾格·加達默爾:《眞理與方法——哲學詮釋學的基本特徵》,上海:上海譯文出版社,1999 年 4 月一版。

39. 〔法〕德希達著,劉北成、陳銀科、方海波譯:《言語與現象》,臺北:桂冠圖書公司,1998 年 1 月初版。

40. 劉大杰:《中國文學發展史》,臺北:華正書局,1988 年 7 月出版。

41. 劉若愚:《中國文學理論》,臺北:聯經出版公司,1981 年 9 月初版。

42. 〔梁〕劉勰著,周振甫注:《文心雕龍注釋》,臺北:里仁書局,1994 年 7 月再版。

43. 蔡英俊:《中國古典詩論中「語言」與「意義」的論題——「意在言外」的用言方式與「含蓄」的美典》,臺北:學生書局,2001 年出版。

44. 鄭振鐸:《插圖本中國文學史》,北京:北京出版社,1999 年 1 月一版。

45. 蔣成瑀:《讀解學引論》,上海:上海文藝出版社,1998 年 11 月一版。

46. 蔣寅:《中國詩學的思路與實踐》,桂林:廣西師範大學出版社,2001 年 9 月一版。

47. 〔梁〕鍾嶸:《詩品》,臺北:金楓出版社,1999 年 4 月一版。

48. 龍楡生:《中國韻文史》,上海:上海古籍出版社,2002 年 3 月一版。

49. 〔宋〕魏慶之編:《詩人玉屑》,《景印文淵閣四庫全書·集部·詩文評類》,臺北:臺灣商務印書館,1986 年 7 月初版。

50. 〔法〕羅伯特·休斯:《文學結構主義》,臺北:桂冠圖書公司,1995 年 1 月初版。

51. 羅根澤:《中國文學批評史》,上海:上海書店出版社,2003 年 1 月一版。

52. 〔法〕羅蘭·巴特:《批評與眞實》,臺北:桂冠圖書公司,1998 年 2 月初版。

53. 〔宋〕嚴羽:《滄浪詩話》,臺北:金楓出版社,1999 年 4 月一版。

54. 龔鵬程:《中國文學批評史論》,北京:北京大學出版社,2008 年 6 月一版。

(八) 經學、經學史、學術史

1. 〔清〕孔廣森:《春秋公羊經傳通義》,北京:北京大學出版社,2012 年 6 月一版。

2. 〔清〕皮錫瑞:《經學通論》,北京:中華書局,1954 年 10 月一版。

3. 〔清〕皮錫瑞著，周予同注釋：《經學歷史》，北京：中華書局，2004年7月新一版。

4. 〔清〕江藩撰，周春健校注：《經解入門》，上海：華東師範大學出版社，2010年5月一版。

5. 〔日〕安井小太郎等：《經學史》，臺北：萬卷樓圖書公司，1996年10月初版。

6. 〔美〕艾爾曼著，趙剛譯：《經學、政治和宗族——中華帝國晚期常州今文學派研究》，南京：江蘇人民出版社，1998年3月一版。

7. 周山：《解讀周易》，上海：上海書店出版社，2002年5月一版。

8. 姜廣輝主編：《中國經學思想史》，北京：中國社會科學出版社，2003年9月一版。

9. 徐立望：《嘉道之際揚州常州區域文化比較研究》，杭州：浙江大學出版社，2007年8月一版。

10. 〔清〕張惠言：《周易虞氏義》，北京：北京大學出版社，2012年6月一版。

11. 〔清〕張惠言：《周易虞氏義》，據清道光九年《皇清經解》本影印，《無求備齋易經集成》，臺北：成文出版社，1976年臺一版。

12. 〔清〕張惠言：《周易虞氏消息》，據清道光九年《皇清經解》本影印，《無求備齋易經集成》，臺北：成文出版社，1976年臺一版。

13. 梁啓超：《中國近三百年學術史》，臺北：里仁書局，1995年2月初版。

14. 湯志鈞：《經學史論集》，臺北：大安出版社，1995年6月出版。

15. 彭林主編：《清代學術講論》，桂林：廣西師範大學出版社，2005年11月一版。

16. 楊旭輝：《清代經學與文學——以常州文人群體為典範的研究》，南京：鳳凰出版社，2006年7月一版。

17. 〔漢〕鄭玄注：《禮記鄭注》，《四部備要·經部》，臺北：臺灣中華書局，1970年6月臺二版。

18. 鄭吉雄：《易圖象與易詮釋》，上海：華東師範大學出版社，2008年1月一版。

19. 劉玉平：《易學思維與人生價值論》，濟南：齊魯書舍出版社，2006年1月一版。

（九）詞學論集、詞學季刊

1. 中央研究院中國文哲研究所：《詞學研討會論文集》，臺北：中央研

究院中國文哲研究所籌備處，1996 年 6 月初版。

2. 中央研究院中國文哲研究所：《第一屆詞學國際研討會論文集》，臺北：中央研究院中國文哲研究所籌備處，1994 年 11 月初版。

3. 王水照、〔日〕保苅佳昭編選：《日本學者中國詞學論集》，上海：上海古籍出版社，1991 年 5 月一版。

4. 吳熊和：《吳熊和詞學論集》，杭州：杭州大學出版社，1999 年 4 月一版。

5. 吳熊和、喻朝剛、曹濟平、王步高主編：《中華詞學》，南京：東南大學出版社，1995 年 12 月一版。

6. 冒廣生：《冒鶴亭詞曲論集》，上海：上海古籍出版社，1992 年 8 月一版。

7. 夏承燾：《夏承燾集》，杭州：浙江古籍出版社、浙江教育出版社。

8. 唐圭璋：《詞學論叢》，上海：上海古籍出版社，1986 年 6 月一版。

9. 馬興榮等主編：《詞學》第一輯至第二十七輯，上海：華東師範大學出版社，1981 年 11 月出版第一輯，2012 年 6 月出版第二十七輯。

10. 黃文吉：《黃文吉詞學論集》，臺北：臺灣學生書局，2003 年出版。

11. 詹安泰：《詹安泰詞學論集》，汕頭：汕頭大學出版社，1997 年一版。

12. 趙為民、程郁綴：《詞學論薈》，臺北：五南圖書公司，1989 年 7 月初版。

13. 鄭騫：《景午叢編》，臺北：臺灣中華書局，1972 年 1 月初版。

14. 龍沐勛：《龍榆生詞學論文集》，上海：上海古籍出版社，1997 年 7 月一版。

15. 龍沐勛編：《詞學季刊》，臺北：臺灣學生書局，1967 年 6 月初版。（上海：上海書店，1985 年 12 月出版。）

16. 龍沐勛編：《同聲月刊》，南京：《同聲月刊》社，1940 年 12 月出版。

（十）筆記、歷代詞紀事、詞學目錄、工具書

1. 史雙元編：《唐五代詞紀事會評》，合肥：黃山書社，1995 年 12 月一版。

2. 〔美〕包弼德著，〔比利時〕魏希德修訂：《宋代研究工具書指南》，桂林：廣西師範大學大學出版社，2008 年 3 月一版。

3. 〔宋〕吳曾：《能改齋漫錄》，臺北：木鐸出版社，1982 年 5 月初版。

4. 杜海華編：《二十世紀全國報刊詞學論文索引》，北京：北京圖書館出版社，2007 年 12 月一版。

5. 林玫儀主編:《詞學論著總目 1901～1992》,臺北:中央研究院中國文哲所,1995 年出版。

6. 〔宋〕胡仔:《苕溪漁隱叢話前後集》,北京:中華書局,1985 年出版。

7. 〔宋〕胡仔:《苕溪漁隱叢話》,臺北:世界書局,1966 年 4 月再版。

8. 〔清〕徐釚撰、唐圭璋校注:《詞苑叢談》,北京:中華書局,2008 年 5 月一版。

9. 〔清〕張宗橚:《詞林紀事》,成都:古籍書店,1982 年 3 月一版。

10. 張惠民編:《宋代詞學資料彙編》,汕頭:汕頭大學出版社,1993 年 11 月一版。

11. 黃文吉主編:《詞學研究書目(1912～1992)》,臺北:文津出版社,1993 年版。

12. 龍振中、尤以丁編:《清詞紀事會評》,合肥:黃山書社,1995 年 12 月一版。

13. 〔宋〕羅大經《鶴林玉露》,《叢書集成新編》,臺北:新文豐出版公司,1984 年 6 月出版,卷七,頁 72。

(十一)其　他

1. 王世襄:《中國畫論研究》,桂林:廣西師範大學出版社,2010 年 1 月一版。

2. 王菊生:《中國繪畫學概論》,長沙:湖南美術出版社,1998 年 5 月一版。

3. 〔漢〕司馬遷:《史記》,臺北:鼎文書局,1997 年 10 月十版。

4. 朱廷獻:《中國書學概要》,臺北:臺灣商務印書館,1991 年 7 月出版。

5. 〔宋〕朱熹:《晦庵先生朱文公集》,據上海涵芬樓影印明嘉靖本,《四部叢刊・正編・集部》,臺北:臺灣商務印書館,1979 年臺一版。

6. 〔宋〕朱熹集註,蔣伯潛廣解:《四書讀本》,臺北:啓明書局。

7. 〔清〕李兆洛選,譚獻評:《駢體文鈔》,臺北:世界書局,2012 年 3 月二版。

8. 〔明〕吳承恩著,李卓吾批評:《李卓吾批評本西遊記》,南京:鳳凰出版社,2010 年 4 月一版。

9. 〔清〕金聖歎:《聖歎選批唐才子詩》,臺北:正中書局,1956 年 4 月臺初版。

10. 〔宋〕洪興祖:《楚辭補注》,臺北:大安出版社,1995 年 6 月一版。

11. 〔明〕施耐庵著，〔清〕金聖歎批評：《金聖歎批評本水滸傳》，南京：鳳凰出版社，2010 年 4 月一版。

12. 〔漢〕班固：《漢書》，臺北：鼎文書局，1991 年 9 月七版。

13. 〔清〕張惠言輯：《七十家賦鈔》，據清道光元年合河康氏家塾刻本影印，《續修四庫全書・集部・總集類》，上海：上海古籍出版社，2002 年初版。

14. 〔清〕張惠言：《茗柯文編》，據民國八年上海商務印書館《四部叢刊》、清同治八年刻本影印：《茗柯文補編》、《茗柯文外編》，據民國八年上海商務印書館《四部叢刊》、清道光陳善刻本影印，《續修四庫全書・集部・別集類》，上海：上海古籍出版社，2002 年初版。

15. 〔清〕張惠言：《陽湖張惠言先生手稿》，據光緒戊申三月線裝書影印，臺北：武進同鄉會，1976 年 12 月初版。

16. 〔清〕張惠言：《茗柯文》，臺北：世界書局，1964 年 2 月初版。

17. 〔清〕張惠言：《七十家賦鈔》，臺北：世界書局，1964 年 2 月初版。

18. 〔清〕陳維崧：《陳迦陵文集》，《四部叢刊・正編》，臺北：臺灣商務印書館，1979 年臺一版。

19. 陳方既：《中國書法美學思想史》，開封：河南人民美術出版社，2009 年 1 月出版。

20. 〔清〕盛宣懷輯：《常州先哲遺書》，《叢書集成三編》，臺北：藝文印書館，1973 年 8 月初版。

21. 喬志強編著：《中國古代書法理論解讀》，上海：上海人民美術出版社，2012 年 1 月一版。

22. 傅慧敏編著：《中國古代繪畫理論解讀》，上海：上海人民美術出版社，2012 年 1 月一版。

23. 葛路：《中國古代繪畫理論發展史》，臺北：丹青圖書公司，1987 年 2 月初版。

24. 楊勇：《陶淵明集校箋》，臺北：正文書局，1987 年 1 月出版。

25. 熊秉明：《中國書法理論體系》，香港：商務印書館，1984 年 12 月初版。

26. 〔晉〕劉昫：《舊唐書》，《四部備要・史部》，臺北：臺灣中華書局，1966 年 3 月臺一版。

27. 鄭曉華：《書法藝術欣賞》（原書名：《中國書法藝術的歷史與審美》），臺北：五南圖書公司，2002 年 11 月初版。

28. 魏小虎編撰：《四庫全書總目彙訂》，上海：上海古籍出版社，2012 年 12 月一版。

29. 〔清〕譚獻：《譚獻集》，杭州：浙江古籍出版社，2012 年 8 月一版。

30. 〔清〕譚獻：《復堂日記》，《叢書集成續編》，臺北：新文豐出版公司，1991 年 7 月臺一版。

31. 藍鐵、鄭朝：《中國的書法藝術與技巧》，北京：中國青年出版社，1993 年 4 月一版。

32. 《歷代書法論文選》，上海：上海書畫出版社，1979 年 10 月一版。

二、碩博士論文

1. 王國昭：《詞話之批評與功用研究》，1986 年，東吳大學中國文學研究所碩士論文。

2. 王媛：《清代常州詞派寄託理論與吳夢窗詞研究》，2009 年，江南大學中國古代文學碩士論文。

3. 朱美郁：《清常州詞派比興說研究》，1991 年，高雄師範大學中國文學研究所碩士論文。

4. 朱德慈：《中晚期常州詞派研究》，2003 年，南京師範大學中國古代文學博士論文。

5. 任相梅：《譚獻年譜》，2007 年，南京大學中國古典文獻碩士論文。

6. 宋邦珍：《《白雨齋詞話》「沉鬱說」研究》，1990 年，高雄師範大學中國文學研究所碩士論文。

7. 李娟娟：《《草堂四集》及《古今詞統》之研究》，1996 年 6 月，高雄師範大學國文研究所碩士論文。

8. 李淑楨：《陳廷焯詞論及其詩詞創作實踐之關係》，2009 年，中山大學中國文學研究所碩士論文。

9. 李銳：《陳廷焯詞論研究》，2009 年，華中師範大學文藝學碩士論文。

10. 李睿：《清代詞選研究》，2006 年，華東師範大學中國語言文學系博士論文。

11. 李鍾振：《周濟詞論研究》，1984 年，臺灣師範大學中國文學研究所博士論文。

12. 吳旻旻：《香草美人傳統研究——從創作手法到閱讀模式的建立》，2003 年，臺灣大學中國文學研究所博士論文。

13. 吳錦琇：《陳廷焯《詞則》選評「王沂孫詞」析論》，2010 年，政治大學國文教學碩士在職專班碩士論文。

14. 余佳韻：《清代詞學的南北宋之爭》，2008 年，臺灣大學中國文學研究所碩士論文。

15. 杜淑華：《清代文學批評境界說之研究》，1991 年，政治大學中國文學研究所碩士論文。

16. 林玫儀：《晚清詞論研究》，1978 年，臺灣大學中國文學研究所博士論文。

17. 林崗：《文心探微──明清之際小說評點學之研究》，1997 年，暨南大學文藝學博士論文。

18. 林淑華：《姜夔詞接受史》，2013 年，國立成功大學中國文學系碩博士班博士論文。

19. 林惠美：《楊慎及其詞學研究》，2003 年，高雄師範大學國文學系博士論文。

20. 金鮮：《陳廷焯早晚期詞學觀念之轉變》，1992 年，臺灣大學中國文學研究所碩士論文。

21. 金鮮：《清末民初宋詞學析論》，1997 年，臺灣師範大學國文學系博士論文。

22. 邱全成：《蘇軾詞的接受與影響──從期待視野的角度觀之》，2009 年，彰化師範大學國文學系碩士論文。

23. 卓清芬：《清末四大家詞學及詞作研究》，2000 年，臺灣大學中國文學研究所博士論文。

24. 侯雅文：《白雨齋詞話「沉鬱說」析論》，1997 年 6 月，中央大學中國文學研究所碩士論文。

25. 侯雅文：《常州詞派構成與變遷析論》，2003 年 6 月，中央大學中國文學研究所博士論文。

26. 侯裕隆：《晚清四大詞家對常州派詞論之承繼與開創》，2004 年，暨南國際大學中國語文學系碩士論文。

27. 柯瑋郁：《晏幾道《小山詞》接受史》，2010 年，成功大學中國文學系碩博士班碩士論文。

28. 范松義：《《花間集》接受論》，2003 年，河南大學中國古代文學碩士論文。

29. 徐志豪：《論清代常州詞派詞史觀念之形成》，2004 年，南華大學文學研究所碩士論文。

30. 馬子堯：《論常州詞派的起源與常州經學之關係》，2011 年，山東大學中國古代文學碩士論文。

31. 高楨臨：《清初戲曲評點閱讀方法與批評策略研究》，2010 年，東海大學中國文學系博士論文。

32. 梁榮基：《詞學理論綜考》，1976 年，臺灣大學中國文學研究所博士

論文。

33. 郭娟玉：《溫庭筠辨疑》，2007 年，臺灣大學中國文學研究所博士論文。

34. 張苾芳：《清常州詞派寄託說研究》，1986 年，文化大學中國文學研究所碩士論文。

35. 張春媚：《溫庭筠詞傳播接受研究》，2002 年，湖北大學中國古代文學碩士論文。

36. 陳松宜：《清代接受宋詞之研究》，1999 年 6 月，中央大學中國文學研究所碩士論文。

37. 陳侑伶：《陸游詞接受史》，2012 年，國立成功大學中國文學系碩博士班碩士論文。

38. 陳宣如：《常州詞派的文學閱讀》，2005 年，暨南國際大學中國語文學系碩士論文。

39. 陳思涵：《晚清寄託說詞論的發展及其反響》，2007 年，東華大學中國語文學系碩士論文。

40. 陳虹蘭：《溫庭筠詞寄託問題研究》，2008 年，臺灣大學中國文學研究所碩士論文。

41. 陳桂清：《清代詞學與經學關係研究》，2010 年，中山大學中國古代文學博士論文。

42. 陳清茂：《楊慎的詞學》，1994 年 5 月，臺灣師範大學國文研究所碩士論文。

43. 曹明升：《清代宋詞學研究》，2006 年，揚州大學文學院中國古代文學學科博士論文。

44. 許嘉瑋：《清初廣陵詞人群體研究——以評點與唱和為主的考察》，2009 年，政治大學中國文學研究所碩士論文。

45. 黃雅莉：《宋詞雅化的發展與嬗變——以柳、周、姜、吳為探究中心》，2001 年臺灣師範大學國文學系博士論文。

46. 曾子淳：《柳永詞清代評論之研究》，2007 年，中山大學中國語文學系研究所碩士論文。

47. 曾夢涵：《清代周邦彥詞接受史》，2013 年，國立中山大學碩士論文。

48. 程志媛：《宋代詞學批評研究——批評形式與文化詮釋》，2001 年，暨南國際大學中國語文學系碩士論文。

49. 普義南：《吳文英詞接受史》，2010 年，淡江大學中國文學研究所博士論文。

50. 葉祝滿：《性別與認同——李清照其人其詞的創作與接受研究》，2008 年，政治大學國文教學碩士學位班碩士論文。

51. 葉佳聲：《從宋人選宋詞四部詞選觀「雅」之演變》，2001 年 5 月，復旦大學中國古代文學碩士論文。

52. 楊娜：《詞學史上的南北宋之爭》，2010 年，河南大學中國古代文學碩士論文。

53. 趙李娜：《《花庵詞選》研究》，2012 年 6 月，河北大學中國古代文學碩士論文。

54. 鄭聖勳：《憂鬱的價值：江淹作品解讀》，2004 年 6 月，清華大學中國語文學系碩士論文。

55. 劉小燕：《清末三大詞學家論花間詞》，2010 年，福建師範大學中國古代文學碩士論文。

56. 劉少雄：《宋代詞選集研究》，1986 年，臺灣大學中國文學研究所碩士論文。

57. 劉少雄：《南宋姜吳典雅詞派相關詞學論題之探討》，1994 年，臺灣大學中國文學研究所博士論文。

58. 盧冠如：《比興寄託說在詞學史上的演繹與詮釋》，2011 年，東華大學中國語文學系碩士論文。

59. 蕭新玉：《譚獻詞學研究》，1992 年，高雄師範大學國文研究所碩士論文。

60. 謝旻琪：《明代評點詞集研究》，2004 年 6 月，東吳大學中國文學系碩博士班碩士論文。

61. 薛乃文：《馮延巳詞接受史》，2008 年，國立成功大學中國文學系碩博士班碩士論文。

62. 顏妙容：《詞學之「言志」論發展研究》，1995 年，臺灣大學中國文學研究所碩士論文。

63. 顏妙容：《清代詞學尊體之論述研究》，2005 年，中山大學中國語文學系研究所博士論文。

64. 顏文郁：《韋莊詞之接受史》，2009 年，國立成功大學中國文學系碩博士班碩士論文。

65. 隴興龍：《《白雨齋詞話》論詞思想研究》，2009 年，貴州師範大學文藝學碩士論文。

三、專書論文與期刊論文

1. 丁放、甘松：〈《草堂詩餘四集》的編選評點及其詞學意義〉，《文學

評論》2009 年 3 期，頁 162〜168。

2. 丁放、葛旭芳：〈從明代詞選看詞學觀念的演變〉，《學術月刊》2008
   年 6 月，頁 106〜113。

3. 于立君、王安節：〈「評點」的涵義和性質〉，《語言文字應用》2000
   年 4 期，頁 34〜36。

4. 王兆鵬、劉尊明：〈本世紀詞學研究的基本格局〉，《百年學科沉思
   錄：二十世紀古代文學研究回顧與前瞻》，北京：人民文學出版社，
   1998 年 9 月一版，頁 312〜321。

5. 王兆鵬：〈《古今詞統》誤收誤題唐五代詞考辨〉，《唐代文學研究》
   2002 年，頁 74〜84。

6. 王兆鵬、劉學：〈宋詞作者的統計分析〉，《文藝研究》2003 年 6 期，
   頁 54〜59。

7. 王兆鵬：〈歌妓唱詞及其影響──宋詞的口頭傳播方式研究〉，東華
   大學中文系：《文學研究的新進路──傳播與接受》，臺北：洪葉文
   化公司，2004 年 7 月初版，頁 311〜345。

8. 王兆鵬：〈中國古代文學傳播研究的六個層面〉，《江漢論壇》2006
   年 5 月，頁 109〜113。

9. 王兆鵬：〈宋詞經典的建構〉，《古典文學知識》2011 年 1 期，頁 40
   〜46。

10. 王吉鳳：〈陳廷焯論詞的審美傾向〉，《山東農業大學學報（社會科
    學版）》2006 年 4 期，頁 115〜119。

11. 王書賓：〈淺論常州詞派的讀詞方式〉，《常州工學院學報（社科版）》
    2010 年 5 期，頁 1〜4。

12. 王萬象：〈古典詩詞選評與典律化〉，《興大中文學報》第二十三期，
    2008 年 6 月，頁 263〜309。

13. 方彥壽：〈黃昇《花庵詞選》新論──我國最早有評點的詞選〉，《泉
    州師範學院學報（社會科學）》2006 年 1 月，頁 85〜90。

14. 方智範：〈評張惠言的論詞主張〉，《詞學論稿》，上海：華東師範大
    學出版社，1986 年 9 月一版，頁 357〜375。

15. 方智範：〈關於張惠言寄託說評價的兩個問題〉，《詞學論稿》，頁 376
    〜383。

16. 方智範：〈周濟詞論發微〉，《詞學論稿》，頁 384〜401。

17. 方智範：〈論常州詞派生成之文化動因〉，《詞學研討會論文集》，臺
    北：中央研究院中國文哲研究所籌備處，1996 年 6 月初版，頁 313
    〜330。

18. 方智範：〈常州詞派與近代詞學理論批評〉，《中國文化月刊》1994
    年12月，第182期，頁98～110。

19. 皮述平：〈清代詞學的『尊體』觀〉，《學術月刊》1997年11月，頁
    105～113。

20. 史云：〈《花庵詞選》版本源流考〉，《江南大學學報（人文社會科學
    版）》2008年6期，頁110～113。

21. 甘松：〈《草堂詩餘》與明前中期詞學演變——以陳鐸、張綖等人爲
    例〉，《合肥師範學院學報》2010年1月，頁22～26。

22. 甘松、丁放：〈承襲與新變：明代詞選的編選特點與詞學意義〉，《安
    徽師範大學學報（人文社會科學版）》2010年2期，頁161～167。

23. 朱秋娟：〈新發現黃昇論詞資料〉，《中國典籍與文化》2008年3期，
    頁67～70。

24. 朱秋娟：〈清初清詞評點的風尚成因與原生面貌〉，《文藝研究》2008
    年11期，頁60～67。

25. 朱建光：〈論《草堂詩餘》在明代的傳播接受〉，《理論導刊》2012
    年4期，頁100～102。

26. 朱紹秦、徐楓：〈清代詞學「正變觀」的新立論——論周濟正變觀
    與張惠言的異同〉，《華中師範大學學報（人文社會科學版）》2002
    年2期，頁67～71。

27. 朱惠國：〈論董士錫的詞學思想及其在常州詞派發展中的作用〉，《詞
    學》第十五輯，上海：華東師範大學出版社，2004年11月一版，
    頁148～157。

28. 朱惠國：〈張惠言詞學思想新探〉，《石油大學學報（社會科學版）》
    2005年1期，頁89～93。

29. 朱惠國：〈論周濟對常州詞派的理論貢獻〉，《吉首大學學報（社會
    科學版）》2006年3期，頁70～75。

30. 朱惠國：〈論陳廷焯的詞學思想以及對常州詞派的理論貢獻〉，《詞
    學》第十九輯，上海：華東師範大學出版社，2008年6月一版，頁
    174～194。

31. 朱萬曙：〈評點的形式要素與文學批評功能——以明代戲曲評點爲
    例〉，章培恆、王靖宇主編：《中國文學評點研究論集》，上海：上
    海古籍出版社，2002年12月一版，頁71～85。

32. 朱蘇權、王恩全：〈《白雨齋詞話》注重「才、氣、力」的傾向〉，《河
    北師範大學學報（社會科學版）》1997年2期，頁58～67。

33. 伏滌修：〈周濟寄託說與清代詞學的成熟〉，《河南師範大學學報（哲

學社會科學版)》2003 年 4 期，頁 116～119。

34. 沙先一：〈推尊詞體與開拓詞境：論清代的學人之詞〉，《江海學刊》
2004 年 3 月，頁 188～193。

35. 邱惠芬：〈胡承珙《毛詩後箋》解經體例與方法〉，《經學研究論叢》
第十二輯，臺北：臺灣學生書局，2004 年 12 月初版，頁 133～163。

36. 余意：〈論詞體觀念的確立——從明代詞論重新檢討常州詞派詞學
思想〉，《詞學》第十八輯，上海：華東師範大學出版社，2007 年
12 月一版，頁 75～88。

37. 余筠珺：〈問塗·經歷·回還——周濟「四家學詞門徑」的理論建
構〉，《東華漢學》2013 年 6 月，頁 137～170。

38. 艾治平：〈論清詞的流派〉，《嘉應大學學報（社會科學）》1997 年 2
期，頁 38～45。

39. 〔日〕伊藤虎丸：〈張惠言的以「雅俗」觀念爲中心的詞論——《詞
選》的位置〉，《日本學者中國詞學論文集》，上海：上海古籍出版
社，1991 年 5 月一版，頁 386～403。

40. 汪俊：〈黃昇生平事跡考述〉，《揚州師院學報（社會科學版）》1995
年 4 期，頁 69～71。

41. 李正治：〈比興解詩模式的形成及其意義〉，《中國文學新境界 反思
與觀照》，頁 343～367。

42. 李社教：〈文本意義的還原與創造——論張惠言解詞〉，《湖北師範
學院學報（哲學社會科學版）》1994 年 5 期，頁 18～21。

43. 李揚：〈批評及選擇——論《花庵詞選》的詞學批評意識〉，《河南
大學學報（社會科學版）》，1999 年 2 期，頁 17～21。

44. 李慈健：〈清末民初常州詞派的情感流向〉，《河南大學學報（社會
科學版）》1994 年 2 期，頁 53～58。

45. 李德偉：〈傳播·出版·行銷：以「南宋詞選」爲中心之文化探究〉，
《東海中文學報》21 期，2009 年 7 月，頁 389～414。

46. 李劍亮：〈論丁紹儀對譚獻詞學闡釋論的影響〉，《浙江大學學報（人
文社會科學版）》2005 年 5 期，頁 144～149。

47. 李睿：〈論清代詞選〉，《詞學》第十八輯，上海：華東師範大學出
版社，2007 年 12 月一版，頁 99～113。

48. 吳宏一：〈清詞與世變、寄託的關係〉，《學術研究》2003 年 3 期，
頁 115～117；15。

49. 吳承學：〈評點之興——文學評點的形成與南宋的詩文評點〉，《文
學評論》1995 年 1 期，頁 32～33。

50. 吳承學：〈現存評點第一書——論《古文關鍵》的編選、評點及其影響〉，章培恆、王靖宇主編：《中國文學評點研究論集》，頁 215～236。

51. 吳振華：〈試論陳廷焯的詞學觀念〉，《詞學》第十九輯，上海：華東師範大學出版社，2008 年 6 月一版，頁 195～211。

52. 況周頤：〈詞學講義〉《詞學季刊》創刊號，1933 年 4 月，臺北：臺灣學生書局，1967 年 6 月初版，頁 107～112。

53. 〔日〕村上哲見：〈歷代選本中的辛棄疾詞〉，《詞學》第十九輯，上海：華東師範大學出版社，2008 年 6 月一版，頁 1～13。

54. 林玫儀：〈新出資料對陳廷焯詞論之證補〉，《中央研究院第二屆國際漢學會議論文集》，臺北：中央研究院，1989 年 6 月出版，頁 785～811。

55. 林玫儀：〈詞學研究之回顧與展望〉，《中國文哲研究的回顧與展望論文集》，臺北：中央研究院中國文哲研究所，1992 年 5 月出版，頁 113～150。

56. 林玫儀：〈論晚清四大詞家在詞學上的貢獻〉，《詞學》第九輯，上海：華東師範大學出版社，1992 年 7 月一版，頁 148～173。

57. 林玫儀：〈由敦煌曲看詞的起原〉，《詞學考詮》，臺北：聯經出版公司，1993 年 5 月初版，頁 1～43。

58. 林玫儀：〈清代詞籍評點敘例〉，章培恆、王靖宇主編：《中國文學評點研究論集》，頁 129～155。

59. 林玫儀：〈研究陳廷焯之重要文本——《白雨齋詞存》與《白雨齋詩鈔》〉，《中國文哲研究通訊》2008 年 6 月，第十八卷第二期，頁 131～176。

60. 岳淑珍：〈張綖《草堂詩餘別錄》考論〉，《新鄉學院學報（社會科學版）》2008 年 10 月，頁 94～97。

61. 屈興國：〈從《雲韶集》到《白雨齋詞話》〉，屈興國校注：《白雨齋詞話足本校注》，濟南：齊魯書社，1983 年 11 月一版，頁 869～897。

62. 屈興國〈《白雨齋詞話》的「沉鬱」說〉，屈興國校注：《白雨齋詞話足本校注》，頁 898～920。

63. 孟婷：〈《詞綜》與《花庵詞選》之比較〉，《語文學刊》2011 年 4 期，頁 17～18；43。

64. 洪惟助：〈論詞與音樂的關係及後世詞譜的缺失〉，《中國文哲研究通訊》1994 年 6 月，第四卷第二期，頁 16～35。

65. 祝東：〈崇雅詞學觀的不同審美取向——兼論浙西、常州二詞派對

宋季遺民詞的接受〉,《殷都學刊》2008 年,頁 79～83。

66. 柯慶明:〈文學傳播與接受的一些理論思考〉,東華大學中文系:《文學研究的新進路——傳播與接受》,頁 1～21。

67. 胡小林:〈論《古今詞統》與明末詞風的嬗變〉,《名作欣賞／文苑經緯》2012 年 5 期,頁 109～111。

68. 胡明:〈一百年來的詞學研究:詮釋與思考〉,《文學遺產》1998 年 2 月,頁 16～29。

69. 段學儉:〈比興寄託說在宋代詞論中的生成與演化〉,《中國韻文學刊》1998 年 1 期,頁 72～78。

70. 侯美珍:〈明清士人對「評點」的批評〉,《中國文哲研究通訊》2004 年 9 月,第十四卷第三期,頁 223～248。

71. 侯雅文:〈論晚清常州詞派對「清詞史」的「解釋取向」及其在常派發展上的意義〉,《淡江中文學報》2005 年 12 月,頁 183～222。

72. 侯雅文:〈宋代「詞選本」在「詞典律史」建構上的意義——對「詞史」的研究與書寫提出「方法學」的省思〉,《淡江中文學報》第十八期,2008 年 6 月,頁 115～158。

73. 侯雅文:〈從社會學的視域論清代詞派研究的新方向:以浙西詞派為例〉,曹虹等主編:《清代文學研究集刊》第二輯,北京:人民文學出版社,2009 年 10 月一版,頁 67～94。

74. 姚曉雷:〈試論清末常州詞派詞論的文化自救意識〉,《平頂山師專學報(社會科學)》1998 年 3 期,頁 40～45。

75. 施議對:〈以批評模式看中國當代詞學——兼說史才三長中的「識」〉,《百年學科沉思錄:二十世紀古代文學研究回顧與前瞻》,北京:人民文學出版社,1998 年 9 月一版,頁 344～365。

76. 唐圭璋:〈歷代詞學研究述略〉,《詞學論叢》,上海:上海古籍出版社,1986 年 6 月一版,頁 811～834。

77. 唐圭璋:〈朱祖謀治詞經歷及其影響〉,《詞學論叢》,頁 1019～1027。

78. 高建中:〈浙西詞派的詞論〉,《詞學論稿》,頁 278～298。

79. 高建中:〈朱彝尊的詞論及其創作〉,《詞學論稿》,頁 314～339。

80. 高峰:〈常州詞派的尊體論〉,《淮陰師範學院學報(哲學社會科學版)》2001 年 5 月,頁 684～686。

81. 馬里揚:〈清代常州派「詞史」說新詮〉,曹虹等主編:《清代文學研究集刊》第四輯,北京:人民文學出版社,2011 年 10 月一版,頁 369～402。

82. 馬興榮:〈張臬文手批《山中白雲詞》〉,《詞學》第十五輯,頁 279

～287。

83. 孫克強：〈試論《草堂詩餘》在詞學批評史上的影響和意義〉，《中國韻文學刊》1995 年 2 期，頁 69～74。

84. 孫克強：〈清代詞學的南北宋之爭〉，《文學評論》1998 年 4 期，頁 127～136。

85. 孫克強：〈常州派詞論家董士錫簡論〉，《詞學》第十三輯，上海：華東師範大學出版社，2001 年 11 月一版，頁 185～196。

86. 孫克強：〈清代詞學流派論〉，《中國古代、近代文學研究》2002 年 7 期，頁 159～168。

87. 孫琴安：〈對中國最初詩歌評點形態的探討〉，《社會科學》1999 年 2 期，頁 70～74。

88. 孫維城：〈清代詞學對王沂孫詞高評的歷史與現實〉，《詞學》第二十三輯，上海：華東師範大學出版社，2010 年 6 月一版，頁 248～259。

89. 孫運君：〈清代今文經學興起考——以惠棟、戴震、張惠言爲中心〉，《船山學刊》2005 年 4 期，頁 130～132。

90. 徐立望：〈張惠言經世思想：經學與詞學之統合〉，《浙江學刊》2006 年 6 期，頁 60～67。

91. 徐秀菁：〈由選詞與評點的角度看張惠言《詞選》中比興寄託說的實踐〉，《國文學誌》第十二期，彰化：彰化師範大學國文學系，2006 年 6 月出版，頁 283～～310。

92. 徐楓：〈常州詞派詞論的經世精神〉，《西南師範大學學報（哲學社會科學版）》1995 年 3 期，頁 106～108。

93. 徐楓：〈張惠言與常州經學〉，《杭州師範學院學報》1997 年 2 期，頁 20～25。

94. 徐楓：〈張惠言與常州經學〉，《杭州師範學院學報》1997 年 2 期，頁 20～25。

95. 徐楓：〈常州詞派與詩教復振簡論〉，《許昌師專學報（社會科學版）》1998 年 1 期，頁 43～46。

96. 徐楓：〈《茗柯詞》及其對常州詞論的實踐意義〉，《海南大學學報（人文社會科學版）》2001 年 3 期，頁 49～56。

97. 馬興榮：〈建國三十年來的詞學研究〉，《詞學》第一輯，上海：華東師範大學出版社，1981 年 11 月一版，頁 21～34。

98. 曹辛華：〈20 世紀詞學批評的「現代化」特色〉，《鄭州大學學報：社科版》2000 年 2 月，頁 55～60。

99. 曹辛華、彭功智：〈晚清文學思潮與現代詞學批評的轉型〉，《河南師範大學學報：哲社版》2001 年 2 月，頁 60～64。

100. 曹秀蘭：〈《花庵詞選》與《絕妙好詞》比較〉，《安徽教育學院學報》2004 年 1 期，頁 65～68。

101. 曹明升：〈清人評點宋詞探微〉，《鄭州大學學報（哲學社會科學版）》2005 年 3 期，頁 120～123。

102. 曹明升：〈論清人的宋詞史研究〉，《浙江社會科學》2010 年 3 期，頁 115～120。

103. 曹保合：〈談周濟的寄託理論〉，《贛南師範學院學報》1994 年 3 期，頁 23～29。

104. 曹保合：〈談譚獻的論詞傾向〉，《衡水師專學報》2004 年 3 期，頁 47～51。

105. 張宏生：〈詞與賦：觀察張惠言詞學的一個角度〉，《中華詞學》第三輯，南京：東南大學出版社，2002 年 5 月一版，頁 20～30。

106. 張宏生：〈楊慎詞學與《草堂詩餘》〉，《南京師大學報（社會科學版）》2008 年 3 月，頁 128～135。

107. 張宏生：〈統序觀與明清詞學的遞嬗——從《古今詞統》到《詞綜》〉，《文學遺產》2010 年 1 期，頁 86～93。

108. 張宏生：〈宏觀把握與微觀示範——從評點看朱彝尊的詞學成就〉，《南京大學學報（哲學・人文科學・社會科學）》2010 年 2 期，頁 79～88。

109. 張宏生：〈創作的厚度與時代的選擇——王沂孫詞的後世接受與評價思路〉，《詞學》第二十三輯，上海：華東師範大學出版社，2010 年 6 月一版，頁 141～154。

110. 張伯偉：〈評點溯源〉，章培恆、王靖宇主編：《中國文學評點研究論集》，頁 1～54。

111. 張珍懷：〈日本的詞學〉，《詞學》第二輯，上海：華東師範大學出版社，1983 年 10 月一版，頁 207～221。

112. 張靜：〈劉辰翁有意評點過詞嗎？〉，《江西社會科學》2004 年 12 月，頁 200～205。

113. 陶易：〈張惠言與周濟詞論之比較〉，《皖西學院學報》2001 年 1 期，頁 16～18。

114. 清風：〈《茗柯詞》變相《風》、《騷》創作意格——論清代常州詞派代表張惠言的創作實踐〉，《燕山大學學報（哲學社會科學版）》2001 年 3 期，頁 38～42。

115. 陳水雲:〈論康熙年間詞學的南北宋之爭〉,《中國韻文學刊》1998 年 2 期,頁 34～41。

116. 陳水雲:〈康熙年間詞學的辨體與尊體〉,《華東師範大學學報(人文社會科學版)》1999 年 11 月,頁 131～137。

117. 陳水雲:〈張惠言的詞學與易學〉,《周易研究》2000 年 1 期,頁 82～92。

118. 陳水雲:〈陳廷焯「沉鬱」說與古代詩學傳統〉,《中國韻文學刊》2001 年 2 期,頁 44～51。

119. 陳水雲:〈常州詞派與近代詞學中的解釋學思想〉,《求是學刊》2002 年 5 期,頁 99～104。

120. 陳水雲、張清河:〈《雲韶集》與陳廷焯初期的詞學思想〉,《湖北大學學報(哲學社會科學版)》2002 年 6 期,頁 65～68。

121. 陳水雲:〈論清代詞選的編纂及其意義〉,《滄州師範專科學校學報》2002 年 1 期,頁 15～18。

122. 陳水雲:〈《白雨齋詞話》在二十世紀的回響〉,《黃岡師範學院學報》2003 年 1 期,頁 41～47。

123. 陳水雲、王茁:〈陳廷焯的師友交往與詞學立場的轉變〉,《荊州師範學院學報(社會科學版)》2003 年 6 期,頁 28～31。

124. 陳水雲:〈唐宋詞籍在明末清初傳播述略〉,《湖南文理學院學報(社會科學版)》2007 年 5 期,頁 49～55。

125. 陳水雲:〈近現代詞學史上的文體批評〉,《詞學》第二十三輯,上海:華東師範大學出版社,2010 年 6 月一版,頁 315～333。

126. 陳文新:〈論常州詞派的詞統建構〉,《中國古代、近代文學研究》2004 年 6 期,頁 117～121。

127. 陳未鵬:〈黃昇「以選爲史」與當代編輯的學術使命〉,《湖南科技學院學報》2011 年 11 期,頁 194～197。

128. 陳先汀:〈論黃昇的詞學思想〉,《福建論壇(社科教育版)》2007 年 12 期,頁 149～152。

129. 陳明恩:〈董仲舒《春秋》公羊學解經方法析論〉,《經學研究論叢》第八輯,臺北:臺灣學生書局,2000 年 9 月初版,頁 209～248。

130. 黃志浩:〈論常州詞派理論之流變〉,《廣州民族學院學報:社科版》1997 年 3 期,頁 34～40。

131. 黃志浩:〈論常州詞派的比興理論〉,《江南大學學報(人文社會科學版)》2002 年 4 期,頁 76～80。

132. 黃志浩:〈論常州派詞統的形成〉,《南京師大學報:社科版》2003

年 5 期，頁 135～140。

133. 黃志浩：〈論常州詞派鑑賞理論的嬗變〉，《社會科學輯刊》2003 年 6 期，頁 140～144；159。

134. 閔豐：〈清初清詞選本中的異文形態與詞學流變〉，《詞學》第十八輯，上海：華東師範大學出版社，2007 年 12 月一版，頁 114～130。

135. 湯志鈞：〈清代經學學派及其異同〉，《清代揚州學術研究》，臺北：臺灣學生書局，2001 年 4 月初版，頁 1～20。

136. 彭玉平：〈陳廷焯正變觀疏論〉，《詞學》第十二輯，上海：華東師範大學出版社，2000 年 4 月一版，頁 162～168。

137. 彭玉平：〈端木埰與晚清詞學〉，《中山大學學報（社會科學版）》2004 年 1 期，頁 32～38。

138. 彭玉平：〈選本批評與詞學觀念──陳廷焯的詞選批評探討〉，《汕頭大學學報（人文社會科學版）》2005 年 5 期，頁 24～30。

139. 彭玉平：〈選本編纂與詞學觀念──晚清陳廷焯詞選編纂探論〉，《學術研究》2006 年 7 期，頁 139～143。

140. 詹安泰：〈論寄託〉，《詞學季刊》第三卷第三號，1936 年 9 月，頁 11～25。

141. 雷磊：〈明代詞學觀念的演變與《草堂詩餘》〉，《閩江學刊》2010 年 10 月，頁 85～91。

142. 葉嘉瑩：〈論清代詞史觀念的形成〉，《中國古代、近代文學研究》2003 年 10 期，頁 156～161。

143. 葉輝：〈從明代的《草堂詩餘》批評看明人的詞學思想〉，《人文雜誌》2002 年 6 期，頁 95～97。

144. 楊海明：〈一部優秀的唐宋詞選──介紹黃昇的《花庵詞選》〉，劉揚忠選編：《名家解讀宋詞》，濟南：山東人民出版社，1999 年 1 月一版，頁 145～150。（原載鎮江師專《教學與進修（語言文學版）》1983 年 2 期，頁 23～25）。

145. 楊萬里：〈略論詞學尊體史〉，《雲夢學刊》1998 年 2 月，頁 38～41。

146. 趙山林：〈詞的接受美學〉，《詞學》第八輯，上海：華東師範大學出版社，1990 年 10 月一版，頁 24～40。

147. 趙云：〈黃昇生平考〉，《哈爾濱學院學報》2008 年 4 期，頁 111～113。

148. 趙尊嶽：〈詞籍提要〉，《詞學季刊》第三卷第一號，1936 年 3 月，頁 41～54。

149. 趙曉輝：〈陳廷焯思想探析〉，《石河子大學學報（哲學社會科學版）》2006 年 6 期，頁 73～76。

150. 趙曉輝：〈從選本看譚獻對常州詞派詞統之接受推衍〉，《湖北社會科學》2007 年，頁 134～137。

151. 趙曉輝：〈從選本批評看陳廷焯的詞選思想〉，《咸陽師範學院學報》2007 年 1 期，頁 52～55。

152. 趙曉輝：〈從選本看周濟詞學理論之演進及其成因〉，《社會科學論壇》，2008 年 8 月，頁 118～123。

153. 趙曉輝：〈清代唐宋詞選本的功能與價值論述〉，《甘肅社會科學》2009 年 2 期，頁 132～135。

154. 蒲安迪：〈《紅樓夢》評點學的分類解釋〉，章培恆、王靖宇主編：《中國文學評點研究論集》，頁 157～188。

155. 寧一中：〈中國古代評點中的「結構」與西方結構主義的「結構」之比較〉，《中國外語》2007 年 5 期，頁 98～104。

156. 蔡長林：〈常州學派略論〉，彭林主編：《清代學術講論》，桂林：廣西師範大學出版社，2005 年 11 月一版，頁 45～60。

157. 蔡英俊：〈抒情美典與經驗觀照：沉鬱與神韻〉，王安祈等：《中國文學新境界 反思與觀照》，臺北：立緒文化事業公司，2005 年 3 月初版，頁 175～206。

158. 鄧建、王兆鵬：〈中國歷代選本的格局分布及其文化意蘊〉，《江漢論壇》2007 年 11 月，頁 112～115。

159. 鄧新華：〈論常州詞派「比興寄託」的說詞方式〉，《寧夏大學學報（人文社會科學版）》2002 年 3 期，頁 48～52。

160. 蔣哲倫：〈《花庵詞選》及其在詞學史上的價值〉，《古典文學知識》2007 年 6 期，頁 46～55。

161. 劉少雄：〈《草堂詩餘》的版本、性質和影響〉，《中國文哲研究通訊》1991 年 5 期，頁 215～236。

162. 劉少雄：〈《草堂詩餘》版本論著目錄初編〉，《中國文哲研究通訊》1993 年 1 期，頁 49～57。

163. 劉少雄：〈近現代詞學批評方法論〉，《中國文哲研究通訊》1994 年 6 月，第四卷第二期，頁 31～35。

164. 劉少雄：〈周濟與南宋典雅詞派〉，《中國文哲研究集刊》1994 年 9 月，頁 155～194。

165. 劉正遠：〈張惠言經學思想與其詞論、詞評關係探賾〉，《有鳳初鳴年刊》第三期，2007 年 10 月，頁 435～449。

166. 劉軍政：〈明代《草堂詩餘》版本述略〉，《南陽師範學院學報（社會科學版）》2004 年 2 月，頁 49～54。

167. 劉尊明：〈唐宋詞定量分析的理論探求與學術實踐〉，《詞學》第二十三輯，上海：華東師範大學出版社，2010 年 6 月一版，頁 59～74。

168. 劉揚忠：〈本世紀前半期詞學觀念的變革和詞史的編撰〉，《中國古代、近代文學研究》1988 年 8 月，頁 25～31。

169. 劉揚忠：〈二十世紀中國詞學學術史論綱（上篇）〉，《暨南學報（哲學社會科學）》，2000 年 11 月第二十二卷第六期，頁 7～13。

170. 劉曉光：〈寄託‧意‧隔──周濟「寄託」説及王國維意境理論的幾個概念〉，《北京教育學院學報》2000 年 1 期，頁 24～26。

171. 劉興暉：〈論晚清民國時期唐宋詞選的現代轉型〉，《雲南社會科學》2009 年 1 期，頁 156～160。

172. 劉興暉、鄧喬彬：〈「學詞」與「詞學」的分化〉，《暨南學報（哲學社會科學版）》2010 年 2 期，頁 10～15。

173. 劉雙琴：〈從歷代詞選看歐陽修詞的經典化過程〉，《東華理工大學學報（社會科學版）》2010 年 4 期，頁 328～335。

174. 龍沐勛：〈詞體之演進〉，《詞學季刊》創刊號，1933 年 4 月，頁 1～44。

175. 龍沐勛輯：〈近代名賢論詞遺札〉，《詞學季刊》創刊號，1933 年 4 月，頁 165～168。

176. 龍沐勛：〈選詞標準論〉，龍沐勛編：《詞學季刊》第一卷第二號，1933 年 8 月，頁 1～28。

177. 龍沐勛：〈詞律質疑〉，《詞學季刊》第一卷第三號，1933 年 12 月，頁 1～16。

178. 龍沐勛：〈彊邨本事詞〉，《詞學季刊》第一卷第三號，1933 年 12 月，頁 75～79。

179. 龍沐勛：〈研究詞學之商榷〉，《詞學季刊》第一卷第四號，1934 年 4 月，頁 1～17。

180. 龍沐勛：〈兩宋詞風轉變論〉，《詞學季刊》第二卷第一號，1934 年 10 月，頁 1～23。

181. 龍沐勛：〈今日學詞應取之途徑〉，《詞學季刊》第二卷第二號，1935 年 1 月，頁 1～6。

182. 龍沐勛：〈清真詞敘論〉，《詞學季刊》第二卷第四號，1935 年 7 月，頁 1～18。

183. 龍沐勛：〈漱玉詞敘論〉，《詞學季刊》第三卷第一號，1936 年 3 月，頁 1～10。

184. 龍沐勛：〈南唐二主詞敘論〉，《詞學季刊》第三卷第二號，1936 年 6

月，頁 1～6。

185. 龍沐勛：〈論平仄四聲〉，《詞學季刊》第三卷第二號，1936 年 6 月，頁 7～14。

186. 龍沐勛：〈填詞與選調〉，《詞學季刊》第三卷第四號殘存稿，1937 年 6 月，頁 1～11。

187. 龍沐勛：〈詩教復興論〉，龍沐勛編：《同聲月刊》第一卷創刊號，南京：《同聲月刊》社，1940 年 12 月出版，頁 9～41。

188. 錢璱之：〈論張惠言〉，《鎮江師專學報（社會科學版）》1999 年 1 期，頁 69～75。

189. 謝忱：〈張惠言先生年譜〉，《常州工業技術學院學報（社會科學版）》1998 年 3 月，頁 40～52。

190. 遲寶東：〈試論張惠言的詞學思想〉，《海南大學學報（人文社會科學版）》2001 年 4 期，頁 90～99。

191. 遲寶東：〈譚獻的詞學思想〉，《南開學報（哲學社會科學版）》2005 年 6 期，頁 40～46。

192. 遲寶東：〈嘉道時期常州詞派的組織形態〉，《湖南文理學院學報（社會科學版）》2007 年 1 期，頁 25～28。

193. 謝桃坊：〈清代詞學復興述評〉，《詞學研討會論文集》，頁 233～253。

194. 繆鉞：〈常州派詞論家「以無厚入有間」說詮釋〉，繆鉞、葉嘉瑩：《詞學古今談》，臺北：萬卷樓圖書公司，1992 年 10 月初版，頁 187～194。

195. 薛泉：〈娛賓遣興的詞體觀念與宋人詞選的興盛〉，《安徽教育學院學報》2004 年 1 期，頁 61～64。

196. 薛泉：〈南宋詞人黃昇的淵明情節〉，《湖南學院學報》2004 年 1 期，頁 32～35。

197. 薛泉：〈黃昇《花庵詞選》的編纂動機及其成書的文化背景〉，《南昌大學學報（人文社會科學版）》2005 年 4 期，頁 114～117。

198. 薛泉：〈南宋詞人黃昇隱居的社會文化動因探析〉，《河北大學學報（哲學社會科學版）》2006 年 1 期，頁 28～31。

199. 薛泉：〈宋人詞選之詞題的作者歸屬及其成因探賾〉，《寧夏大學學報（人文社會科學版）》2006 年 3 期，頁 57～60。

200. 薛泉：〈關於「詞選」的界定〉，《長江師範學院學報》2009 年 3 期，頁 70～73。

201. 薛泉：〈宋代風俗文化的高漲與宋人詞選的興盛〉，《江漢論壇》2010 年 2 月，頁 68～70。

202. 鄺士元：〈常州詞派家法考〉，《魏晉南北朝研究論集》，臺北：文史哲出版社，1984 年 1 月初版，頁 351～369。

203. 譚帆：〈論小說評點研究的三種視角〉，章培恆、王靖宇主編：《中國文學評點研究論集》，頁 55～70。

204. 譚新紅、王兆鵬：〈論清人詞話的學術背景〉，《中國古代、近代文學研究》2002 年 9 期，頁 188～192。

205. 藍玲：〈宋代詞選的美學觀念嬗變〉，《湖北函授大學學報》2010 年 1 期，頁 134～135。

206. 蘇淑芬：〈陳維崧與清初詞壇之關係研究〉，《東吳中文學報》2000 年 6 期，頁 131～172。

207. 饒宗頤：〈張惠言《詞選》述評〉，《詞學》第三輯，上海：華東師範大學出版社，1985 年 2 月一版，頁 108～127。

附錄一　清代常州派四部詞選評點
唐宋詞評語一覽表 [註1]

對　象	張惠言《詞選》評點	周濟《宋四家詞選》評點	譚獻對周濟《詞辨》的評點	陳廷焯《詞則》評點	張選所評等級	陳選所評等級
李白〈菩薩蠻〉（平林漠漠煙如織）	無評語	未選	未選	〈菩薩蠻〉、〈憶秦娥〉兩闋，神在箇中，音流絃外，而以是為詞中鼻祖。《湘山野錄》云：此詞不知何人寫在鼎州滄水驛樓，復不知何人所撰。魏道輔泰見而愛之。後至長沙，得《古風集》於曾子宣內翰家，知乃李白所撰。－《大雅集》	。。	。。
李白〈憶秦娥〉（簫聲咽）	未選	未選	未選	詞律云：「灞」、「漢」二字必須用仄，得去聲尤妙。－《大雅集》	未選	。。
李白〈清平樂〉（禁闈秋夜）	未選	未選	未選	三千羅綺皆工獻媚，誰能得聖眷哉？所謂眾女進而蛾眉見嫉也。－《別調集》	未選	、、。

[註1] 此表根據〔清〕張惠言輯：《詞選》，據上海圖書館藏清道光十年宛鄰書屋刻本影印，《續修四庫全書·集部·詞類》，上海：上海古籍出版社，2002 年初版；〔清〕周濟輯：《宋四家詞選》，據清光緒潘祖蔭輯刊《滂喜齋叢書》本影印，《百部叢書集成》，臺北：藝文印書館，1967 年出版；〔清〕譚復堂評，徐珂、三多、趙逢年校刊：《譚評詞辨》，線裝書，1920 年出版；〔清〕陳廷焯編選：《詞則》，上海：上海古籍出版社，1984 年 5 月一版整理。

李白〈清平樂〉（煙深水闊）	未選	未選	未選	寄情甚深，含怨言外。－《別調集》	未選	、、。
李白〈桂殿秋〉（仙女下）	未選	未選	未選	結句高遠，似古樂府。－《別調集》	未選	。
李白〈桂殿秋〉（河漢女）	未選	未選	未選	仙風縹緲。吳虎臣云：此太白詞也。有得於石刻，而無其腔，劉無言倚其聲歌之，音極清雅。－《別調集》	未選	、。
李白〈連理枝〉（雪蓋宮樓閉）	未選	未選	未選	無評語－《別調集》	未選	。
李白〈連理枝〉（淺畫雲垂帔）	未選	未選	未選	「玉階生白露」一絕，溫厚和平，不著跡相，太白絕調也。此詞微病淺露，然句法、字法，仍不失爲古雅。－《別調集》	未選	、。
張志和〈漁歌子〉（西塞山前白鷺飛）	未選	未選	未選	黃魯直云：有遠韻。－《大雅集》	未選	。
戴叔倫〈調笑令〉（邊草邊草）	未選	未選	未選	爽朗。－《放歌集》	未選	。
韋應物〈調笑令〉（河漢河漢）	未選	未選	未選	無評語－《別調集》	未選	。
韓翃〈章臺柳〉（章臺柳）	未選	未選	未選	疑似之詞，卻說得婉折。－《閑情集》	未選	、。
白居易〈長相思〉（汴水流）	未選	未選	未選	「吳山點點愁」五字，精警。－《放歌集》	未選	、。
白居易〈花非花〉（花非花）	未選	未選	未選	無評語－《閑情集》	未選	。
白居易〈長相思〉（深畫眉）	未選	未選	未選	詞近鄙褻。好在「暮雨瀟瀟」四字。妙在絕不著力，若「黃昏卻下瀟瀟雨」，便見痕跡。－《閑情集》	未選	。
劉禹錫〈憶江南〉（春去也）	未選	未選	未選	婉麗。－《別調集》	未選	。
劉禹錫〈瀟湘神〉（湘水流）	未選	未選	未選	饒有古意。兩宋後，此調不復彈矣。－《別調集》	未選	。
劉禹錫〈瀟湘神〉（斑竹枝）	未選	未選	未選	古致，亦不減上章。－《別調集》	未選	。
王建〈調笑〉（團扇）	未選	未選	未選	結句淒然，勝似宮詞百首。－《大雅集》	未選	、。

唐昭宗李曄〈巫山一段雲〉（蝶舞梨園雲）	未選	未選	未選	遣詞哀豔，至有李茂貞之變。—《閑情集》	未選	。。
溫庭筠〈菩薩蠻〉（小山重疊金明滅）	此感士不遇也。篇法彷彿〈長門賦〉，而用節節逆敘。此章從夢曉後，領起「懶起」二字，含後文情事，「照花」四句，《離騷》「初服」之意。	未選	（懶起畫蛾眉，弄妝梳洗遲）起步。	飛卿短古，深得屈子之妙。〈菩薩蠻〉諸闋亦全是《楚騷》，瘦相佳，賞其芊麗，誤矣。《詞選》云：此感士不遇也。篇法彷彿〈長門賦〉，而用節節逆敘。此章從夢曉後，領起「懶起」二字，含後文情事，「照花」四句，《離騷》「初服」之意。—《大雅集》	° ° °	° ° °
溫庭筠〈菩薩蠻〉（水晶簾裏玻璃枕）	「夢」字提。「江上」以下略敘夢境，「人勝參差」「玉釵香隔」，言夢亦不得到也。「江上柳如煙」是關絡。	未選	（江上柳如煙，雁飛殘月天）觸起。	夢境凄涼。《詞選》云：「夢」字提。「江上」以下略敘夢境，「人勝參差」，「玉釵香隔」，言夢亦不得到也。又云：「江上柳如煙」是關絡。—《大雅集》	° ° °	° ° °
溫庭筠〈菩薩蠻〉（蕊黃無限當山額）	提起。以下三章本入夢之情。	未選	未選	《詞選》云：提起。又云：以下三章本入夢之情。—《大雅集》	° ° °	° ° °
溫庭筠〈菩薩蠻〉（翠翹金縷雙鸂鶒）	無評語	未選	未選	無評語—《大雅集》	° ° °	° ° °
溫庭筠〈菩薩蠻〉（杏花含露團香雪）	結。	未選	未選	《詞選》云：結。—《大雅集》	° ° °	° ° °
溫庭筠〈菩薩蠻〉（玉樓明月長相憶）	「玉樓明月長相憶」，又提。「柳絲裊娜」，送君之時，故江上柳如煙，夢中情境亦爾。七章「闌外垂絲柳」，八章「綠楊滿院」，九章「楊柳色依依」，十章「楊柳又如絲」，皆本此。「柳絲裊娜」言之，明相憶之久也。	未選	（玉樓明月常相憶）提。（花落子規啼）小歇。	低迴欲絕。《詞選》云：「玉樓明月長相憶」，又提。「柳絲裊娜」，送君之時，故江上柳如煙，夢中情境亦爾。七章「闌外垂絲柳」，八章「綠楊滿院」，九章「楊柳色依依」，十章「楊柳又如絲」，皆本此。「柳絲裊娜」言之，明相憶之久也。—《大雅集》	° ° °	° ° °

溫庭筠〈菩薩蠻〉(鳳凰相對盤金縷)	無評語	未選	未選	無評語－《大雅集》	○ ○ ○	○ ○ ○
溫庭筠〈菩薩蠻〉(牡丹花謝鶯聲歇)	「相憶夢難成」，正是殘夢迷情事。	未選	未選	三章云：「相見牡丹時」，五章云：「覺來聞曉鶯」，此云：「牡丹花謝鶯聲歇」，言良辰已過，故下云：「燕飛春又殘」也。《詞選》云：「相憶夢難成」，正是殘夢迷情事。－《大雅集》	○ ○ ○	○ ○ ○
溫庭筠〈菩薩蠻〉(滿宮明月梨花白)	無評語	未選	未選	結句即七章：「音信不歸來」二語意，重言以申明之。音更促，語更婉。－《大雅集》	○ ○ ○	○ ○ ○
溫庭筠〈菩薩蠻〉(寶函鈿雀金鸂鶒)	「鸞鏡」二句結，與「心事竟誰知」相應。	未選	(寶函鈿雀金鸂鶒)追敘。(畫樓音信斷)指點今情。(鸞鏡與花枝，此情誰得知)頓。	只一「又」字，含多少眼淚。沉鬱。《詞選》云：「鸞鏡」二句結，與「心事竟誰知」相應。－《大雅集》	○ ○ ○	○ ○ ○
溫庭筠〈菩薩蠻〉(南園滿地堆輕絮)	此下乃敘夢，此章言黃昏。	未選	(雨後卻斜陽)餘韻。(時節欲黃昏，無憀獨倚門)收束。以〈士不遇賦〉讀之最確。	無評語－《大雅集》	○ ○ ○	○ ○ ○
溫庭筠〈菩薩蠻〉(夜來皓月纔當午)	此自臥時至曉，所謂「相憶夢難成」也。	未選	未選	「知」字淒警，與「愁人知夜長」同妙。《詞選》云：此自臥時至曉，所謂「相憶夢難成」也。－《大雅集》	○ ○ ○	○ ○ ○
溫庭筠〈菩薩蠻〉(雨晴夜合玲瓏日)	此章正寫夢，「垂簾」、「凭欄」皆夢中情事，正應「人勝參差」三句。	未選	未選	「繡簾」四語婉雅。叔原「夢中慣得無拘檢，又踏楊花過謝橋」，聰明語，然近於輕薄矣。《詞選》云：此章正寫夢，「垂簾」、「凭欄」皆夢中情事，正應「人勝參差」三句。－《大雅集》	○ ○ ○	○ ○ ○
溫庭筠〈菩薩蠻〉(竹風輕動庭除冷)	此言夢醒。「春恨正關情」，與五章	未選	未選	纏綿無盡。《詞選》云：此言夢醒。「春恨正關情」與五章「春夢正關		

				情」相對雙鎖。又云：「青瑣」、「金堂」、「故國吳宮」，略露寓意。－《大雅集》		
「春夢正關情」相對雙鎖。「青瑣金堂」、「故國吳宮」，略露寓意。						
溫庭筠〈更漏子〉（柳絲長）	此三首亦〈菩薩蠻〉之意。「驚塞雁」三句，言懽戚不同，與下「夢長君不知」也。	未選	未選	思君之詞，託於棄婦，以自寫哀怨，品最工，味最厚。《詞選》云：此三首亦〈菩薩蠻〉之意。「驚塞雁」三句，言懽戚不同，與下「夢長君不知」也。－《大雅集》	˙˙˙	˙˙˙
溫庭筠〈更漏子〉（星斗稀）	「蘭露重」三句，與「塞鴈」、「城烏」義同。	未選	未選	「蘭露」三句，即上章意，略將歡戚顛倒爲變換。「還是去年惆悵」，欲語復咽，中含無限情事，是爲「沉鬱」。「舊歡」五字，結出不堪回首意。《詞選》云：「蘭露重」三句，與「塞雁」、「城烏」義同。－《大雅集》	˙˙˙	˙˙˙
溫庭筠〈更漏子〉（玉爐香）	無評語	未選	（梧桐樹，三更雨，不道離愁正苦。一葉葉，一聲聲，空階滴到明）似直下語，正從「夜長」逗出，亦書家無垂不縮之法。	後半闋無一字不妙，沉鬱不及上二章，而凄警特絕。胡元任云：庭筠工於造語，極爲奇麗，此詞尤佳。－《大雅集》	˙˙˙	˙˙˙
溫庭筠〈南歌子〉（手裏金鸚鵡）	未選	未選	盡頭語。單調中重筆，五代後絕響。	五字摹神，「鴛鴦」二字，與上「鸚鵡」、「鳳凰」，映射成趣。－《閑情集》	未選	˙
溫庭筠〈南歌子〉（似帶如絲柳）	未選	未選	源出古樂府。	未選	未選	未選
溫庭筠〈南歌子〉（倭墮低梳髻）	未選	未選	「百花時」三字，加倍法，亦重筆也。	低迴欲絕。－《閑情集》	未選	˙
溫庭筠〈南歌子〉（懶拂鴛鴦枕）	未選	未選	未選	上三句三層，下接「近來」五字，甚緊，眞是一往情深。－《閑情集》	未選	˙

詞				評語		
溫庭筠〈玉蝴蝶〉(秋風淒切傷離)	未選	未選	未選	括多少〈秋思賦〉。「雕嫩臉」、「墮新眉」，微落俗調，結語怨，卻有含蓄。—《大雅集》	未選	、。
溫庭筠〈夢江南〉(梳洗罷)	無評語	未選	猶是盛唐絕句。	無評語—《大雅集》	○○	○○
溫庭筠〈河傳〉(湖上)	未選	未選	未選	淒怨而深厚，最是高境。此調最不易合拍，五代而後幾成絕響。—《大雅集》	未選	○○○
溫庭筠〈清平樂〉(洛陽愁絕)	未選	未選	未選	「橋下」句，從離人眼中看得，耳中聽得。—《放歌集》	未選	○
溫庭筠〈酒泉子〉(楚女不歸)	未選	未選	未選	情詞淒怨，三句中有多少層折。—《別調集》	未選	、、
溫庭筠〈河瀆神〉(河上望叢祠)	未選	未選	未選	〈河瀆神〉三章，寄哀怨於迎神曲中，得《九歌》之遺意。—《別調集》	未選	○○
溫庭筠〈河瀆神〉(孤廟對寒潮)	未選	未選	未選	蒼莽中有神韻。—《別調集》	未選	○
溫庭筠〈河瀆神〉(銅鼓賽神來)	未選	未選	未選	上二章，待來未來，此章言神至也。下半闋神去，致思慕之情。—《別調集》	未選	○○
溫庭筠〈遐方怨〉(憑繡檻)	未選	未選	未選	神味宛然。—《別調集》	未選	、。
溫庭筠〈遐方怨〉(花半拆)	未選	未選	未選	無評語—《別調集》	未選	○
溫庭筠〈訴衷情〉(鶯語)	未選	未選	未選	節愈促詞愈婉，結三字淒▉。—《別調集》	未選	、○
溫庭筠〈憶江南〉(千萬恨)	未選	未選	未選	低迴宛轉。—《別調集》	未選	、○
溫庭筠〈蕃女怨〉(萬枝香雪開已遍)	未選	未選	未選	「又飛迴」三字，悽惋特絕。—《別調集》	未選	○○
溫庭筠〈蕃女怨〉(磧南沙上驚雁起)	未選	未選	未選	起二語，有力如虎。—《別調集》	未選	○○
溫庭筠〈荷葉杯〉(楚女欲歸南浦)	未選	未選	未選	節短韻長。—《別調集》	未選	○
溫庭筠〈女冠子〉(含嬌含笑)	未選	未選	未選	仙骨珊珊，知非凡▉。後半無味。—《閑情集》	未選	○

韓偓〈生查子〉（侍女動妝奩）	未選	未選	未選	柔情密意。—《閑情集》	未選	。
韓偓〈浣溪沙〉（櫳鬢新收玉步搖）	未選	未選	未選	上下闋結句微嫌並頭，然五代人多犯此弊。—《閑情集》	未選	。
柳氏〈楊柳枝〉（楊柳枝）	未選	未選	未選	君平寄詞云：「也應攀折他人手。」此則並不剖白，但云：「縱使君來豈堪折。」而相憶之情，貞一之志，言外自見，和平溫厚，不愧風人。—《閑情集》	未選	。。
司空圖〈酒泉子〉（買得杏花）	未選	未選	未選	無評語—《放歌集》	未選	、、
皇甫松〈夢江南〉（蘭燼落）	未選	未選	未選	無評語—《大雅集》	未選	。。
皇甫松〈夢江南〉（樓上寢）	未選	未選	未選	夢境、畫境，婉轉凄清，亦飛卿之流亞也。—《大雅集》	未選	。。
皇甫松〈竹枝〉（檳榔花發）	未選	未選	未選	諸篇情餘言外，得古樂府神理。—《別調集》	未選	。。
皇甫松〈竹枝〉（木棉花盡）	未選	未選	未選	無評語—《別調集》	未選	。。
皇甫松〈竹枝〉（芙蓉竝蒂）	未選	未選	未選	無評語—《別調集》	未選	。。
皇甫松〈竹枝〉（筵中蠟燭）	未選	未選	未選	無評語—《別調集》	未選	。。
皇甫松〈竹枝〉（斜江風起）	未選	未選	未選	無評語—《別調集》	未選	。。
皇甫松〈竹枝〉（山頭桃花）	未選	未選	未選	諸詞純用比興體，意味最深。—《別調集》	未選	。。
皇甫松〈竹枝〉（門前春水）	未選	未選	未選	直似中唐絕句。—《別調集》	未選	。
皇甫松〈採蓮子〉（菡萏香連十頃陂）	未選	未選	未選	此亦絕句也。彼以「枝」、「兒」叶韻，此以「棹」、「少」叶韻，蓋皆歌時群相隨和之聲也。—《別調集》	未選	。
皇甫松〈浪淘沙〉（蠻歌豆蔻北人愁）	未選	未選	未選	唐人〈浪淘沙〉本是可歌絕句，措語亦緊切調名。自後主「簾外雨潺潺」二闋後，競相沿襲，古調不復彈矣。—《別調集》	未選	。

皇甫松〈天仙子〉(晴野鷺鷥飛一隻)	未選	未選	未選	「一隻」妙。結有遠韻,是從「江上數峰青」化出。—《別調集》	未選	、。
皇甫松〈天仙子〉(躑躅花開紅照水)	未選	未選	未選	字字警快可喜。—《別調集》	未選	、。
皇甫松〈摘得新〉(酌一卮)	未選	未選	未選	及時勿失,感慨係之。—《別調集》	未選	。
鄭符〈閑中好〉(閑中好)	未選	未選	未選	無評語—《別調集》	未選	。
段成式〈閑中好〉(閑中好)	未選	未選	未選	合上篇,皆見靜機。—《別調集》	未選	。
張曙〈浣溪沙〉(枕幛薰爐隔繡帷)	未選	未選	未選	婉絕。對法活潑。—《別調集》	未選	、。
李重元〈憶王孫〉(萋萋芳草憶王孫)	未選	未選	未選	〈憶王孫〉四首,句酙字酌,期於隱當,直似近人筆墨,古意全失矣。—《別調集》	未選	。
李重元〈憶王孫〉(風蒲獵獵小池塘)	未選	未選	未選	無評語—《別調集》	未選	。
李重元〈憶王孫〉(颼颼風冷荻花折)	未選	未選	未選	無評語—《別調集》	未選	。
李重元〈憶王孫〉(同雲風掃雪初晴)	未選	未選	未選	無評語—《別調集》	未選	。
呂巖〈豆葉黃〉(二月江南山水路)	未選	未選	未選	奇警。—《放歌集》	未選	。
呂巖〈梧桐影〉(落日斜)	未選	未選	未選	筆意幽寂。《詞綜》云:別本首句皆作「落月斜」,非是。今從《竹坡詩話》更正。又,景德寺蛾眉院壁所題「今夜故人」作「幽人今夜」。—《別調集》	未選	。。
劉采春〈羅嗊曲〉(不喜秦淮水)	未選	未選	未選	婉雅幽怨,似五絕中最高者。此類皆可入詩,姑錄一、二以備格,不求多也。—《別調集》	未選	。。
劉采春〈羅嗊曲〉(借問東園柳)	未選	未選	未選	無評語—《別調集》	未選	。。

王麗眞〈字字雙〉（牀頭錦衾斑復斑）	未選	未選	未選	既傷闊極，又悲鴰隔，曼聲促節，極其哀怨。－《別調集》	未選	、、。
無名氏〈後庭宴〉（千里故鄉）	無評語	未選	未選	無評語－《大雅集》	。。	。。
後唐莊宗皇帝李存勗〈憶仙姿〉（曾宴桃源深洞）	未選	未選	未選	筆意幽秀。－《別調集》	未選	、、
李璟〈浣溪沙〉（風壓輕雲貼水飛）	無評語	未選	未選	起七字，亦工於寫景。－《大雅集》	。。	。。
李璟〈浣溪沙〉（一曲新詞酒一杯）	無評語	未選	未選	未選	。。	未選
李璟〈山花子〉（菡萏香銷翠葉殘）	無評語	未選	未選	淒然欲絕。後主雖工於怨詞，總遜此哀婉沉至。－《大雅集》	。。	。。
李璟〈山花子〉（手卷眞珠上玉鉤）	無評語	未選	未選	無評語－《大雅集》	。。	。。
李煜〈臨江仙〉（櫻桃落盡春歸去）	無評語	未選	（鑪香閒裊鳳凰兒）三句疑出續貂。	低徊留戀，宛轉可憐。傷心語，不忍卒讀。蘇子由云：淒涼怨慕，眞亡國之聲也。《詞綜》云：是詞相傳後主在圍城中賦，未就而城破闕。後三句，劉延仲補之，云：「何時重聽玉驄嘶。撲簾柳絮，依約夢回時。」而《耆舊續聞》所載，故是全作，當從之。－《別調集》	。	。
李煜〈虞美人〉（風迴小院庭蕪綠）	未選	未選	二詞終當以神品目之。	未選	未選	未選
李煜〈虞美人〉（春花秋月何時了）	無評語	未選	後主之詞，足當太白詩篇，高奇無匹。	哀猿一聲。－《別調集》	。。	、、
李煜〈浪淘沙〉（簾外雨潺潺）	無評語	未選	雄奇幽怨，乃兼二難，後起稼軒，稍償父矣。	結語怨愧，尤妙在神不外散，而有流動之致。蔡絛云：含思悽惋。－《大雅集》	。。。	。。。

李煜〈浪淘沙〉（往事只堪哀）	無評語	未選	無評語	起五字極悽惋，而來勢妙極突兀。—《大雅集》	。。。	。。。
李煜〈清平樂〉（別來春半）	無評語	未選	「淚眼問花花不語，亂紅飛過鞦韆去。」與此同妙。	永叔「離愁漸遠漸無窮」二語，從此脫胎。—《大雅集》	。。	。。
李煜〈相見歡〉（林花謝了春紅）	無評語	未選	濡染大筆。	後主詞，悽惋出飛卿之右，而騷意不及。—《大雅集》	。。。	。。。
李煜〈相見歡〉（無言獨上西樓）	無評語	未選	未選	哀感頑豔，妙只說不出。黃叔暘云：此詞最淒婉，所謂亡國之音哀以思。—《大雅集》	。。。	。。。
李煜〈憶江南〉（多少恨）	未選	未選	未選	後主詞，一片憂思，當領會於聲調之外，君人而為此詞，欲不亡國也得乎？—《別調集》	未選	。
李煜〈憶江南〉（多少淚）	未選	未選	未選	無評語—《別調集》	未選	。
李煜〈憶江南〉（閑夢遠，南國正芳春）	未選	未選	未選	無評語—《別調集》	未選	。
李煜〈憶江南〉（閑夢遠，南國正清秋）	未選	未選	未選	寥寥數語，括多少景物在內。—《別調集》	未選	。
李煜〈採桑子〉（庭前春逐紅英盡）	未選	未選	未選	幽怨。—《別調集》	未選	、、、
李煜〈子夜〉（人生愁恨何能免）	未選	未選	未選	回首可憐歌舞地。「悠悠蒼天，此何人哉！」—《別調集》	未選	。
李煜〈子夜〉（花明月暗籠輕霧）	未選	未選	未選	荒淫語，十分沉至。—《閑情集》	未選	。。
李煜〈長相思〉（雲一緺）	未選	未選	未選	情詞淒婉。—《閑情集》	未選	。
李煜〈玉樓春〉（晚妝初過明肌雪）	未選	未選	豪宕。	風流秀曼，失人君之度矣。—《閑情集》	未選	。
李煜〈阮郎歸〉（東風吹水日銜山）	未選	未選	無評語	未選	未選	未選

孟昶〈玉樓春〉（冰肌玉骨清無汗）	未選	未選	此詞終當存疑，未必束坡點竄。	《詞綜》云：蘇子瞻〈洞仙歌〉本驟括此詞，然未免反有點金之憾。－《大雅集》	未選	。。
和凝〈鶴沖天〉（曉月墜）	未選	未選	未選	清和閑雅，似右丞七律，自是貴品。－《別調集》	未選	、、
和凝〈漁父〉（白芷汀寒立鷺鷥）	未選	未選	未選	竟體清朗。－《別調集》	未選	。
和凝〈採桑子〉（蝤蠐領上訶梨子）	未選	未選	未選	以婉雅之筆，繪穠豔之詞，耐人尋味。－《閑情集》	未選	。
和凝〈江城子〉（初夜含嬌入洞房）	未選	未選	未選	五詞不少俚淺處，取其章法清晰，爲後人聯章之祖。－《閑情集》	未選	、、
和凝〈江城子〉（竹裏風生月上門）	未選	未選	未選	無評語－《閑情集》	未選	、、
和凝〈江城子〉（斗轉星移玉漏頻）	未選	未選	未選	無評語－《閑情集》	未選	、、
和凝〈江城子〉（迎得郎來入繡闈）	未選	未選	未選	無評語－《閑情集》	未選	、、
和凝〈江城子〉（恨裏鴛鴦交頸情）	未選	未選	未選	無評語－《閑情集》	未選	、、
韋莊〈菩薩蠻〉（紅樓別夜堪惆悵）	此詞蓋留蜀後寄意之作。一章言奉使之志，本欲速歸。	未選	亦填詞中《古詩十九首》。即以讀《十九首》心眼讀之。	深情苦調，意婉詞直，屈子《九章》之遺。詞至端己，語漸疏，情意卻深厚，雖不及飛卿之沉鬱，亦古今絕構也。《詞選》云：此詞蓋留蜀後寄意之作。一章言奉使之志，本欲速歸。－《大雅集》	。。。	。。。
韋莊〈菩薩蠻〉（人人盡說江南好）	此章述蜀人勸留之辭，即下章云「滿樓紅袖招」也。江南即指蜀，中原沸亂，故曰「還鄉須斷腸」。	未選	強顏作愉快語。怕腸斷，腸亦斷矣。	諱蜀爲江南，是其良心不泯處。端己人品未爲高，然其情亦可哀矣。《詞選》云：此章述蜀人勸留之辭，即下章云「滿樓紅袖招」也。江南即指蜀，中原沸亂，故曰「還鄉須斷腸」。－《大雅集》	。。。	。。。

韋莊〈菩薩蠻〉（如今却憶江南樂）	上云「未老莫還鄉」，猶冀老而還鄉也。其後朱溫篡成，中原愈亂，遂決勸進之志。故曰「如今却憶江南樂」，又曰「白頭誓不歸」，則此詞之作，其在相蜀時乎？	未選	（如今卻憶江南樂）半面語。（醉入花叢宿）此度見花枝，白頭誓不歸）意不盡而語盡，「卻憶」、「此度」四字，度人金針。	決絕語，正自淒楚。《詞選》云：上云「未老莫還鄉」，猶冀老而還鄉也。其後朱溫篡成，中原愈亂，遂決勸進之志。故曰「如今却憶江南樂」，又曰「白頭誓不歸」，則此詞之作，其在相蜀時乎？－《大雅集》		。。。	。。。
韋莊〈菩薩蠻〉（洛陽城裏春光好）	此章致思唐之意。	未選	項莊舞劍。怨而不怒之義。（洛陽才子他鄉老）至此揭出。	中有難言之隱。《詞選》云：此章致思君之意。－《大雅集》		。。。	。。。
韋莊〈歸國遙〉（金翡翠）	未選	未選	未選	此亦〈菩薩蠻〉之意。－《大雅集》	未選	、	、
韋莊〈應天長〉（綠槐陰裏黃鸝語）	未選	未選	未選	亦「憶君不知」意。－《大雅集》	未選	。	。
韋莊〈浣溪沙〉（夜夜相思更漏殘）	未選	未選	未選	從對面設想，便深厚。－《大雅集》	未選	。	。
韋莊〈謁金門〉（空相憶）	未選	未選	未選	無評語－《大雅集》	未選	、	。
韋莊〈更漏子〉（鐘鼓寒）	未選	未選	未選	無評語－《大雅集》	未選	。	。
韋莊〈天仙子〉（蟾采霜華夜不分）	未選	未選	未選	端己詞時露故君之思，讀者當會意於言外。－《別調集》	未選	。	
韋莊〈荷葉杯〉（絕代佳人難得）	未選	未選	未選	「不忍更思惟」五字，淒然欲絕，姬獨何心，能勿腸斷耶。《古今詞話》云：韋莊以才名寓蜀，王建割據，遂羈留之。莊有寵人，資質艷麗，兼善詞翰。建聞之，托以教內人為詞，強莊奪去。莊追念悒快，作〈小重山〉及此詞，情意悽怨。人相傳播，盛行於時。姬後傳聞之，遂不食而卒。－《別調集》	未選	。	

韋莊〈小重山〉（一閉昭陽春又春）	未選	未選	未選	淒警。－《別調集》	未選	、、
韋莊〈訴衷情〉（碧沼紅芳煙雨淨）	未選	未選	未選	「鴛夢」五字，有仙氣亦有鬼氣。－《別調集》	未選	。
韋莊〈上行盃〉（芳草灞陵春岸）	未選	未選	未選	殷勤惆款，令人情醉。－《閑情集》	未選	。。
韋莊〈女冠子〉（四月十七）	未選	未選	未選	一往情深，不著力而自勝。－《閑情集》	未選	、、。
薛昭蘊〈小重山〉（春到長門春草青）	未選	未選	未選	尚有古意。－《別調集》	未選	。
薛昭蘊〈小重山〉（秋到長門秋草黃）	未選	未選	未選	無評語－《別調集》	未選	。
薛昭蘊〈謁金門〉（春滿院）	未選	未選	未選	曰「相思」，曰「夢見」，泛常語，分作兩層寫，意態便濃，斯謂翻陳出新。－《閑情集》	未選	。。
薛昭蘊〈浣溪沙〉（粉上依稀有淚痕）	未選	未選	未選	〈浣溪沙〉數闋，委婉沉至，音調亦閑雅可歌。－《閑情集》	未選	、、
薛昭蘊〈浣溪沙〉（握手河橋柳似金）	未選	未選	未選	無評語－《閑情集》	未選	、、
薛昭蘊〈浣溪沙〉（江館清秋攬客船）	未選	未選	未選	無評語－《閑情集》	未選	、、
薛昭蘊〈浣溪沙〉（越女淘金春水上）	未選	未選	未選	遣詞大雅。－《閑情集》	未選	、、
牛嶠〈菩薩蠻〉（舞裙香暖金泥鳳）	《花間集》七首，詞意頗雜，蓋非一時之作。《詞綜》刪存二首，章法絕妙。	未選	未選	溫麗芊綿，飛卿流亞。－《大雅集》	。。。	。。。
牛嶠〈菩薩蠻〉（綠雲鬢上飛金雀）	「驚殘夢」一點，以下純是夢境，章法似【西洲曲】。	未選	未選	《詞選》云：「驚殘夢」一點，以下純是夢境，章法似【西洲曲】。又云：《花間集》七首，詞意頗雜，蓋非一時之作。《詞綜》刪存二首，章法絕妙。－《大雅集》	。。。	。。。

牛嶠〈西溪子〉（捍撥雙盤金鳳）	無評語	未選	未選	意在言外。－《閑情集》	。。	。
牛嶠〈望江怨〉（東風急）	未選	未選	未選	無評語－《閑情集》	未選	。
牛嶠〈感恩多〉（兩條紅粉淚）	未選	未選	未選	中有傷心處。自然而然，絕不著力。－《閑情集》	未選	、。
毛文錫〈甘州遍〉（秋風緊）	未選	未選	未選	結以功名，鼓戰士之氣。－《放歌集》	未選	。
毛文錫〈臨江仙〉（暮蟬聲盡落斜陽）	未選	未選	未選	就調名使事，古法本如此。結超遠。－《別調集》	未選	、、
毛文錫〈巫山一段雲〉（雨霽巫山上）	未選	未選	未選	神光離合。－《別調集》	未選	。
毛文錫〈更漏子〉（春夜闌）	未選	未選	未選	無評語－《閑情集》	未選	、。
毛文錫〈醉花間〉（休相問）	未選	未選	未選	合下章自成章法。－《閑情集》	未選	。。
牛希濟〈江城子〉（鵁鶄起郡城東）	未選	未選	未選	感慨蒼涼。－《大雅集》	未選	。。
毛文錫〈醉花間〉（深相憶）	未選	未選	未選	筆意古雅。－《閑情集》	未選	。。
牛希濟〈生查子〉（春山煙欲收）	無評語	未選	未選	別後情景，曉風殘月，不是過也。－《閑情集》	。	。。
牛希濟〈生查子〉（新月曲如眉）	未選	未選	未選	淋漓沉至。後半近纖巧。－《閑情集》	未選	。。
牛希濟〈謁金門〉（秋已暮）	未選	未選	未選	無評語－《閑情集》	未選	、已
鹿虔扆〈臨江仙〉（金鎖重門荒苑靜）	無評語	未選	哀悼感憤，終當存疑，當以入正集。	「黍離」、「麥秀」之怨。－《大雅集》	。。	。。
歐陽炯〈三字令〉（春欲盡）	無評語	未選	未選	「兩心知」，較端己「憶君君不知」更深。－《閑情集》	。	。
歐陽炯〈南鄉子〉（岸遠沙平）	未選	未選	未起意先改，直下語似頓挫；「認得行人驚不起」，頓挫語似直下。「驚」字倒裝。	未選	未選	未選

歐陽炯〈江城子〉(曉日金陵岸草平)	未選	未選	未選	與松卿作同一感慨，彼於怨壯中寓風流，此於伊鬱中饒蘊藉。－《大雅集》	未選	、。
歐陽炯〈更漏子〉(三十六宮秋夜永)	未選	未選	未選	亦係宮怨詞，措語閑雅。－《別調集》	未選	、。
歐陽炯〈清平樂〉(春來街砌)	未選	未選	未選	逐句用「春」字，亦見姿態，但非正格。－《別調集》	未選	。
顧夐〈河傳〉(棹舉)	未選	未選	未選	起四語，一步緊一步，衝口而出，絕不費力。－《別調集》	未選	、、、
顧夐〈醉公子〉(岸柳垂金線)	未選	未選	未選	麗而有則。－《閑情集》	未選	、、
顧夐〈訴衷情〉(永夜拋人何處去)	未選	未選	未選	末三語嫌近曲。－《閑情集》	未選	、、
顧夐〈浣溪沙〉(紅藕香寒翠渚平)	未選	未選	未選	婉雅芊麗，不背於古。－《閑情集》	未選	、。
顧夐〈浣溪沙〉(雲澹風高葉亂飛)	未選	未選	未選	婉約。－《閑情集》	未選	、。
顧夐〈木蘭花〉(月照玉樓春漏促)	未選	未選	未選	此猶是詞，若飛卿〈木蘭花〉，直是絕妙古樂府矣。－《閑情集》	未選	。
閻選〈河傳〉(秋雨)	未選	未選	未選	起疏爽。結淒婉。－《別調集》	未選	、。
閻選〈浣溪沙〉(寂寞流蘇冷繡茵)	未選	未選	未選	「小庭」七字淒鹽。下半闋已是元、明一派。－《閑情集》	未選	。
魏承班〈玉樓春〉(寂寂畫堂梁上燕)	未選	未選	未選	淒警。語意爽朗。－《別調集》	未選	、、。
尹鶚〈菩薩蠻〉(隴雲暗合秋天白)	未選	未選	未選	摹寫嬌寵，只此已足，稍不自持，既流爲「一面發嬌嗔，碎揉花打人」之惡習矣。不可不防其漸。－《閑情集》	未選	。
毛熙震〈菩薩蠻〉(梨花滿院飄香雪)	未選	未選	未選	幽鹽，得飛卿之意。－《別調集》	未選	。。
毛熙震〈清平樂〉(春光欲暮)	未選	未選	未選	情味宛然。－《別調集》	未選	、。

毛熙震〈南歌子〉（遠山愁黛碧）	未選	未選	未選	無評語—《閑情集》	未選	。
毛熙震〈臨江仙〉（幽閨欲曙聞鶯囀）	未選	未選	未選	風流淒婉，晏、歐先聲。—《閑情集》	未選	。。
李珣〈菩薩蠻〉（回塘風起波文細）	未選	未選	未選	無評語—《大雅集》	未選	。
李珣〈巫山一段雲〉（古廟依青嶂）	未選	未選	未選	黃叔暘云：唐詞多緣題所賦，〈臨江仙〉則言仙事，〈女冠子〉則述道情，〈河瀆神〉則詠祠廟，大概不失本題之意。爾後漸變，去題遠矣。如珣此作，實唐人本來詞體如此。—《別調集》	未選	。
李珣〈南鄉子〉（漁市散）	未選	未選	未選	無評語—《別調集》	未選	。
李珣〈南鄉子〉（蘭橈舉）	未選	未選	未選	李珣〈南鄉〉諸詞，語極本色，於唐人〈竹枝〉外，另闢一境矣。—《閑情集》	未選	。
李珣〈南鄉子〉（歸路近）	未選	未選	未選	無評語—《閑情集》	未選	。
李珣〈南鄉子〉（乘綵舫）	未選	未選	未選	無評語—《閑情集》	未選	。
李珣〈南鄉子〉（相見處）	未選	未選	未選	情態可想。—《閑情集》	未選	。
李珣〈南鄉子〉（登畫舸）	未選	未選	未選	無評語—《閑情集》	未選	。
李珣〈南鄉子〉（雙髻墜）	未選	未選	未選	無評語—《閑情集》	未選	。
李珣〈河傳〉（去去）	未選	未選	未選	一氣卷舒，有水流花放之致。結六字溫厚。—《別調集》	未選	。。河
李珣〈浣溪沙〉（晚出閑庭看海棠）	未選	未選	未選	其妙正在說不出處。—《閑情集》	未選	。
孫光憲〈後庭花〉（石城依舊空江國）	未選	未選	未選	胸有所鬱，觸處傷懷，妙在不說破，說破則淺矣。—《大雅集》	未選	、。

孫光憲〈浣溪沙〉(蓼岸風多菊柚香)	未選	未選	未選	無評語－《大雅集》	未選	。
孫光憲〈謁金門〉(留不得)	未選	未選	未選	不遇之感。自歎語,亦是自負語。「還」字妙,落拓非一日矣。－《大雅集》	未選	。。
孫光憲〈定西番〉(雞祿山前遊騎)	未選	未選	未選	筆力廉悍。－《放歌集》	未選	。
孫光憲〈定西番〉(帝子枕前秋夜)	未選	未選	未選	無評語－《放歌集》	未選	。
孫光憲〈思越人〉(渚蓮枯)	未選	未選	未選	筆力甚遒,而語特淒咽。－《放歌集》	未選	。
孫光憲〈河瀆神〉(汾水碧依依)	未選	未選	未選	「裊裊冷秋風,洞庭波兮木葉下」,起筆彷彿似之。－《別調集》	未選	、。
孫光憲〈清平樂〉(愁腸欲斷)	未選	未選	未選	癡情幻想,說得溫厚,便有《風》、《騷》遺意。－《閑情集》	未選	。
孫光憲〈浣溪沙〉(碧玉衣裳白玉人)	未選	未選	未選	起二語纖小。－《閑情集》	未選	、、、
孫光憲〈浣溪沙〉(何事相逢不展眉)	未選	未選	未選	描繪逼眞,惜語近俚。－《閑情集》	未選	、、、
孫光憲〈浣溪沙〉(烏帽斜欹倒佩魚)	未選	未選	未選	情態畢傳。－《閑情集》	未選	。
孫光憲〈浣溪沙〉(蘭沐初休曲檻前)	未選	未選	未選	無評語－《閑情集》	未選	。
孫光憲〈浣溪沙〉(月淡風和畫閣深)	未選	未選	未選	無評語－《閑情集》	未選	。
張泌〈蝴蝶兒〉(蝴蝶兒)	未選	未選	未選	如許鍾情,干卿甚事。－《閑情集》	未選	。
張泌〈江城子〉(浣花溪上見卿卿)	未選	未選	未選	妙在若會意若不會意之間,惜語近俚。－《閑情集》	未選	、、、

馮延巳〈蝶戀花〉（六曲闌干偎碧樹）	無評語	未選	或曰：「非歐公不能爲。」或曰：「馮敢爲大言如是。」讀者審之。金碧山水，一片空濛。此正周氏所謂「有寄託入，無寄託出」也。（滿眼游絲兼落絮）感。（一霎清明雨）境。（濃睡覺來鶯亂語）人。（驚殘好夢無尋處）情。	憂讒畏譏，思深意苦，信其言，不必論其人也。－《大雅集》	○○○	○○○
馮延巳〈蝶戀花〉（誰道閑情拋棄久）	無評語	未選	此闋敘事。	始終不踰其志，亦可謂自信而不疑，果毅而有守矣。－《大雅集》	○○○	○○○
馮延巳〈蝶戀花〉（幾日行雲何處去）	三詞忠愛纏綿，宛然《騷》、〈辨〉之義。延巳爲人，專蔽嫉妒，又敢爲大言。此詞蓋以排間異己者，其君之所以信而弗疑也。	未選	「行雲」、「百草」、「千花」、「香草」、「雙燕」，必有所託。「依依夢裏無尋處」呼應。	低迴曲折，藹乎其言，可以群，可以怨。情詞悱惻。「雙燕」二語，映首章。《詞選》云：三詞忠愛纏綿，宛然《騷》、〈辨〉之義。延巳爲人，專蔽嫉妒，又敢爲大言。此詞蓋以排間異己者，其君之所以信而弗疑也。－《大雅集》	○○○	○○○
馮延巳〈蝶戀花〉（庭院深深深幾許）	未選	未選	宋刻玉甃，雙層浮起；筆墨至此，能事幾盡。	《詞選》本李易安〈詞序〉，指此章爲歐陽永叔作，謂「庭院深深」，閨中既以邃遠也；「樓高不見」，哲王又不寤也；「章臺」、「遊冶」，小人之徑；「雨橫風狂」，政令暴急也；「亂紅飛去」，斥逐非一人而已，殆爲韓、范作乎？此論亦通。他本亦多作永叔詞，惟《詞綜》獨斷爲馮延巳作。竹垞博覽群書，必有所據。且與上三章一色，筆墨從之。－《大雅集》	未選	○○○

馮延巳〈羅敷豔歌〉(小堂深靜無人到)	未選	未選	未選	無評語－《大雅集》	未選	○ ○
馮延巳〈羅敷豔歌〉(笙歌放後人歸去)	未選	未選	未選	無評語－《大雅集》	未選	○ ○
馮延巳〈羅敷豔歌〉(馬嘶人語春風岸)	未選	未選	未選	無評語－《別調集》	未選	○
馮延巳〈羅敷豔歌〉(花前失卻遊春侶)	未選	未選	未選	纏綿沉著。－《別調集》	未選	○
馮延巳〈菩薩蠻〉(畫堂昨夜西風過)	未選	未選	未選	〈菩薩蠻〉諸闋，語長心重，溫、韋之亞也。－《大雅集》	未選	○ ○
馮延巳〈菩薩蠻〉(回廊遠砌生秋草)	未選	未選	未選	無評語－《大雅集》	未選	○ ○
馮延巳〈菩薩蠻〉(嬌鬟堆枕釵橫鳳)	未選	未選	未選	無評語－《大雅集》	未選	○ ○
馮延巳〈菩薩蠻〉(西風嫋嫋凌歌扇)	未選	未選	未選	無評語－《大雅集》	未選	○ ○
馮延巳〈菩薩蠻〉(沉沉朱戶橫金鎖)	未選	未選	未選	無評語－《大雅集》	未選	○ ○
馮延巳〈菩薩蠻〉(敧鬟墮髻搖雙槳)	無評語	未選	未選	五字閑婉。似〈子夜〉一流人物。結二句若關合若不關合，妙甚，較「家住綠楊邊，往來多少年」高出數倍。－《閑情集》	○	○
馮延巳〈清平樂〉(雨晴煙晚)	無評語	未選	未選	無評語－《大雅集》	○	○
馮延巳〈喜遷鶯〉(宿鶯啼鄉夢斷)	未選	未選	未選	恍惚得妙。－《大雅集》	未選	○ ○
馮延巳〈芳草渡〉(梧桐落)	未選	未選	未選	語短韻長，音節綿遠。－《別調集》	未選	、 ○
馮延巳〈歸國謠〉(何處笛)	未選	未選	未選	緊峭。－《別調集》	未選	、 ○
馮延巳〈歸國謠〉(江水碧)	未選	未選	未選	結得蒼涼。－《別調集》	未選	、 ○

馮延巳〈南鄉子〉（細雨溼秋風）	未選	未選	未選	是深秋景況。—《別調集》	未選	。
馮延巳〈憶秦娥〉（風淅淅）	未選	未選	未選	此〈憶秦娥〉別調也，意極芊婉，語極沉至。—《別調集》	未選	、、。
馮延巳〈拋毬樂〉（梅落新春入後庭）	未選	未選	未選	「入」字妙。「芳草」七字，秀鍊有餘味，對句稍遜。—《別調集》	未選	、。
馮延巳〈拋毬樂〉（霜積秋山萬樹紅）	未選	未選	未選	起句恣肆。「白雲」十四字，頗近中唐名句。—《別調集》	未選	。
馮延巳〈拋毬樂〉（坐對高樓千萬山）	未選	未選	未選	鍊句鍊字，拗一字，更覺宮商一片。—《別調集》	未選	。。
馮延巳〈三臺令〉（春色春色）	未選	未選	未選	即今日不作樂，當待何時。—《別調集》	未選	。
馮延巳〈三臺令〉（南浦南浦）	未選	未選	未選	上章「依舊」二字，鬱而突，故佳。此有「當時」一語，則「依舊」二字不過平衍耳。—《別調集》	未選	。
馮延巳〈三臺令〉（明月明月）	未選	未選	未選	不道一語，中含無數曲折。—《別調集》	未選	。
馮延巳〈浣溪沙〉（馬上凝情憶舊游）	未選	未選	開北宋疏宕之派。	流水對，情致極深欵。—《別調集》	未選	。
馮延巳〈應天長〉（一鉤初月臨妝鏡）	未選	未選	未選	「風不定」三字中，別有愁怨。—《別調集》	未選	、、。
馮延巳〈阮郎歸〉（角聲吹斷隴梅枝）	未選	未選	未選	託物見意。—《別調集》	未選	。。
馮延巳〈臨江仙〉（冷紅飄起桃花片）	未選	未選	未選	意兼騷雅。—《別調集》	未選	、、。
馮延巳〈虞美人〉（玉鉤鸞柱調鸚鵡）	無評語	未選	未選	風神蘊藉，自是正中本色。—《閑情集》	。	。
成幼文〈謁金門〉（風乍起）	未選	未選	未選	結二語，若離若合，密意凝情，宛轉如見。陳質齋云：世言「風乍起」為馮延巳作，或云成幼文也。今《陽春集》無有，當是幼文作。—《閑情集》	未選	。。

許岷〈木蘭花〉（小庭日晚花零落）	未選	未選	未選	無評語－《閑情集》	未選	。
許岷〈木蘭花〉（江南日暖芭蕉展）	未選	未選	未選	思路未精，筆意卻爽朗。－《閑情集》	未選	。
耿玉眞〈菩薩蠻〉（玉京人去秋蕭索）	未選	未選	未選	如怨如慕，極深欸之致。南唐盧絳病痁且死，夜夢白衣婦人歌此詞勸酒。歌數闋，因謂絳曰：「子之疾，食蔗即愈。」如言果差。迨數夕，又夢前婦人曰：「妾乃玉眞也，他日富貴，相見於固子坡。」後入金陵，累官柱國。唐亡歸宋，以龔愼儀事坐誅。臨刑，有白衣婦人同斬，姿貌宛如所夢，問其姓名，曰：「耿玉眞。」問受刑之地，即固子坡也。－《大雅集》	未選	。。
潘閬〈酒泉子〉（長憶孤山）	未選	未選	未選	天然圖畫。清雅。山陰陸子通云：句法清古，語帶煙露，近時罕及。－《別調集》	未選	、、
潘閬〈酒泉子〉（長憶西湖）	未選	未選	未選	蕭灑出塵。結更清高閑遠。《古今詞話》云：石曼卿見此詞，使畫工繪之作圖。又《湘山》云：錢希白愛之，自書玉堂屏風。－《別調集》	未選	。。
寇準〈江南春〉（波渺渺）	未選	未選	未選	無評語－《別調集》	未選	。
寇準〈點絳脣〉（小陌輕寒）	未選	未選	未選	遣詞淒豔，姿態甚饒。－《閑情集》	未選	。
王琪〈望江南〉（江南雨）	未選	未選	未選	精於造句。「飄灑」句，意盡語亦滑。陳輔之云：君玉有〈望江南〉十首，自謂謫仙。荊公酷愛「紅綃香潤入梅天」句。－《別調集》	未選	、、。
晏殊〈清平樂〉（金風細細）	未選	無評語	未選	未選	未選	未選

晏殊〈清平樂〉（紅箋小字）	未選	未選	未選	低迴婉曲。－《閑情集》	未選	○○
晏殊〈踏莎行〉（小徑紅稀）	此詞亦有所興，其歐公〈蝶戀花〉之流乎？	無評語	刺詞。（高臺樹色陰陰見）正與「斜陽」相映。	《詞選》云：此詞亦有所興，蓋亦「庭院深深」之流也。－《大雅集》	○	○○
晏殊〈蝶戀花〉（檻菊愁煙蘭泣露）	未選	無評語	未選	纏綿悱惻，雅近正中。－《大雅集》	未選	○○
晏殊〈相思兒令〉（昨日探春消息）	未選	無評語	未選	未選	未選	未選
晏殊〈浣溪沙〉（一曲新詞酒一杯）	未選	未選	未選	有一刻千金之感。－《大雅集》	未選	○○
晏殊〈破陣子〉（燕子來時新社）	未選	未選	未選	風神婉約。－《閑情集》	未選	、○
晏殊〈玉樓春〉（綠楊芳草長亭路）	未選	未選	未選	凄豔。低迴反覆，言有盡而意無窮。－《閑情集》	未選	○○
晏殊〈踏莎行〉（碧海無波）	未選	未選	未選	起三語妙是憑空結撰。－《閑情集》	未選	○○
晏殊〈漁家傲〉（越女採蓮江北岸）	未選	未選	未選	有顧影自憐意。纏綿盡致。－《閑情集》	未選	、○
李師中〈菩薩蠻〉（子規啼破城樓月）	未選	未選	未選	結得凄咽。「從此」二字，包括前後多少事情。－《大雅集》	未選	○
林逋〈點絳唇〉（金谷年年）	未選	無評語	未選	無評語－《大雅集》	未選	、○
林逋〈長相思〉（吳山青）	未選	未選	未選	「此情此水共天涯」，可為此詞接筆。－《閑情集》	未選	、○
聶冠卿〈多麗〉（想人生）	未選	未選	未選	此詞情文並茂，富麗精工。湯義仍《還魂記》從此脫胎。《西廂》「彩雲何在」，亦是盜襲此詞後闋語。長孺此篇為詞中降格，實為曲中上乘，蓋元、明人雜曲之祖也。起結相應。黃叔暘云：冠卿詞不多見，	未選	、○

				如此篇，亦可謂才情富麗矣。其「露洗華桐」四句，又所謂玉中之珙璧，珠中之夜光。每一觀之，撫玩無斁。　胡元任云：「露洗華桐」二語，此是仲春天氣，下乃云「綠陰搖曳，蕩春一色」，其時未有綠陰，亦語病也。－《閑情集》		
徐昌圖〈臨江仙〉（飲散離亭西去）	未選	無評語	未選	未選	未選	未選
韓琦〈點絳唇〉（病起懨懨）	未選	無評語	未選	意餘於言。－《別調集》	未選	。
宋祁〈玉樓春〉（東城漸覺風光好）	未選	未選	未選	紅杏尚書，豔奪千古。「爲樂當及時」，有心人語。－《別調集》	未選	。。
宋祁〈浪淘沙〉（少年不管）	未選	未選	未選	此〈浪淘沙〉變調。綿麗中見凄感。萬紅友云：因宋公創此三「遠」句，一變而爲何子初「細草沿階」詞，再變而爲王渼陂「無意整雲鬟」曲，愈出愈妙，紅杏尚書豈非風流之祖乎！－《別調集》	未選	、、。
宋祁〈鷓鴣天〉（畫轂雕鞍狹路逢）	未選	未選	未選	用成句，合拍無痕。子京過繁臺街，逢內家車子，有搴簾者曰：「小宋也。」子京歸作此詞，傳唱都下，達於禁中。仁宗知之，問內人：「第幾車子，何人呼小宋？」有內人自陳：「頃侍御宴，見宣翰林學士，左右內臣曰：『小宋也。』時在車子中偶見之，呼一聲耳。」上召子京，從容語及，子京惶懼無地。上笑曰：「蓬山不遠。」因以內人賜之。－《別調集》	未選	。
李遵勗〈滴滴金〉（帝城五夜宴遊歇）	未選	未選	未選	兩「殘」字警。猛省。斯人而有斯語，故佳。－《放歌集》	未選	。

范仲淹〈蘇幕遮〉(碧雲天)	此去國之情。	無評語	大筆振迅。	工於寫景,層折極多。「芳草」二語,沉至。《詞選》云:此國之情。－《大雅集》	。	。。
范仲淹〈御街行〉(紛紛墮葉飄香砌)	未選	無評語	未選	淋漓沉著,《西廂·長亭篇》襲之,骨力遠遜,且少味外味,此北宋所以為高。小山、永叔後,此調不復彈矣。－《閑情集》	未選	。。
范仲淹〈漁家傲〉(塞下秋來風景異)	未選	無評語	沉雄似張巡五言。	絕不作一航髒語。悲而壯,忠愛根於血性,不可強為也。彭孫遹云:「『將軍白髮征夫淚』,蒼涼悲壯,慷慨生哀。永叔欲以『玉堦遙獻南山壽』敵之,終覺讓一頭地。」－《放歌集》	未選	、、。
歐陽修〈採桑子〉(羣芳過後西湖好)	未選	無評語	(羣芳過後西湖好)帰處即生。(笙歌散盡游人去)悟語是戀語。	四字猛省。－《別調集》	未選	、、
歐陽修〈踏莎行〉(候館梅殘)	未選	無評語	未選	較後主「離恨恰如芳草」二語,更綿遠有致。－《大雅集》	未選	。。。
歐陽修〈玉樓春〉(湖邊柳外樓高處)	未選	未選	未選	無評語－《大雅集》	未選	。。
歐陽修〈蝶戀花〉(越女採蓮秋水畔)	未選	無評語	(窄袖輕羅)小人常態。(霧重煙輕,不見來時伴)君子道消。	與元獻作同一纏綿,而語更婉雅。－《閑情集》	未選	。。
歐陽修〈蝶戀花〉(六曲闌干偎碧樹)	未選	此及下三闋,一作馮延巳詞。按:馮詞多與歐公相亂,此實公詞也。	未選	未選	未選	未選
歐陽修〈蝶戀花〉(誰道閑情拋棄久)	未選	無評語	未選	未選	未選	未選

歐陽修〈蝶戀花〉（幾日行雲何處去）	未選	無評語	未選	未選	未選	未選
歐陽修〈蝶戀花〉（庭院深深深幾許）	「庭院深深」，閨中既以邃遠也。「樓高不見」，哲王又不寤也。「章臺」、「遊冶」，小人之徑。「雨橫風狂」，政令暴急也。「亂紅飛去」，斥逐者非一人而已，殆爲韓、范作乎。此詞亦見馮延巳集中。李易安〈詞序〉云：「歐陽公作〈蝶戀花〉，有『庭院深深深幾許』之句，余酷愛之。用其語作『庭院深深』數闋，其聲即舊〈臨江仙〉也。」易安去歐公未遠，其言必非無據。	數詞纏綿忠篤，其文甚明，非歐公不能作。延巳小人，縱欲僞爲君子，以惑其主，豈能有此至性語乎！	未選	未選	。。。	未選
歐陽修〈蝶戀花〉（畫閣歸來春又晚）	未選	未選	未選	無評語－《大雅集》	未選	。。
歐陽修〈蝶戀花〉（小院深深門掩乍）	未選	未選	未選	清雅芊麗，正中之匹也。－《大雅集》	未選	、。。
歐陽修〈蝶戀花〉（簾幕風輕雙語燕）	未選	未選	未選	情有所鬱，淒婉沉至。－《別調集》	未選	、、
歐陽修〈少年游〉（闌干十二）	未選	無評語	未選	將「憶王孫」三字插在「疏雨黃昏」之後，筆力既橫，意味亦長，故應勝君復、聖俞作。君復詞見前，聖俞詞錄入《別調集》。吳虎臣云：不惟君復、聖俞二詞不及，雖求諸唐人	未選	。。

				温、李集中，殆與之爲一矣。－《大雅集》		
歐陽修〈臨江仙〉(柳外輕雷池上雨)	無評語	無評語	未選	遣詞大雅，宜爲文僖所賞。宋錢文僖罷政爲西京留守。一日，宴於後園，客集，而歐公與妓俱不至，移時方來，在坐相視以目。公責妓云：「未至何也？」妓云：「中暑，往涼堂睡著，覺失金釵，猶未見。」公曰：「若得歐推官一詞，當爲償汝。」歐陽公即席云云。合座稱善，遂命妓滿酌賞歐，而令公庫償釵。－《閑情集》	。	。
歐陽修〈浪淘沙〉(把酒祝東風)	未選	未選	未選	想到明年，真乃匪夷所思，非有心人如何道得。－《別調集》	未選	、、
歐陽修〈浣溪沙〉(堤上游人逐畫船)	未選	未選	未選	風流自賞。晁無咎云：只一「出」字，自是後人道不到。－《別調集》	未選	。
歐陽修〈浣溪沙〉(香靨凝羞一笑開)	未選	未選	未選	無評語－《閑情集》	未選	。
歐陽修〈夜行船〉(滿眼東風飛絮)	未選	未選	未選	尋常意寫得如許濃至。「看看是」三字，咄咄逼人，情景兼到。－《別調集》	未選	。。
歐陽修〈長相思〉(深花枝)	未選	未選	未選	連用四「花枝」，二「深」、「淺」字，姿態甚足。後半殊遜。－《閑情集》	未選	。
歐陽修〈訴衷情〉(清晨簾幕卷輕霜)	未選	未選	未選	縱畫長眉，能解離恨否？筆妙能於無理中傳出癡女子心腸。－《閑情集》	未選	、。
歐陽修〈南歌子〉(鳳髻金泥帶)	未選	未選	未選	無評語－《閑情集》	未選	。
歐陽修〈洛陽春〉(紅紗未曉黃鸝語)	未選	未選	未選	無評語－《閑情集》	未選	。
梅堯臣〈蘇幕遮〉(露隄平)	未選	未選	未選	自不及永叔一闋，當與林君復並驅中原。。－《別調集》	未選	。

司馬光〈阮郎歸〉(漁舟容易入深山)	未選	未選	未選	清淡有味。－《別調集》	未選	。
司馬光〈西江月〉(寶髻鬆鬆挽就)	未選	未選	未選	眞情至語，《西廂》「多情總被無情惱」淺矣。－《閑情集》	未選	
王安石〈桂枝香〉(登臨送目)	未選	未選	未選	筆力蒼秀。－《大雅集》	未選	。。
王安石〈甘露歌〉(折得一枝香在手)	未選	未選	未選	〈甘露歌〉一本作兩段，每段六句。《花草粹編》、《樂府雅詞》皆作三段，每段平仄換韻，較正。《欽定詞譜》亦作三段，當從之。－《別調集》	未選	、、
晏幾道〈臨江仙〉(夢後樓臺高鎖)	無評語	無評語	名句，千古不能有二。所謂柔厚在此。	「落花」十字，自是天生好言語。回首可憐。－《大雅集》	。。	。、。
晏幾道〈臨江仙〉(身外閒愁空滿)	未選	未選	未選	淺處皆深。－《大雅集》	未選	。。
晏幾道〈臨江仙〉(淡水三年歡意)	未選	未選	未選	無評語－《大雅集》	未選	、。。
晏幾道〈點絳唇〉(妝席相逢)	未選	無評語	未選	情景兼寫，景生於情。－《閑情集》	未選	、、
晏幾道〈點絳唇〉(明日征鞭)	未選	未選	未選	流連往復，情味自永。－《閑情集》	未選	。。
晏幾道〈點絳唇〉(花信來時)	未選	未選	未選	淋漓沉至。－《閑情集》	未選	。
晏幾道〈生查子〉(金鞍美少年)	未選	無評語	未選	無評語－《閑情集》	未選	。
晏幾道〈採桑子〉(鞦韆散後朦朧月)	未選	無評語	未選	未選	未選	未選
晏幾道〈六么令〉(雪殘風信)	未選	無評語	未選	未選	未選	未選
晏幾道〈六么令〉(綠陰春盡)	未選	無評語	未選	無評語－《閑情集》	未選	、。
晏幾道〈清平樂〉(留人不住)	未選	結語殊怨，然不忍割。	未選	怨語，然自是凄絕。－《別調集》	未選	、。

晏幾道〈清平樂〉(西池煙草)	未選	未選	未選	無評語－《別調集》	未選	、、
晏幾道〈玉樓春〉(輭鞦院落重簾暮)	未選	無評語	未選	「餘」、「後」二字有意味。－《閑情集》	未選	○○
晏幾道〈玉樓春〉(採蓮時候慵歌舞)	未選	未選	未選	綿麗有致。－《閑情集》	未選	○○
晏幾道〈玉樓春〉(離鸞照罷塵生鏡)	未選	未選	未選	無評語－《閑情集》	未選	、○
晏幾道〈碧牡丹〉(翠袖疏紈扇)	未選	無評語	未選	未選	未選	未選
晏幾道〈蝶戀花〉(醉別西樓醒不記)	未選	無評語	未選	一字一淚，一字一珠。－《大雅集》	未選	、○○
晏幾道〈蝶戀花〉(欲減羅衣寒未去)	未選	未選	未選	此詞亦見趙德麟《聊復集》，今從《宋六十一家詞選》，屬小山作。－《大雅集》	未選	○○
晏幾道〈蝶戀花〉(卷絮風頭寒欲盡)	未選	未選	未選	宛轉幽怨。－《閑情集》	未選	○○
晏幾道〈蝶戀花〉(庭院碧苔紅葉徧)	未選	未選	未選	出語必雅，北宋豔詞，自以小山為冠，耆卿、少游皆不及也。－《閑情集》	未選	、○
晏幾道〈蝶戀花〉(碧草池塘春又晚)	未選	未選	未選	無評語－《閑情集》	未選	、○
晏幾道〈蝶戀花〉(碧玉高樓臨水住)	未選	未選	未選	淒婉欲絕，仙耶！鬼耶！－《閑情集》	未選	○○
晏幾道〈蝶戀花〉(喜鵲橋成催鳳駕)	未選	未選	未選	思深意苦。－《閑情集》	未選	○○
晏幾道〈浪淘沙〉(小綠問長紅)	未選	未選	未選	纏綿悱惻。－《別調集》	未選	、○
晏幾道〈長相思〉(長相思)	未選	未選	未選	此為《小山集》中別調，而纏綿往復，姿態而餘。－《閑情集》	未選	、○○

晏幾道〈清商怨〉(庭花香信尙淺)	未選	未選	未選	夢生於情。「依舊」二字中，一波三折。■詞至小山，全以情勝。後人好作淫褻語，又小山之罪人也。－《閑情集》	未選	○ ○
晏幾道〈更漏子〉(柳絲長)	未選	未選	未選	情餘言外，不必用「香澤」字面。－《閑情集》	未選	○ ○
晏幾道〈更漏子〉(露華高)	未選	未選	未選	曰「昨日」、曰「去年」，宛雅哀怨。－《閑情集》	未選	○ ○
晏幾道〈兩同心〉(楚鄉春晚)	未選	未選	未選	清詞麗句，爲元曲濫觴。－《閑情集》	未選	○
晏幾道〈滿庭芳〉(南苑吹花)	未選	未選	未選	柔情蜜意。－《閑情集》	未選	○
晏幾道〈思遠人〉(紅葉黃花秋意晚)	未選	未選	未選	就「淚」、「墨」二字渲染成詞，何等姿態。－《閑情集》	未選	
晏幾道〈虞美人〉(溼紅箋紙回紋字)	未選	未選	未選	無評語－《閑情集》	未選	、 ○
晏幾道〈鷓鴣天〉(綵袖殷勤捧玉鍾)	未選	未選	未選	仙乎麗矣。後半闋一片深情，低迴往復，眞不厭百回讀也。言情之作，至斯已極。－《閑情集》	未選	○ ○ ○
晏幾道〈鷓鴣天〉(小令尊前見玉簫)	未選	未選	未選	程叔微云：伊川聞誦晏叔原「夢魂慣得無拘檢，又踏楊花過謝橋」，笑曰：「鬼語也。」意亦賞之。－《閑情集》	未選	○ ○
晏幾道〈鷓鴣天〉(陌上濛濛殘絮飛)	未選	未選	未選	筆意亦俊爽，亦婉約。－《閑情集》	未選	○ ○
晏幾道〈鷓鴣天〉(綠橋梢頭幾點春)	未選	未選	未選	無評語－《閑情集》	未選	○ ○
晏幾道〈浣溪沙〉(牀上銀屏幾點山)	未選	未選	未選	幽怨。－《閑情集》	未選	、 ○
晏幾道〈浣溪沙〉(樓上燈深欲閉門)	未選	未選	未選	無評語－《閑情集》	未選	○ ○
晏幾道〈浣溪沙〉(團扇初隨碧簟收)	未選	未選	未選	無評語－《閑情集》	未選	、 ○
晏幾道〈浣溪沙〉(翠閣朱闌倚處危)	未選	未選	未選	小山諸詞，無不閑雅。後人描寫閨情，大半失之淫冶，此唐、五代、北宋所以猶爲近古。－《閑情集》	未選	、 ○

晏幾道〈破陣子〉（柳下笙歌庭院）	未選	未選	未選	對法活潑，措詞亦婉媚。淒咽芊綿。－《閑情集》	未選	。。
韓縝〈芳草〉（鎖離愁）（又作〈鳳簫吟〉）	無評語	無評語	未選	未選	。	未選
柳永〈鬥百花〉（煦色韶光明媚）	未選	「媚」借叶。柳詞總以平敘見長，或發端、或結尾、或換頭，以一、二語句勒、提、掇，有千鈞之力。	未選	未選	未選	未選
柳永〈雨霖鈴〉（寒蟬淒切）	未選	清眞詞多從耆卿奪胎，思力沉摯處，往往出藍，然耆卿秀淡幽豓，是不可及。後人摭其《樂章》，訾爲俗筆，眞瞽說也。	未選	預想別後情況，工於言情。－《大雅集》	未選	。
柳永〈少年遊〉（參差煙樹霸陵橋）	未選	未選	未選	無評語－《大雅集》	未選	。
柳永〈傾盃樂〉（木落霜洲）	未選	依調「損」字當屬下，依詞「損」字當屬上。此類盡多，後不更舉。	耆卿正鋒，以當杜詩。「何人月下臨風處」〈文賦〉云：「扶質立幹」。（想繡閣深沉，怎知顦顇、損天涯行客）忠厚俳惻，不媿大家。（楚峽雲歸，高唐人散）寬處坦夷，正見家數。	未選	未選	未選

柳永〈卜算子慢〉（江楓漸老）	未選	後闋一氣轉注，聯翩而下，清眞最得此妙。	未選	曲折深婉。－《別調集》	未選	。
柳永〈玉蝴蝶〉（望處雨收雲斷）	未選	無評語	未選	未選	未選	未選
柳永〈八聲甘州〉（對瀟瀟暮雨灑江天）	未選	無評語	未選	情景兼到，骨韻俱高，無起伏之痕，有生動之趣，古今傑構，耆卿集中僅見之作。「佳人妝樓」四字連用，俗極。擇言貴雅，何不檢點如是，致令白璧微瑕。－《大雅集》	未選	。。。
柳永〈安公子〉（遠岸收殘雨）	未選	後闋音節態度絕類〈拜新月慢〉。清眞「夜色催更」一闋，全從此脫化出來，特較更跌宕耳。	未選	未選	未選	未選
柳永〈雪梅香〉（景蕭索）	未選	本闋結句，似在「意」字逗。	未選	造語精絕。一往不盡。－《閑情集》	未選	。。
柳永〈西平樂〉（盡日憑高寓目）	未選	無評語	未選	未選	未選	未選
柳永〈木蘭花慢〉（拆桐花爛熳）	未選	一結大勝「忍把浮名，換了淺斟低唱」。	未選	未選	未選	未選
柳永〈訴衷情近〉（雨晴氣爽）	未選	未選	未選	詞中有畫。此情此景，黯然銷魂。－《別調集》	未選	。
柳永〈夜半樂〉（凍雲黯淡天氣）	未選	未選	未選	此篇層折最妙，始而渡江直下，繼乃江爲溪行。「漸」自妙，是行路人語，蓋風濤雖息，耳中風濤猶未息也。「樵風」句，點綴野，尙未依村落也。繼見酒旆，繼見漁人，繼見游女，則已傍村落矣。因游女而觸離情，不禁歎歸期無據。別時邀約不	未選	、。。

				過一時，強慰語耳。「繡閣輕拋，浪萍難駐」，漂零歲暮，悲從中來。繼而「斷鴻聲遠」，白日西頹，旅人當此，何以為情。層折之妙，令人尋味不盡。陳直齋後，耆卿最工於行役羈旅，信然。—《別調集》		
柳永〈蝶戀花〉（獨倚危樓風細細）	未選	未選	未選	情深語切。—《閑情集》	未選	。
柳永〈婆羅門令〉（昨宵裏恁和衣睡）	未選	未選	未選	起數語俚淺。末二語，開出多少傳奇。—《閑情集》	未選	。
張先〈卜算子慢〉（溪山別意）	未選	無評語	未選	未選	未選	未選
張先〈卜算子〉（夢短寒夜長）	未選	未選	未選	饒有古意。—《大雅集》	未選	。 。
張先〈醉垂鞭〉（雙蝶繡羅裙）	未選	無評語	未選	蓄勢在一結，風流壯麗。—《別調集》	未選	。
張先〈山亭宴〉（宴堂永晝喧簫鼓）	未選	無評語	未選	未選	未選	未選
張先〈踏莎行〉（衾鳳猶溫）	未選	無評語	未選	未選	未選	未選
張先〈臨江仙〉（水調數聲持酒聽）	無評語	未選	未選	無評語—《大雅集》	。	。 。
張先〈臨江仙〉（龍頭舴艋吳兒競）	無評語	未選	未選	無評語—《大雅集》	。	。
張先〈青門引〉（乍暖還輕冷）	無評語	無評語	未選	韻流絃外，神注箇中。耆卿而後聲調漸變，子野猶多古意。—《大雅集》	。 。 。	。 。
張先〈翦牡丹〉（野綠連空）	未選	未選	未選	子野善押「影」字韻，特地精神。即樂天「惟見江心秋月白」意。—《別調集》	未選	、。
張先〈惜瓊花〉（汀蘋白）	未選	未選	未選	春去秋來，「而今」二字中，含無數別感。結得孤遠。—《別調集》	未選	、、、
張先〈漁家傲〉（巴子城頭青草暮）	未選	未選	未選	筆意高古。情必深，語必雋。—《別調集》	未選	、、。

張先〈浣溪沙〉（樓倚春江百尺高）	未選	未選	未選	造語別致。－《別調集》	未選	。
張先〈生查子〉（含羞整翠鬟）	未選	未選	未選	工雅芊麗，自是唐賢遺意。－《閑情集》	未選	。
張先〈木蘭花〉（西湖楊柳風流絕）	未選	未選	未選	較叔原「紫騮認得舊蹤，嘶過畫橋東畔路」，更覺有味。－《閑情集》	未選	。。
張先〈減字木蘭花〉（垂螺近額）	未選	未選	未選	子野詞最爲近古。耆卿而後，聲色大開，古調不復彈矣。－《閑情集》	未選	。
張先〈醉落魄〉（雲輕柳弱）	未選	未選	未選	情詞並茂，姿態橫生。李端叔謂：「子野才短情長。」豈其然歟！－《閑情集》	未選	。
張先〈碧牡丹〉（步障搖紅綺）	未選	未選	未選	深情綿邈，晏公聞之，能無動心耶！《道山情話》云：晏文獻爲京兆，辟張先爲通判。新納侍兒，公甚屬意。先能爲詩詞，公雅重之。每張來，令侍兒出侑觴，往往歌子野所爲之詞。其後王夫人寢不容，公即出之。一日，子野至，公與之飲。子野作此詞，令營妓歌之。至末句，公聞之憮然，曰：「人生行樂耳，何自苦如此！」亟命於宅庫支錢若干，復取前所出侍兒。既來，夫人亦不復誰何也。－《閑情集》	未選	。。
蘇軾〈賀新郎〉（乳燕飛華屋）	無評語	無評語	頗欲與少陵〈佳人〉一篇互證。(石榴半吐紅巾蹙，待浮花浪蕊都盡，伴君幽獨）下闋別開異境，南宋惟稼軒有之，變而近正。	胡元任云：托意高遠。－《大雅集》	。。。	。。。
蘇軾〈水龍吟〉（似花還似非花）	無評語	無評語	未選	身世流離之感，而出以溫婉語，令讀者喜悅悲歌不能自已。張叔夏云：後片愈出愈奇，直	。	。。。

				是壓倒今古。－《大雅集》		
蘇軾〈洞仙歌〉（冰肌玉骨）	自序云：「僕七歲時，見眉州老尼，姓朱，忘其名，年九十餘。自言：曾隨其師入蜀主孟昶宮中。一日大熱，王與花蕊夫人夜起避暑摩訶池上，作一詞。朱具能誦之。今四十年，朱已死久矣，人無知此詞者。獨記其首兩句，暇日尋味，豈〈洞仙歌令〉乎？乃爲足之云。」	未選	未選	未選	○○○	未選
蘇軾〈卜算子〉（缺月掛疏桐）	此東坡在黃州作。鮦陽居士云：「『缺月』，刺明微也；『漏斷』，暗時也；『幽人』，不得志也；『獨往來』，無助也；『驚鴻』，賢人不安也；『回頭』，愛君不忘也；『無人省』，君不察也；『揀盡寒枝不肯棲』，不偷安於高位也；『寂寞沙洲冷』，非所安。此詞與〈考槃〉詩極相似。」	無評語	皋文《詞選》以〈考槃〉爲比，言非河漢也。此亦鄙人所謂：「作者未必然，讀者何必不然。」	或以此詞爲溫都監女作，陋甚。從《詞綜》與《詞選》，庶見坡公面目。寓意高遠，運筆空靈，措語忠厚，是坡仙獨至處，美成、白石亦不能到。黃魯直云：語意高妙，似非喫煙火食人語。《詞選》云：此東坡在黃州作也。鮦陽居士云：「『缺月』，刺明微也；『漏斷』，暗時也；『幽人』，不得志也；『獨往來』，無助也；『驚鴻』，賢人不安也；『回頭』，愛君不忘也；『無人省』，君不察也；『揀盡寒枝不肯棲』，不偷安於高位也；『寂寞沙洲冷』，非所安。此詞與〈考槃〉詩極相似。」－《大雅集》	○○○	○○○
蘇軾〈點絳唇〉（月轉烏啼）	未選	未選	未選	一片去國流離之思，卻能哀而不傷。－《大雅集》	未選	○○
蘇軾〈點絳唇〉（獨倚胡床）	未選	未選	未選	押「我」字，警。－《放歌集》	未選	○

蘇軾〈點絳唇〉（不用悲秋）	未選	未選	未選	筆意超遠，東坡本色。－《別調集》	未選	、、
蘇軾〈點絳唇〉（莫唱陽關）	未選	未選	未選	次句俚淺。超脫。－《別調集》	未選	、、
蘇軾〈水調歌頭〉（明月幾時有）	未選	未選	未選	純以神行，不落《騷》、《雅》窠臼，太白之詩，東坡之詞，皆是異樣出色。平情。結得忠厚。《詞選》云：忠愛之言，惻然動人，神宗讀「瓊樓玉樓玉宇，高處不勝寒」之句，以爲終是愛君，宜矣。－《大雅集》	未選	。。。
蘇軾〈蝶戀花〉（春事闌珊芳草歇）	未選	未選	未選	無評語－《大雅集》	未選	。
蘇軾〈蝶戀花〉（蔌蔌無風花自墮）	未選	未選	未選	語淺情長，筆致亦超遂。－《別調集》	未選	、。
蘇軾〈念奴嬌〉（大江東去）	未選	未選	未選	滔滔莽莽，其來無端。大筆摩天，是東坡氣概過人處，後人刻意摹仿，鮮不失之叫囂矣。《詞綜》云：按他本「浪聲沉」作「浪淘盡」，與調末協。「孫吳」作「周郎」，犯下「公瑾」字。「崩雲」作「穿空」，「掠岸」作「拍岸」，又「多情應是，笑我生華髮」作「多情應笑我，早生華髮」，益非，今從《容齋隨筆》黃魯直手書本更正，至於「小喬初嫁」，宜句絕，「了」字屬下句，乃合。－《大雅集》	未選	。。
蘇軾〈生查子〉（三度別君來）	未選	未選	未選	語淺情深，正不易及。－《放歌集》	未選	、。
蘇軾〈雙調南鄉子〉（霜降水痕收）	未選	未選	未選	翻用落帽事，極殊狂之趣。－《放歌集》	未選	。
蘇軾〈西江月〉（三過平山堂下）	未選	未選	未選	深進一層，喚醒癡愚不少。－《放歌集》	未選	。。

蘇軾〈西江月〉（照野瀰瀰淺浪）	未選	未選	未選	〈西江月〉一調，易入俚俗，稍不檢點，則流於曲矣，此偏寫得灑落有致。—《放歌集》	未選	。
蘇軾〈浣溪沙〉（炙手無人傍屋頭）	未選	未選	未選	無評語—《放歌集》	未選	。
蘇軾〈浣溪沙〉（山下蘭芽短浸溪）	未選	未選	未選	愈怨鬱，愈豪放，愈忠厚，令我神往。—《放歌集》	未選	、。
蘇軾〈青玉案〉（三年枕上吳中路）	未選	未選	未選	此闋《詞綜》作姚進道詞，茲從《宋六十一家》本。—《放歌集》	未選	。
蘇軾〈八聲甘州〉（有情風萬里卷潮來）	未選	未選	未選	寄伊鬱於豪宕。—《放歌集》	未選	。
蘇軾〈哨遍〉（睡起畫堂）	未選	未選	未選	筆致紆徐，蓄勢在後。縱筆揮灑，如天風海雨咄咄逼人。—《放歌集》	未選	。
蘇軾〈如夢令〉（為向東坡傳語）	未選	未選	未選	無評語—《別調集》	未選	。
蘇軾〈昭君怨〉（誰作桓伊三弄）	未選	未選	未選	無評語—《別調集》	未選	、。
蘇軾〈醉翁操〉（琅然）	未選	未選	未選	清絕高絕，不許俗人問津。化筆墨為煙雲。—《別調集》	未選	。。
蘇軾〈行香子〉（青夜無塵）	未選	未選	未選	參得破，說得透。恬淡中別具熱腸，是真名士。—《別調集》	未選	。
蘇軾〈採桑子〉（多情多感仍多病）	未選	未選	未選	無評語—《別調集》	未選	。
秦觀〈滿庭芳〉（山抹微雲）	無評語	將身世之感打并入豔情，又是一法。	淮海在北宋，如唐之劉文房。（銷魂。當此際、香囊暗解，羅帶輕分）下闋不假雕琢，水到渠成，非平鈍所能藉口。	詩情畫景。情詞雙絕。此詞之作，其在坐貶後乎？—《大雅集》	。。	、。。

秦觀〈滿庭芳〉（曉色雲開）	無評語	君子因小人而斥。一筆挽轉。應首句，不忘君也。	未選	無評語－《大雅集》	。。	。。
秦觀〈滿庭芳〉（紅蓼花繁）	未選	未選	未選	警絕。－《大雅集》	未選	。。
秦觀〈滿庭芳〉（碧水驚秋）	未選	未選	未選	《滿庭芳》諸闋，大半被放後作。戀戀故國，不勝熱中，其用心不逮東坡之忠厚，而寄情之遠，措詞之工，則各有千古也。－《大雅集》	未選	。。
秦觀〈望海潮〉（梅英疏淡）	無評語	兩兩相形，以整見動，以兩「到」字作眼，點出「換」字精神。	（長記誤隨車）頓宕。（柳下桃溪）旋斷仍連。（西園夜飲鳴笳。有華燈礙月，飛蓋妨花）陳、隋小賦縮本，塡詞家不以唐人爲止境也。	思路雋絕，其妙直令人不可思議。－《大雅集》	。。。	。。。
秦觀〈江城子〉（西城楊柳弄春柔）	無評語	未選	未選	「飛絮」九字，淒咽。以下盡情發洩，卻終未道破。－《大雅集》	。	
秦觀〈江城子〉（南來飛燕北歸鴻）	未選	未選	未選	亦疏落，亦沉鬱。－《別調集》	未選	。。
秦觀〈踏莎行〉（霧失樓臺）	無評語	無評語	未選	釋天隱云：末二句從「沅湘日夜東流去，不爲愁人住少時」變化來。黃山谷云：此詞高絕，但「斜陽暮」三字爲重犯耳。又云：極似劉夢得楚蜀間語。胡元任云：子瞻絕愛尾兩句，自書於扇曰：少游已矣，雖萬身何贖。－《大雅集》	。。。	。。。
秦觀〈鷓鴣天〉（枝上流鶯和淚聞）	無評語	未選	未選	不經人力，自然合拍。－《別調集》	。	、、
秦觀〈海棠春〉（流鶯窗外啼聲巧）	無評語	未選	未選	「睡未足」句，終嫌俚淺。－《閑情集》	。	。

秦觀〈減字木蘭花〉（天涯舊恨）	無評語	未選	未選	無評語－《大雅集》	。	。。
秦觀〈浣溪沙〉（漠漠輕寒上小樓）	無評語	無評語	未選	宛轉幽怨，溫、韋嫡派。－《大雅集》	。。	。。
秦觀〈浣溪沙〉（錦帳垂垂卷暮處）	未選	未選	未選	無評語－《大雅集》	未選	、。
秦觀〈菩薩蠻〉（金風簌簌驚黃葉）	未選	未選	未選	無評語－《大雅集》	未選	、。
秦觀〈阮郎歸〉（滿天風雨破寒初）（一作「湘天風雨破寒初」）	未選	無評語	未選	無評語－《別調集》	未選	。
秦觀〈生查子〉（眉黛遠山長）	無評語	未選	未選	雅麗，是詞場本色。少游名作甚多，而俚詞亦不少，去取不可不慎。－《大雅集》	。	、。
秦觀〈好事近〉（春路雨添花）	未選	概括一生，結語遂作藤州之讖。造語奇警，不似少游尋常手筆。	未選	筆勢飛舞。少游後至藤州，醉臥光化亭而卒。此爲詞讖矣。－《別調集》	未選	、、。
秦觀〈八六子〉（倚危亭）	未選	神來之作。	未選	寄慨無端。－《大雅集》	未選	。。。
秦觀〈金明池〉（瓊苑金池）	未選	「兩」作平。「點」作平。此詞最明快，得結語韻味便遠。	未選	未選	未選	未選
秦觀〈水龍吟〉（小樓連苑橫空）	未選	無評語	未選	前後闋起處醒「樓」、「東」、「玉」三字，稍病纖巧。－《閑情集》	未選	。
秦觀〈如夢令〉（門外鴉啼楊柳）	未選	未選	未選	起伏照應，六章如一章，彷彿飛卿《菩薩蠻》遺意。－《大雅集》	未選	。。
秦觀〈如夢令〉（遙夜月明如水）	未選	未選	未選	此章離別。－《大雅集》	未選	。。
秦觀〈如夢令〉（幽夢匆匆破後）	未選	未選	未選	別後。映起句「門外鴉啼楊柳」。－《大雅集》	未選	。。

秦觀〈如夢令〉（樓外殘陽紅滿）	未選	未選	未選	無評語－《大雅集》	未選	。。
秦觀〈如夢令〉（池上春歸何處）	未選	未選	未選	上章春半。此章春暮。－《大雅集》	未選	。。
秦觀〈如夢令〉（鶯嘴啄花紅溜）	未選	未選	未選	映起章首句，亦申明五、六章之意。－《大雅集》	未選	。。
秦觀〈虞美人〉（高城望斷塵如霧）	未選	未選	未選	沉至。－《大雅集》	未選	、、
秦觀〈南歌子〉（玉漏迢迢盡）	未選	未選	未選	雙關，巧合再遇，則傷雅矣。－《閑情集》	未選	。
秦觀〈玉樓春〉（秋容老盡芙蓉院）	未選	未選	未選	頑豔中有及時行樂之感。－《閑情集》	未選	、。
黃庭堅〈減字木蘭花〉（中秋無雨）	未選	未選	未選	愁苦之情，出以風流放誕之筆。絕世文情。－《放歌集》	未選	。
黃庭堅〈望江東〉（江水西頭隔煙樹）	未選	未選	未選	筆力奇橫，是山谷獨絕處。人只見其用筆之奇倔，不知其一片深情，往復不置，繾綣之至也。－《放歌集》	未選	。。
黃庭堅〈鷓鴣天〉（黃菊枝頭生曉寒）	未選	未選	未選	山谷此詞，頗似稼軒率意之作。－《放歌集》	未選	、、
黃庭堅〈虞美人〉（天涯也有江南信）	未選	未選	未選	無評語－《放歌集》	未選	。
晁補之〈臨江仙〉（謫宦江城無屋買）	未選	無評語	未選	未選	未選	未選
晁補之〈憶少年〉（無窮官柳）	未選	無評語	未選	未選	未選	未選
晁補之〈滿庭芳〉（鷗起蘋中）	未選	無評語	未選	未選	未選	未選
晁補之〈迷神引〉（黯黯青山紅日暮）	未選	無評語	未選	未選	未選	未選
晁補之〈摸魚兒〉（買陂塘旋栽楊柳）	未選	未選	未選	溜漓頓挫。－《放歌集》	未選	。

詞作				評語		
晁補之〈憶少年〉(無窮官柳)	未選	未選	未選	無評語－《放歌集》	未選	。
晁補之〈惜奴嬌〉(歌闋瓊筵)	未選	未選	未選	「暮」字韻複。－《放歌集》	未選	。
晁補之〈滿江紅〉(東武城南)	未選	未選	未選	風雅疏狂，音流絃外。－《別調集》	未選	、、
晁補之〈浣溪沙〉(悵飲都門春恨驚)	未選	未選	未選	無評語－《別調集》	未選	。
李之儀〈卜算子〉(我住長江頭)	未選	未選	未選	清雅，得古樂府遺意。但不善學之，必流於滑易矣。－《別調集》	未選	。
陳師道〈菩薩蠻〉(哀箏一弄湘江曲)	未選	未選	未選	淒怨自在言外。－《閑情集》	未選	。
陳師道〈減字木蘭花〉(娉娉嫋嫋)	未選	未選	未選	後山詞，亦以情勝，微遜子野沉著，而措語較婉雅。－《閑情集》	未選	。
賀鑄〈青玉案〉(凌波不過橫塘路)	無評語	無評語	未選	《中吳紀聞》云：鑄有小築，在姑蘇盤門之內十餘里，地名橫塘。方回往來其間，作此詞。後山谷有詩云：「解道江南腸斷句，只今惟有賀方回。」其為前輩推重如此。潘子真云：寇萊公詩：「杜鵑啼處血成花，梅子黃時雨如霧。」世推方回所作「梅子黃時雨」為絕唱，蓋用萊公語也。－《大雅集》	。。	。。
賀鑄〈薄倖〉(淡妝多態)	未選	耆卿於寫景中見情，故淡遠；方回於言情中布景，故濃至。	未選	低迴往復。意致纏綿，而筆勢飛舞。方回善用虛字，其味甚永。－《閑情集》	未選	。。
賀鑄〈柳色黃〉(薄雨催寒)	未選	無評語	未選	寫景亦佈置得宜。十字往復不盡。淋漓頓挫，情生文，文生情。《能改齋漫錄》：方回眷一姝，別久，姝寄詩云：「獨倚危闌淚滿襟，小園春色懶追尋。深恩縱似丁香結，難展芭蕉一寸心。」賀因所寄詩，遂成此調。－《閑情集》	未選	。。。

賀鑄〈清平樂〉（小桃初謝）	未選	無評語	未選	宛約有味。－《大雅集》	未選	。。
賀鑄〈清平樂〉（陰晴未定）	未選	未選	未選	意餘於言，是方回獨至處。－《別調集》	未選	。。
賀鑄〈望湘人〉（厭鶯聲到枕）	未選	無評語	未選	無評語－《大雅集》	未選	、。
賀鑄〈踏莎行〉（急雨收春）	未選	無評語	未選	低徊曲折。方回詞只就眾人所有之語運用入妙，其長處正不可及。－《大雅集》	未選	。。
賀鑄〈踏莎行〉（楊柳回塘）	未選	未選	未選	此語應有所指。騷情雅意，哀怨無端，讀者亦不自知何以心醉也。－《大雅集》	未選	。。。
賀鑄〈感皇恩〉（蘭芷滿汀洲）	未選	無評語	未選	筆致宕往。骨韻俱勝，用筆亦精警。－《別調集》	未選	。。
賀鑄〈浣溪沙〉（秋水斜陽遶綠陰）	未選	未選	未選	只用數虛字盤旋唱歎，而情事畢現，神乎技矣。－《大雅集》	未選	、。。
賀鑄〈浣溪沙〉（煙柳春梢蘸暈黃）	未選	未選	未選	對法亦超脫。－《別調集》	未選	、、。
賀鑄〈浣溪沙〉（夢想西池輦路邊）	未選	未選	未選	一句結醒，峭甚。－《別調集》	未選	、、。
賀鑄〈浣溪沙〉（鸚鵡無言理翠衿）	未選	未選	未選	方回詞，一語抵人千百，看似平常，讀之既久，情味愈出。－《別調集》	未選	、、。
賀鑄〈浣溪沙〉（閑把琵琶舊譜尋）	未選	未選	未選	無評語－《別調集》	未選	、。
賀鑄〈浣溪沙〉（清淺陂塘藕葉乾）	未選	未選	未選	結七字幽豔。－《別調集》	未選	。。
賀鑄〈南柯子〉（斗酒才供淚）	未選	未選	未選	起十字淒警。－《放歌集》	未選	。
賀鑄〈憶秦娥〉（曉朦朧）	未選	未選	未選	〈憶秦娥〉二章，別饒姿態，骨高氣古，他手未易及此。何等悲怨，卻以淺淡語出之，躁心人不許讀也。－《別調集》	未選	。。

賀鑄〈憶秦娥〉（著春衫）	未選	未選	未選	看似信筆寫去，其中自有波折，幽索如屈、宋，豈凡豔所能彷彿。－《別調集》	未選	◦ ◦
賀鑄〈惜雙雙〉（皎鏡平湖三十里）	未選	未選	未選	言情處亦是橫空盤硬語。－《別調集》	未選	◦ ◦
賀鑄〈思越人〉（重過閶門萬事非）	未選	未選	未選	悲惋於直截處見之，當是悼亡作。－《別調集》	未選	◦ ◦
賀鑄〈好女兒〉（車馬匆匆）	未選	未選	未選	設色精工，措語亦別致。上三句，就眼前說，下三句，從對面寫。上下三句，俱有三層意義，不似後人疊牀架屋，其病百出也。－《別調集》	未選	◦ ◦
賀鑄〈燭影搖紅〉（波影翻簾）	未選	未選	未選	無評語－《別調集》	未選	◦
賀鑄〈憶仙姿〉（蓮葉初生南浦）	未選	未選	未選	景中帶情，一結自足。－《別調集》	未選	◦ ◦
賀鑄〈小梅花〉（縛虎手）	未選	未選	未選	掇拾古語，運用入化，借他人之酒杯，澆自己之塊壘。趙聞禮所謂「酒酣耳熱，浩歌數過，亦一快也。」－《別調集》	未選	、、、
賀鑄〈菩薩蠻〉（厭厭別絃商歌送）	未選	未選	未選	無評語－《閑情集》	未選	◦
賀鑄〈瑞鷓鴣〉（月痕依約到西廂）	未選	未選	未選	此種句法，賀老從心化出。亦有別致。－《閑情集》	未選	◦ ◦
秦觀〈黃金縷〉（妾本錢塘江上住）	未選	未選	未選	情詞淒豔，不愧少游之弟。－《閑情集》	未選	◦
毛滂〈浣溪沙〉（煙柳風蒲冉冉斜）	未選	無評語	未選	未選	未選	未選
毛滂〈惜分飛〉（淚溼闌干花著露）	未選	無評語	未選	陳質齋云：澤民他詞雖工，未有能及此者。周煇云：語盡而意不盡，意盡而情不盡。－《大雅集》	未選	◦ ◦
毛滂〈最高樓〉（微雨過）	未選	無評語	未選	未選	未選	未選

毛滂〈玉樓春〉（長安回首空雲霧）	未選	無評語	未選	無評語－《大雅集》	未選	、、
毛滂〈七娘子〉（山屏霧帳玲瓏碧）	未選	未選	未選	亦整亦散。筆意雅近賀梅子，但不及彼之沉鬱頓挫。－《別調集》	未選	、、
毛滂〈調笑令〉（香歇）	未選	未選	未選	即用詩中語，彼則誦，此則歌也。－《別調集》	未選	。
毛滂〈憶秦娥〉（夜夜夜了花開也）	未選	未選	未選	此〈憶秦娥〉別調。末句皆用詩語入妙。－《別調集》	未選	。
李冠〈蝶戀花〉（遙夜亭皋閑信步）	未選	未選	未選	王介甫云：張子野「雲破月來花弄影」，不及冠「朦朧淡月雲來去」也。－《別調集》	未選	。
張舜民〈賣花聲〉（木葉下君山）	無評語	未選	未選	戀闕之心，藹然言外。－《大雅集》	。	
王觀〈慶清朝慢〉（調雨為酥）	未選	未選	未選	琢句秀鍊，翾翾欲活，真耆卿之亞也。至黃叔暘謂：此詞風流楚楚，又：不獨冠柳詞之上，則又過矣。－《別調集》	未選	
王雱〈眼兒媚〉（楊柳絲絲弄輕柔）	無評語	未選	未選	「一半春休」，妙。不待春盡時，便作傷春語，亦有心人也。－《別調集》	。	
葛勝仲〈鷓鴣天〉（玉琯還飛換歲灰）	未選	未選	未選	自是詞中變格，而風致絕勝，並能使無情處都有情。－《別調集》	未選	。
舒亶〈臨江仙〉（折柳門前鸚鵡綠）	未選	未選	未選	情詞兼勝，合大蘇、小晏為一手。－《別調集》	未選	、、。
舒亶〈散天花〉（雲斷長空葉落秋）	未選	未選	未選	句圓調浹，字字清脆。－《別調集》	未選	、、。
舒亶〈菩薩蠻〉（柳橋花塢南城陌）	未選	未選	未選	結十字，沉著。－《別調集》	未選	、。
舒亶〈菩薩蠻〉（畫船擫鼓催君去）	未選	未選	未選	黃叔暘云：此詞極有味。－《別調集》	未選	。

潘元質〈倦尋芳〉（獸鐶半掩）	未選	未選	未選	秀麗不減柳七。楚楚可憐。結未免惡劣，轉使上二句減色。－《閑情集》	未選	。
周紫芝〈生查子〉（春寒入翠帷）	未選	未選	未選	語淺情深，不著力而自勝。－《別調集》	未選	。
周紫芝〈生查子〉（青絲結曉鬟）	未選	未選	未選	永叔詞云：「都緣自有離恨，故畫作遠山長。」此反用其意，亦復入妙。－《閑情集》	未選	、。
周紫芝〈生查子〉（金鞍欲別時）	未選	未選	未選	無評語－《閑情集》	未選	。
周紫芝〈鷓鴣天〉（一點殘紅欲盡時）	未選	未選	未選	從愁人耳中聽得。－《閑情集》	未選	。
周紫芝〈謁金門〉（春雨細）	未選	未選	未選	無評語－《閑情集》	未選	。
謝逸〈花心動〉（風裏楊花輕薄性）	未選	未選	未選	純用比體，自是詞中變格，亦未嘗不古，但有色無韻。偶一為之則可，不必效尤也。沈天羽云：此詞句句比方，用《小雅·鶴鳴》篇體也。－《別調集》	未選	。
謝逸〈柳梢青〉（香肩輕拍）	未選	未選	未選	起四字俚。轉頭處，跌宕生姿。－《別調集》	未選	。
謝逸〈踏莎行〉（柳絮風輕）	未選	未選	未選	工緻。－《別調集》	未選	。
謝逸〈江城子〉（一江秋水碧灣灣）	未選	未選	未選	詞意幽怨，幾可接武少游。－《別調集》	未選	。。
謝逸〈江城子〉（杏花村館酒旗風）	未選	未選	未選	情深義明。－《別調集》	未選	、、。
謝逸〈虞美人〉（碧梧翠竹交加影）	未選	未選	未選	「一陣」句稍粗。－《閑情集》	未選	。
朱服〈漁家傲〉（小雨纖纖風細細）	未選	未選	未選	慨當以慷。－《放歌集》	未選	。。
趙鼎臣〈念奴嬌〉（舊游何處）	未選	未選	未選	無評語－《放歌集》	未選	。

周邦彥〈瑞龍吟〉（章臺路）	未選	只一句，化去町畦。不過桃花人面，舊曲翻新耳。看其由無情入，結歸無情，層層脫換，筆筆往復處。	未選	筆筆迴顧，情味儁永。黃叔暘云：此詞自「章臺路」至「歸來舊處」是第一段；自「黯凝竚」至「盈盈笑語」是第二段；此謂之雙拽頭，屬正平調。自「前度劉郎」以下，即犯大石，係第三段；至「歸騎晚」以下四句，再歸正平調。今諸本皆於「吟箋賦筆」處分段，非也。－《別調集》	未選	○。
周邦彥〈蘭陵王〉（柳陰直）	無評語	客中送客，一「愁」字，代行者設想。以下不辨是情是景，但覺煙靄蒼茫。「望」字、「念」字尤幻。	已是磨杵成鍼手段，用筆欲落不落。此類噴醒，非玉田所知。「斜陽」七字，微吟千百徧，當入三昧，出三昧。	一則曰「登臨望故國」，再則曰「閒尋舊蹤跡」，至收筆「沉思前事，似夢裏，淚暗滴」，遙遙挽合，妙，有許多說不出處，欲語復咽，是爲沉鬱。－《大雅集》	○。	○。
周邦彥〈齊天樂〉（綠蕪凋盡臺城路）	未選	此清眞荊南作也，胸中猶有塊壘，南宋諸公多模仿之。身在荊南，所思在關中，故有「渭水」、「長安」之句。碧山用作故實。	（綠蕪凋盡臺城路）亦是以掃爲生法。（荊江留滯最久）應「殊鄉」。（渭水西風，長安亂葉）點化成句，開後來多少章法。（醉倒山翁，但愁斜照斂）結束出奇，正是哀樂無端。	蒼涼沉鬱，開白石、碧山一派。－《大雅集》	未選	○。
周邦彥〈六醜〉（正單衣試酒）	無評語	十三字千迴百折，千錘百煉，以下如鶻羽自逝。不說人惜花，却說花戀人。不從無花惜春，却從有花惜春。不惜已簪之殘英，偏惜欲去之斷紅。	悟！（願春暫留，春歸如過翼）逆入平出，亦平入逆出。（爲問家何在）搏兔用全力。（靜遶珍叢底，成嘆息）處處斷處處連。（殘英小，強簪巾幘）願春暫留。	沉鬱。思深意苦，亦哀婉，亦恣肆。《浩然齋雅談》：李師師歌〈大酺〉、〈六醜〉二解於上前，上問教坊使袁綯〈六醜〉之義，莫能對。急召邦彥問之，對曰：「此犯六調，皆聲之美者，然絕難歌。昔高陽氏有子六人，才而醜，故以比之。」上喜。－《大雅集》	○。	、。、。

			（漂流處、莫趁潮汐。恐斷紅、尚有相思字，何由見得）春歸如過翼，仍用逆挽，此片玉所獨。			
周邦彥〈大酺〉（對宿煙收）	未選	「怎奈向」，宋人語。「向」作「一向」二字解，今語「向來」也。	「向」、「亨」去聲，方言。（牆頭青玉旆，洗鉛華都盡，嫩稍相觸）辟灌皆有賦心，前周後吳，所以為大家也。（行人歸意速）此亦新亭之淚。（況蕭索、青蕪國。紅糝鋪地。門外荊桃如菽。夜遊共誰秉燭）一句一折，一步一態然，周昉美人，非時世妝也。	未選	未選	未選
周邦彥〈滿庭芳〉（風老鶯雛）	未選	體物入微，夾入上下文中，似褒似貶，神味最遠。	（地卑山近，衣潤費爐煙）《離騷》廿五，去人不遠。（且莫思身外，長近尊前）杜詩韓筆。	「烏鳶」自樂，「社燕」自苦，「九江之船」本未嘗泛，沉鬱頓挫中，別饒縕藉。—《大雅集》	未選	。。。
周邦彥〈少年游〉（并刀如水）	無評語	此亦本色佳製也，本色至此便足。再過一分，便入山谷惡道矣。	麗直而清，清極而婉，然不可忽過「馬滑霜濃」四字。	曰「向誰行宿」，曰「城上三更」，曰「馬滑霜濃」，曰「不如休去」，曰「少人行」，顛倒重複，層折入妙。—《閒情集》	。。	、、

周邦彦〈尉遲杯〉（隋堤路）	未選	南宋諸公所斷不能到者，出之平實，故勝。一結拙甚。	（無情畫舸）沉著。（因思舊客京華）章法。（如今向漁村水驛）挽。（夢魂凝想鴛侶）收處頗率意。	窈曲幽深，筆情雋上。－《大雅集》	未選	。。
周邦彦〈花犯〉（粉牆低）	無評語	清眞詞其清婉者至此，故知建章千門，非一匠所營。	「凝望久」以下，筋搖脈動。（依然舊風味）逆入。（去年勝賞曾孤倚）平出。（今年對花太匆匆）放筆爲直幹。（相將見、脆圓薦酒）如顏魯公書，力透紙背。	黃叔暘云：此只詠梅花，而紆餘反覆，道盡三年間事，圓美流轉如彈丸。－《大雅集》	。	。。
周邦彦〈浪淘沙慢〉（曉陰重）	未選	空際出力，夢窗最得其訣。三句一氣趕下，是清眞長技。鈎勒勁健峭舉。	所謂「以無厚入有間」。「斷」字、「殘」字，皆不輕下。本是人去不與人期，翻說是无聊之思。（正拂面垂楊堪攬結）難忘在此。	第三段飄風驟雨，急管繁絃，歌至曲終，覺萬彙哀鳴，天地變色。「恨春去」，七字甚深。－《大雅集》	未選	。。
周邦彦〈瑣窗寒〉（暗柳啼鴉）	未選	奇橫！	未選	未選	未選	未選
周邦彦〈蘇幕遮〉（燎沉香）	未選	若有意，若無意，使人神眩。	未選	未選	未選	未選
周邦彦〈法曲獻仙音〉（蟬咽涼柯）	未選	結是本色俊語。	未選	未選	未選	未選
周邦彦〈應天長慢〉（條風布暖）	未選	生辣！反剔所尋不見。	未選	未選	未選	未選

周邦彥〈木蘭花〉(桃溪不作從容住)	未選	本作〈玉樓春〉。〈木蘭花〉之前後仄起者，一名〈玉樓春〉；其平起者，但可云〈春曉曲〉、〈惜春容〉耳。今標其本名，以息紛解。凡賦天臺事，態濃意遠。	未選	上句人不能留，下句情不能已，平常意寫得姿態如許。－《大雅集》	未選	。。
周邦彥〈拜新月慢〉(夜色催更)	未選	全是追思，却純用實寫，但讀前闋，幾疑是賦也。換頭再爲加倍跌宕之，他人萬萬無此力量。	未選	曲折恣肆，筆情酣暢。－《別調集》	未選	。。
周邦彥〈菩薩蠻〉(銀河宛轉三千曲)	未選	造語奇險。	未選	美成小令，於溫、韋、晏、歐外，別開境界，遂爲南宋諸名家所祖。－《大雅集》	未選	。。
周邦彥〈關河令〉(秋陰時作漸向暝)	未選	淡永。	未選	進一層說，愈勁直，愈纏綿。－《別調集》	未選	、。
周邦彥〈過秦樓〉(水浴清蟾)	未選	入此三句，意味淡厚。	未選	未選	未選	未選
周邦彥〈氐州第一〉(波落寒汀)	未選	竭力追逼，得換頭一句出，鈎轉，思牽情繞，力挽千鈞。此與〈瑞鶴仙〉一闋，皆絕新機杼，而結體各別。此輕利，彼沉鬱。	未選	未選	未選	未選
周邦彥〈瑞鶴仙〉(悄郊原帶郭)	未選	只閑閑說起。不扶殘醉，不見紅藥之繫情，東風之作惡，因而追溯昨日送客後，薄暮入城，	未選	未選	未選	未選

		因所攜之伎倦游，訪伴小憩，復成酣飲。換頭三句，反透出一「醉」字，「驚飈」句倒插「東風」，然後以「扶殘醉」三字點睛，結構精奇，金鍼度盡。			
周邦彥〈夜飛鵲〉(河橋送人處)	未選	「班草」是散會處，「酌酒」是送人處，二處皆前地也。雙起，故須雙結。	未選	哀怨而渾雅，白石〈揚州慢〉一闋，從此脫胎。－《大雅集》	未選	、。。
周邦彥〈解語花〉(風銷燄蠟)	未選	此美成在荊南作，當與〈齊天樂〉同時，到處歌舞太平，京師尤為絕盛。	未選	《詞綜》、《詞選》皆作「花市」、「桂華」，亦作「桂花」，今從戈選七家詞本。後半闋念及禁城放夜時，縱筆揮灑，有水逝雲卷，風馳電掣之感。－《大雅集》	未選	。、
周邦彥〈垂絲釣〉(縷金翠羽)	未選	「向層」句應作前結，《詞綜》誤作起句，可不用韻。「梁間」二字可衍。	未選	未選	未選	未選
周邦彥〈夜游宮〉(夜下斜陽照水)	未選	此亦是層疊加倍寫法，本只「不戀單衾」一句耳。加上前闋，方覺精力彌滿。	未選	未選	未選	未選
周邦彥〈感皇恩〉(小閣倚晴空)	未選	白描高手。	未選	未選	未選	未選
周邦彥〈浣溪沙〉(水漲魚天拍柳橋)	未選	未選	未選	無評語－《大雅集》	未選	、。
周邦彥〈點絳唇〉(征騎初停)	未選	未選	未選	無評語－《大雅集》	未選	、。

周邦彥〈點絳唇〉(遼鶴歸來)	未選	未選	未選	纏綿淒咽，措語亦極大雅，豔體正則也。《夷堅支志》云：美成在姑蘇，與營妓岳楚雲相戀。後從京師過吳，則岳已從人久矣。因飲於太守蔡巒子高坐上，見其妹，因作此詞寄之。楚雲讀之，感泣者累日。－《閑情集》	未選	、、。
周邦彥〈掃花游〉(曉陰翳日)	未選	未選	未選	宛雅幽怨，梅溪全祖此種。－《大雅集》	未選	。。
周邦彥〈一落索〉(杜宇催歸聲苦)	未選	未選	未選	無評語－《大雅集》	未選	。。
周邦彥〈渡江雲〉(晴嵐低楚甸)	未選	未選	未選	無評語－《大雅集》	未選	。。
周邦彥〈霜葉飛〉(霧迷衰草疏星挂)	未選	未選	未選	無評語－《大雅集》	未選	。。
周邦彥〈西河〉(佳麗地)	未選	未選	未選	此詞以「山圍故國」、「朱雀橋邊」二詩作藍本，融化入律，氣韻沉雄，音節悲壯。－《放歌集》	未選	。。
周邦彥〈傷情怨〉(枝頭風信漸小)	未選	未選	未選	警絕。－《別調集》	未選	、。
周邦彥〈虞美人〉(玉觸繾掩朱絃悄)	未選	未選	未選	無評語－《別調集》	未選	、。
周邦彥〈意難忘〉(衣染鶯黃)	未選	未選	未選	灑落有致，吐棄一切香奩泛話。－《閑情集》	未選	、。
周邦彥〈蝶戀花〉(魚尾霞生明遠樹)	未選	未選	未選	語帶仙氣，似贈女冠之作。－《閑情集》	未選	、。。
周邦彥〈望江南〉(歌席上)	未選	未選	未選	美成以〈少年游〉一詞通顯，以此詞得罷，榮枯皆繫於一詞，異矣。豔詞至美成，一空前人，獨闢機杼。如此詞下半闋，不用香澤字面，而姿態更饒，濃豔益至，此美成獨絕處也。－《閑情集》	未選	、。
宋徽宗趙佶〈燕山亭〉(裁翦冰綃)	無評語	未選	未選	情見乎詞，宋構之罪，擢髮難數矣。－《大雅集》	。。	。。

田爲〈南柯子〉（夢怕愁時斷）	無評語	未選	未選	未選	。	未選
田爲〈南柯子〉（團玉梅梢重）	無評語	未選	未選	未選	。	未選
張昇〈離亭宴〉（一帶江山如畫）	未選	無評語	未選	未選	未選	未選
趙令畤〈錦堂春〉（樓上縈簾弱絮）	無評語	未選	未選	未選	。	未選
趙令畤〈蝶戀花〉（欲減羅衣寒未去）	未選	無評語	未選	未選	未選	未選
趙令畤〈烏夜啼〉（樓上縈簾弱絮）	未選	無評語	未選	未選	未選	未選
王安國〈清平樂〉（留春不住）	未選	無評語	（滿地殘紅宮錦污，昨夜南園風雨）倒裝二句，以見筆力。（不肯畫堂朱戶，春風自在楊花）品格自高，言爲心聲。	未選	未選	未選
蘇庠〈木蘭花〉（江雲疊疊遮鴛浦）	未選	無評語	未選	未選	未選	未選
晁端禮〈菩薩蠻〉（卷簾風入雙雙燕）	未選	未選	未選	別調，取其穩愜，備格而已。－《別調集》	未選	。
曹組〈青門飲〉（山靜煙沉）	未選	未選	未選	婉雅幽怨，已爲梅溪導其先路。－《別調集》	未選	。。
向鎬〈如夢令〉（誰伴明窗獨坐）	未選	未選	未選	「影也把人拋躲」，眞乃善寫栖惶。－《別調集》	未選	。
万俟詠〈長相思〉（一聲聲）	未選	未選	未選	無評語－《別調集》	未選	、。
万俟詠〈昭君怨〉（春到南樓雪盡）	未選	未選	未選	轉頭處承上折入，妙。結二語宛約，小令正宗。－《別調集》	未選	、、、
呂渭老〈小重山〉（半夜燈殘鼠上檠）	未選	未選	未選	是病中景況，寫來逼眞。－《別調集》	未選	、。

呂渭老〈一落索〉（蟬帶殘聲移別樹）	未選	未選	未選	淒警。－《別調集》	未選	、、。
李玉〈賀新郎〉（篆縷消金鼎）	無評語	未選	未選	此詞情韻並茂，意味深長。黃叔暘謂「李君詞不多見，然風流蘊藉，盡於此篇」，非虛語也。－《別調集》	。	。。
汪藻〈點絳唇〉（永夜厭厭）	未選	未選	未選	情味雋永。《草堂》改「曉鴉」爲「晚鴉」，「歸夢」爲「歸興」，反覺淺露無味。《能改齋漫錄》云：彥章在翰苑，屢致言者，作此詞。或問曰：「『歸夢濃於酒』何以在『曉鴉啼後』？」公曰：「無奈這一隊畜生何！」－《別調集》	未選	。
謝克家〈憶君王〉（依依宮柳拂宮墻）	無評語	未選	未選	未選	。	未選
李清照〈浣溪沙〉（髻子傷春懶更梳）	未選	未選	易安居士獨此篇有唐調，選家爐冶，遂標此奇。	清麗出「朦朧淡月雲來去」之右。結句沉著。－《別調集》	未選	、。
李清照〈浣溪沙〉（小院閑窗春色深）	未選	未選	未選	中有怨情，意味自永。－《別調集》	未選	、。
李清照〈浣溪沙〉（淡蕩春光寒食天）	未選	未選	未選	無評語－《別調集》	未選	、。
李清照〈浣溪沙〉（樓上晴天碧四垂）	未選	未選	未選	淒涼怨慕，言爲心聲。－《別調集》	未選	。。
李清照〈壺中天慢〉（蕭條庭院）	無評語	未選	未選	宛轉淒涼，情餘言外。黃叔暘云：世稱易安「綠肥紅瘦」爲佳句，余謂「寵柳嬌花」語亦甚奇俊，前此未有能道之者。－《別調集》	。	、。
李清照〈聲聲慢〉（尋尋覓覓）	無評語	未選	未選	造句甚奇，並非高調。後人效顰，疊字又增其半，醜態百出矣。後半闋愈唱愈妙，結句亦峭甚。張正夫云：此乃公	。。	。。

				孫大娘舞劍手。本朝非無能詞之士,未曾有一下十四疊字者。後疊又云:「到黃昏,點點滴滴。」又使疊字,俱無斧鑿痕。「怎生得黑」,「黑」字不許第二人押。婦人有此奇筆,殆開氣也。—《大雅集》		
李清照〈鳳凰臺上憶吹簫〉(香冷金猊)	無評語	未選	未選	淒黯不減耆卿,而騷情雅意過之。曲折盡致。—《別調集》	○	○ ○
李清照〈醉花陰〉(薄霧濃雲愁永晝)	無評語	未選	未選	深情苦調,元人詞曲往往宗之。—《別調集》	○	○
李清照〈武陵春〉(風住塵香花已盡)	未選	未選	未選	又淒婉,又勁直。觀此益信易安無再適趙汝舟事。即風人「豈不爾思」,「畏人之多言」意也。—《大雅集》	未選	○ ○
李清照〈賣花聲〉(簾外五更風)	未選	未選	未選	淒黯不忍卒讀,其爲德父作乎?—《大雅集》	未選	○ ○
李清照〈一剪梅〉(紅藕香殘玉簟秋)	未選	未選	未選	起七字秀絕,真不食人間煙火者。淒婉。—《別調集》	未選	○ ○
李清照〈如夢令〉(昨夜雨疏風驟)	未選	未選	未選	一片傷心,纏綿淒咽。世徒賞其「綠肥紅瘦」一語,猶是皮相。—《別調集》	未選	○ ○
李清照〈漁家傲〉(天接雲濤連曉霧)	未選	未選	未選	有出世之想,筆意嬌變。此亦無改適事一證也。—《別調集》	未選	、 、
李清照〈好事近〉(風定落花深)	未選	未選	未選	《樂府雅詞》作「正是傷春時節」,「是」字衍,當刪。—《別調集》	未選	○
魏夫人〈點絳唇〉(波上清風)	未選	未選	未選	情景兼到,頗有周、柳筆意。—《別調集》	未選	○
魏夫人〈好事近〉(雨後曉寒輕)	未選	未選	未選	筆意超邁。朱晦庵謂:宋代婦人能文者,惟魏夫人及李易安二人而已。—《別調集》	未選	、 、
魏夫人〈減字木蘭花〉(落花飛絮)	未選	未選	未選	無評語—《別調集》	未選	○

徐君寶妻〈滿庭芳〉（漢上繁華）	未選	未選	未選	上半言往日繁華，銷歸一夢，深責在位諸臣，不能匡復，釀成禍亂。下半言典章雖失，大義自在，今日有死而已。詞欷義正，凜凜有生氣。－《別調集》	未選	。
蜀中妓〈市橋柳〉（欲奇意渾無所有）	未選	未選	未選	運筆輕雋。用成語，有彈丸脫手之妙，宜爲草窗所賞。－《別調集》	未選	。
吳城小龍女〈江亭怨〉（簾卷曲欄獨倚）	未選	未選	未選	次句雄秀。「不曾晴」三字，新警。結筆蒼茫無際。《冷齋夜話》云：黃魯直登荊州亭，柱間有此詞。夜夢一女子云：「有感而作。」魯直驚悟曰：「此必吳城小龍女也。」－《別調集》	未選	。。
宋高宗趙構〈漁父詞〉（水涵微雨湛虛明）	未選	未選	未選	尙有逸致。廖瑩中《江行雜錄》云：〈漁父詞〉清新簡遠，雖古之騷人詞客，老於江湖，擅名一時者，不能企及。－《別調集》	未選	。
陳克〈菩薩蠻〉（赤闌橋盡香街直）	此刺時也。	無評語	李義山詩，最善學杜。（午香吹暗塵）風刺顯然。	《詞選》云：此刺時也。－《大雅集》	。。。	。。。
陳克〈菩薩蠻〉（綠蕪牆遶青苔院）	未選	無評語	（風簾自在垂）不聞不見無窮。	工雅芊麗，溫、韋流派。《詞選》云：此自寓。－《大雅集》	未選	。。。
陳克〈謁金門〉（愁脈脈）	此自寓。	無評語	（小樓山幾尺）不如不見。（簾外落花飛不得）宰相何故失此人。	此詞不減孫孟文。中有怨情。－《大雅集》	。。。	。。。
陳克〈謁金門〉（花滿院）	未選	無評語	（紅雨入簾寒不卷，小屏山六扇）簾既不卷，屏又掩之，亦加倍寫。（消息不知郎近遠，一春長夢見）不怨簾，亦不怨屏。	和凝詞：「拂水雙飛來去燕，曲檻小屏山六扇。」此語用其語，更覺婉麗。－《大雅集》	未選	。。

陳克〈浣溪沙〉（淺畫香膏拂紫綿）	未選	未選	未選	嬌態如見。－《閑情集》	未選	。
陳與義〈臨江仙〉（憶昔午橋橋上飲）	未選	未選	未選	自然流出，若不關人力者。筆意逼近大蘇。張叔夏云：眞是自然而然。胡仔云：清婉奇麗，簡齋詞惟此最優。－《大雅集》	未選	、、。
陳與義〈法駕導引〉（朝元路）	未選	未選	未選	超超元著。－《別調集》	未選	、。
陳與義〈法駕導引〉（東風起）	未選	未選	未選	如聆鈞天廣樂之聲。－《別調集》	未選	
陳與義〈法駕導引〉（煙漠漠）	未選	未選	未選	以清虛之筆，寫闊大之景。「月華」七字有仙氣，洗脫凡豔殆盡。－《別調集》	未選	。。
陳與義〈虞美人〉（張帆欲去仍搔首）	未選	未選	未選	極沉鬱壯浪之致。－《別調集》	未選	、。
沈會宗〈驀山溪〉（想伊不住）	未選	未選	未選	曲折傳出離情。只是善用托筆。－《閑情集》	未選	、。
沈公述〈念奴嬌〉（杏花過雨）	未選	未選	未選	用筆亦沈著。－《閑情集》	未選	。
方喬〈生查子〉（晨鶯不住啼）	未選	未選	未選	「嬌極不成狂」五字入細。－《閑情集》	未選	。
向子諲〈阮郎歸〉（江南江北雪漫漫）	未選	未選	未選	憤不可遏，不嫌直截。－《別調集》	未選	。
向子諲〈鷓鴣天〉（說著分飛百種猜）	未選	未選	未選	臨別綢繆，十分親切。結句更寫出癡情。－《閑情集》	未選	。。
向子諲〈梅花引〉（花如頰）	未選	未選	未選	此調頗不易工，古今合作，僅此一首。蓋轉韻太多，眞氣必減，且轉韻處，必須另換一意，方能步步引人入勝。作者多爲調所窘。此作層層入妙，如轉丸珠，又如七寶樓臺，不容技碎也。－《閑情集》	未選	。。。
蔡伸〈滿庭芳〉（煙鎖長堤）	未選	未選	未選	不免詞勝於情，然卻精於鑄語。作詞固不可無筆。－《別調集》	未選	、、。

蔡伸〈蘇武慢〉（雁落平沙）	未選	未選	未選	上半寫景，「碧雲」三句寄情，遞到下闋。下半言情。「西風」三句，又於情中帶景，映合上面，結構精工，寓意深遠。「佳人」改作「美人」，則更雅矣。古詩「日暮碧雲合，家人殊未來」，恰到好處，詞則不必泥用。－《別調集》	未選	。。
蔡伸〈點絳唇〉（水繞孤城）	未選	未選	未選	雅正。－《別調集》	未選	。
蔡伸〈洞仙歌〉（鴛鴦燕燕）	未選	未選	未選	情到至處，誠無不格，天也憐人，要知真有此情，真有此理。結三語，粗鄙。－《閑情集》	未選	。
蔡伸〈虞美人〉（瑤琴一弄清商怨）	未選	未選	未選	佈景甚幽。－《閑情集》	未選	。。
蔡伸〈虞美人〉（飛梁石徑關山路）	未選	未選	未選	豔詞亦以雅爲宗，伸道〈虞美人〉、〈菩薩蠻〉小詞，最爲有則。－《閑情集》	未選	。。
蔡伸〈菩薩蠻〉（杏花零落清明雨）	未選	未選	未選	婉雅，逼近溫、韋。－《閑情集》	未選	。。
李邴〈玉樓春〉（沉吟不語晴窗畔）	未選	未選	未選	雙管齊下。即「願在髮而爲澤，願在絲而爲履」之意。－《閑情集》	未選	。
葉夢得〈臨江仙〉（夢裏江南渾不記）	未選	未選	未選	筆意超曠。《樂府雅詞》「竹窗」句無「裏」字，「雲濤」句無「聲」字。又，「祇今」作「祇君」，太呆。「雲濤」作「雪濤」，與上半「雪」字復。均從《宋六十家詞》本改正。－《別調集》	未選	。
葉夢得〈賀新郎〉（睡起啼鶯語）	未選	未選	未選	低迴哀怨，寄託遙深。－《別調集》	未選	、。。
魯逸仲〈南浦〉（風悲畫角）	未選	未選	未選	十分沉至。－《大雅集》	未選	。。
李甲〈帝臺春〉（芳草碧色）	未選	未選	未選	信筆抒寫，卻仍鬱而不露，耐人玩索。－《放歌集》	未選	。。

趙鼎〈滿江紅〉（慘結秋陰）	未選	未選	未選	通首無一字涉南渡事蹟，只摹寫眼前景物，而一片忠愛之誠，幽憤之氣，溢於言表。人品既高，詞亦超脫。－《放歌集》	未選	。
趙鼎〈點絳唇〉（香冷金爐）	未選	未選	未選	淒豔似飛卿；芊雅似同叔。－《閑情集》	未選	。
趙長卿〈臨江仙〉（過盡征鴻來盡雁）	未選	未選	未選	精秀，似唐人名句。－《別調集》	未選	、、
趙長卿〈更漏子〉（燭消紅）	未選	未選	未選	「魂」、「夢」二字，運用淒警。－《閑情集》	未選	。
岳飛〈小重山〉（昨夜寒蛩不住鳴）	未選	未選	未選	蒼涼悲壯中，亦復風流儒雅。－《放歌集》	未選	。
李彌遜〈菩薩蠻〉（江城烽火連三月）	未選	未選	未選	怨而鬱，正妙在不多說。－《放歌集》	未選	、、
李彌遜〈蝶戀花〉（百疊青山江一縷）	未選	未選	未選	疏放似山谷、稼軒手筆。－《放歌集》	未選	。
李呂〈鷓鴣天〉（臉上殘露涇半消）	未選	未選	未選	無評語－《閑情集》	未選	。
張元幹〈賀新郎〉（夢繞神州路）	未選	未選	未選	情見乎詞，即「悠悠蒼天」之意。－《放歌集》	未選	。
張元幹〈賀新郎〉（曳杖危樓去）	未選	未選	未選	無評語－《放歌集》	未選	。
張元幹〈石州慢〉（雨急雲飛）	未選	未選	未選	忠愛根於血性，勃不可遏。－《放歌集》	未選	。
張元幹〈水調歌頭〉（拄策松江上）	未選	未選	未選	結怨憤。－《放歌集》	未選	。
張元幹〈清平樂〉（明珠翠羽）	未選	未選	未選	傳神之筆，麗而不佻。－《閑情集》	未選	、。
張元幹〈樓上曲〉（樓外夕陽明遠水）	未選	未選	未選	意味深長，音調古雅，豔體中「陽春白雪」也。－《閑情集》	未選	、、。
呂本中〈清平樂〉（柳塘新漲）	未選	無評語	未選	未選	未選	未選

呂本中〈減字木蘭花〉(去年今夜)	未選	未選	未選	數十字中，紆徐反覆，道出三年間事，有虛有實，運筆甚圓美。－《別調集》	未選	。
呂本中〈浣溪沙〉(暖日溫風破淺寒)	未選	未選	未選	婉雅流麗，居然作手。－《別調集》	未選	、。
朱敦儒〈好事近〉(搖首出紅塵)	無評語	未選	未選	希真〈漁父〉五篇，自是高境，雖偶雜微塵，而清氣自在。煙波釣徒流亞也。－《大雅集》	。。	。。
朱敦儒〈好事近〉(漁父長身來)	無評語	未選	未選	此中有真樂，未許俗人間津。－《大雅集》	。。	。。
朱敦儒〈好事近〉(撥轉釣魚船)	無評語	未選	未選	靜中生動，妙合天機，亦先生晚遇之兆。－《大雅集》	。。	。。
朱敦儒〈好事近〉(短棹釣船輕)	無評語	未選	未選	合下「有何人相識」句轉嫌痕跡，何如並渾玄為妙。－《大雅集》	。。	。
朱敦儒〈好事近〉(失却故山雲)	無評語	未選	未選	無評語－《大雅集》	。。	。
朱敦儒〈好事近〉(春雨細如塵)	未選	未選	未選	筆意古雅。－《大雅集》	未選	、。。
朱敦儒〈相見歡〉(金陵城上西樓)	未選	未選	未選	筆力雄大，氣韻蒼涼。短調中具有萬千氣象。－《放歌集》	未選	、。
朱敦儒〈十二時〉(連雲衰草)	未選	未選	未選	蒼涼之景，以疊筆盡其致。「征人」十字，亦是人同有之意，卻未有道過者，大抵多就寄衣一邊著意也。－《別調集》	未選	、。
朱敦儒〈念奴嬌〉(別離情緒)	未選	未選	未選	風流蘊藉。－《閑情集》	未選	。
康與之〈洞仙歌〉(若耶溪路)	未選	無評語	未選	意有所興，便覺雋永。然伯可之貶節，正在急「嫁東風」也。－《別調集》	未選	。。
康與之〈玉樓春〉(青箋後約無憑據)	未選	未選	未選	即竹坡「滿眼是相思，無說相思處」意，而語更淒惋。－《別調集》	未選	、。
康與之〈喜遷鶯〉(秋寒初勁)	未選	未選	未選	此詞頗有蒙塵之感，其在上〈中興十策〉時乎？－《別調集》	未選	。。

劉之翰〈水調歌頭〉（涼露洗金井）	未選	未選	未選	筆力雄勁，乃至其鬼猶靈。嗚呼，奇矣。《詞綜》：田世輔爲金州都統制，時之翰待峽州遠安主簿闕，作此詞獻之。田覽之大喜，致書約來金城，欲厚加資給，而之翰遽亡。明年，田出閱武，恍惚見之翰立道左，因大驚異，亟送千緡與其孤。－《放歌集》	未選	、。
辛棄疾〈青玉案〉（東風夜放花千樹）	未選	無評語	稼軒心胸，發其才氣，改之而下則獷。何嘗不和婉。（更吹落、星如雨）賦色瑰異。	豔語，亦以氣行之，是稼軒本色。－《閑情集》	未選	。
辛棄疾〈踏莎行〉（夜月樓臺）	未選	無評語	未選	鬱勃，以蘊藉出之。－《放歌集》	未選	。。
辛棄疾〈踏莎行〉（吾道悠悠）	未選	未選	未選	發難奇肆。－《放歌集》	未選	。
辛棄疾〈洞仙歌〉（飛流萬壑）	未選	未選	未選	於蕭散中見筆力。－《放歌集》	未選	、、
辛棄疾〈念奴嬌〉（野塘花落）	未選	無評語	大步踏出來，與眉山同工異曲。然東坡是衣冠偉人，稼軒則弓刀游俠。（樓空人去，舊遊飛燕能說）當識其俊逸清新兼之故實。	無評語－《大雅集》	未選	。。
辛棄疾〈念奴嬌〉（我來弔古）	未選	未選	未選	老辣。－《放歌集》	未選	。
辛棄疾〈破陣子〉（醉裏挑燈看劍）	未選	無評語	未選	感激豪宕，蘇、辛並峙千古。然忠愛惻怛，蘇勝於辛；而淋漓怨壯，頓挫盤鬱，則稼軒獨步千古矣。稼軒詞，魄力雄大，如驚雷怒濤，駭人耳目，天地鉅觀也。後惟迦陵有此筆力，而鬱處不及。－《放歌集》	未選	。

辛棄疾〈滿江紅〉(家住江南)	未選	無評語	未選	未選	未選	未選
辛棄疾〈滿江紅〉(敲碎離愁)	未選	無評語	未選	一往情深，非秦、柳所及。－《大雅集》	未選	○○
辛棄疾〈滿江紅〉(過眼溪山)	未選	無評語	未選	回頭一擊，龍蛇飛舞。悲壯蒼涼，卻不粗鹵。改之、放翁輩，終身求之不得也。－《放歌集》	未選	○○○
辛棄疾〈滿江紅〉(蜀道登天)	未選	未選	未選	氣魄之大，突過東坡，古今更無敵手。想其下筆時，早已目無餘子矣。龍吟虎嘯。－《放歌集》	未選	○○○
辛棄疾〈水調歌頭〉(落日塞塵起)	未選	無評語	未選	稼軒〈水調歌頭〉諸闋，直是飛行縱跡，一種怨憤慷慨鬱結於中，雖未能痕跡消融，卻無害其為渾雅，後人未易摹倣。－《放歌集》	未選	○○○
辛棄疾〈水調歌頭〉(寒食不少住)	未選	未選	未選	筆致疏放，而氣絕遒鍊。－《放歌集》	未選	○○○
辛棄疾〈水調歌頭〉(四坐且勿語)	未選	未選	未選	若整若散，一片神行，非人力可到。－《放歌集》	未選	○○○
辛棄疾〈水調歌頭〉(長恨復長恨)	未選	未選	未選	怨憤填膺，不可遏抑。運用成句，純以神行。－《放歌集》	未選	○○○
辛棄疾〈水調歌頭〉(帶湖吾甚愛)	未選	未選	未選	一氣舒卷，參差中寓整齊，神乎技矣。一結愈樸愈妙，看似不經意，然非有力如虎者不能。－《放歌集》	未選	○○○
辛棄疾〈祝英臺近〉(寶釵分)	此與德祐太學生二詞用意相似。「點點飛紅」，傷君子之棄；「流鶯」，惡小人得志也；「春帶愁來」，其刺趙、張乎？	未選	（腸斷點點飛紅）一波三過折。(是他春帶愁來，春歸何處，卻不解帶將愁去)託興深切，亦非全用直筆。	諷刺語卻婉雅。按《貴耳錄》：呂婆有女，事辛幼安。以微事觸怒，逐之。稼軒因作此詞。此亦一說。《詞選》云：此與德祐太學生二詞用意相似。「點點飛紅」，傷君子之棄；「流鶯」，惡小人得志也；「春帶愁來」，其刺趙、張乎？－《大雅集》	○○	○○

辛棄疾〈木蘭花慢〉（老來情味減）	未選	無評語	無評語	一直說去，而語極渾成，氣極團練，總由力量大耳。－《放歌集》	未選	○○
辛棄疾〈摸魚兒〉（更能消幾番風雨）	《鶴林玉露》云：「詞意殊怨。」「斜陽煙柳」之句，其與「未須愁日暮，天際乍輕陰」者異矣。聞壽王見此詞頗不悅，然終不加罪也。	無評語	權奇倜儻，純用太白樂府詩法。（春且住，見說道、天涯芳草無歸路）開。（君莫舞，君不見、玉環飛燕皆塵土）合。	「更能消」三字，從千回萬轉中倒折出來，有力如虎。怨而怒矣。姿態飛動，極沉鬱頓挫之致。結得怨憤。羅大經云：詞意殊怨。「斜陽」、「煙柳」之句，其與「未須愁日暮，天際乍輕陰」者異矣。使在漢、唐，寧不賈種豆種桃之禍。然聞壽皇見此詞，頗不悅；終不加以罪，可謂盛德。－《大雅集》	○○○	○○○
辛棄疾〈賀新郎〉（綠樹聽鵜鴂）	茂嘉蓋以得罪謫徙，故有是言。	北都舊恨。南渡新恨。	未選	沉鬱蒼涼，跳躍動盪，古今無此筆力。《詞選》云：茂嘉蓋以得罪遷徙，故有是言。－《大雅集》	○○○	○○○
辛棄疾〈賀新郎〉（鳳尾龍香撥）	無評語	讒逐正人，以致離亂。晏安江沱，不復北望。	未選	發二帝之幽憤，蒼茫感喟。使事雖多，卻不嫌堆雜。－《大雅集》	○○	○○○
辛棄疾〈金縷曲〉（柳暗凌波路）	未選	未選	未選	閒處亦不乏姿態。－《放歌集》	未選	、、
辛棄疾〈水龍吟〉（楚天千里清秋）	未選	無評語	裂竹之聲，何嘗不潛氣內轉。	雄勁可喜。一結風流悲壯。－《放歌集》	未選	○○
辛棄疾〈水龍吟〉（舉頭西北浮雲）	未選	欲挾浮雲，必須長劍，長劍不可得出，安得不恨魚龍。	未選	雄奇兀奡，真令江山生色。－《放歌集》	未選	、○○
辛棄疾〈永遇樂〉（千古江山）	無評語	有英主則可以隆中興，此是正說；英主必起於草澤，此是反說。繼世圖功，前車如此。	起句嫌有獷氣。使事太多，宜為岳氏所譏。非稼軒之盛氣，勿輕染指也。	稼軒詞，拉雜使事，而以浩氣行之。如五都市中，百寶雜陳，又如淮陰將兵，多多益善。風雨紛飛，魚龍百變，天地奇觀也。岳倦翁譏其用事多，謬矣。－《放歌集》	○○	、○○
辛棄疾〈漢宮春〉（春已歸來）	未選	「春幡」九字，情已極不堪。燕子	以古文長篇法行之。	未選	未選	未選

		猶記年時好夢,「黃柑」、「青韭」,極寫燕安酖毒。換頭又提動黨禍,結用「雁」與「燕」激射,却稍待五國城舊恨。辛詞之怒,未有甚於此者。			
辛棄疾〈漢宮春〉(亭上秋風)	未選	未選	未選	風流悲壯,獨有千古。—《放歌集》	未選	˳ ˳ ˳
辛棄疾〈蝶戀花〉(誰向椒盤簪綵勝)	未選	然則依舊不定也。	旋撇旋挽。	榮辱不定,遷謫無常。言外有多少哀怨,多少疑懼。—《大雅集》	未選	˳ ˳
辛棄疾〈清平樂〉(繞床飢鼠)	未選	無評語	未選	短調中筆勢飛舞,解易千人。結更怨壯精警。讀稼軒詞,勝讀魏武詩也。—《放歌集》	未選	˳ ˳ ˳
辛棄疾〈菩薩蠻〉(鬱孤臺下清江水)	《鶴林玉露》云:「南渡之初,金人追隆祐太后御舟至造口,不及而還,幼安因此起興,『鷗鴣』之句,謂恢復行不得也。」	惜山怨水。	(西北是長安,可憐無數山)宕逸中亦深煉。	慷慨生哀。羅大經云:南渡初,金人追隆祐太后御舟,至造口,不及而還。幼安因此起興,「鷗鴣」之句,謂恢復之事,行得也。—《大雅集》	˳ ˳ ˳	˳ ˳ ˳
辛棄疾〈浪淘沙〉(身世酒杯中)	未選	無評語	未選	粗莽。必如稼軒,乃可偶一爲之,餘子不能學也。結三語,怨有所悟,不知其何所感。—《放歌集》	未選	˴ ˳
辛棄疾〈定風波〉(少日春懷似酒濃)	未選	無評語	未選	未選	未選	未選
辛棄疾〈鷓鴣天〉(枕簟溪堂冷欲秋)	未選	無評語	未選	空是妙。壯心不已,稼軒胸中有如許不平之氣。—《放歌集》	未選	˳ ˳
辛棄疾〈鷓鴣天〉(撲面征塵去路遙)	未選	未選	未選	信手拈來,自饒姿態。幼安小令諸篇,別有千古。—《放歌集》	未選	˳

辛棄疾〈鷓鴣天〉(陌上柔桑破嫩芽)	未選	未選	未選	「城中」二語，有多少感慨。信筆寫去，格調自蒼勁，意味自深厚，有不可強而致者。放翁、改之、竹山學之，已成效顰，何論餘子。－《放歌集》	未選	。
辛棄疾〈鷓鴣天〉(山上飛泉萬斛珠)	未選	未選	未選	無評語－《放歌集》	未選	。
辛棄疾〈鷓鴣天〉(壯歲旌旗擁萬夫)	未選	未選	未選	哀而壯，得毋有「烈士暮年」之慨耶？－《放歌集》	未選	。。
辛棄疾〈鷓鴣天〉(水荇參差動綠波)	未選	未選	未選	無評語－《放歌集》	未選	、。
辛棄疾〈太常引〉(一輪秋影轉金波)	未選	所指甚多，不止秦檜一人而已。	未選	以勁直勝，後人自是學不到。用杜詩意，亦有所刺。－《放歌集》	未選	、。
辛棄疾〈新荷葉〉(人已歸來)	未選	以閑居反映朝局，一語便透。	未選	未選	未選	未選
辛棄疾〈臨江仙〉(金谷無煙宮樹綠)	未選	未選	未選	宛雅芊麗。稼軒亦能為此種筆路，真令人心折。－《大雅集》	未選	。。。
辛棄疾〈臨江仙〉(鍾鼎山林都是夢)	未選	未選	未選	無評語－《別調集》	未選	。
辛棄疾〈沁園春〉(三徑初成)	未選	未選	未選	抑揚頓挫。急流勇退之情，以溫婉之筆出之，姿態愈饒。－《放歌集》	未選	。。
辛棄疾〈一絡索〉(羞見鑑鸞孤卻)	未選	未選	未選	中有所感，情致纏綿，而筆力勁直，自是稼軒詞。－《放歌集》	未選	。。
辛棄疾〈西河〉(西江水)	未選	未選	未選	起悲憤。似豪實鬱。－《放歌集》	未選	。。
辛棄疾〈酒泉子〉(流水無情)	未選	未選	未選	不必叫囂，自然雄傑。此是真力量，古今一人而已。－《放歌集》	未選	。。。
辛棄疾〈瑞鶴仙〉(片帆何太急)	未選	未選	未選	筆勢如濤奔雲湧，不可遏抑。－《放歌集》	未選	。。
辛棄疾〈昭君怨〉(長記瀟湘秋晚)	未選	未選	未選	怨鬱。－《放歌集》	未選	。

辛棄疾〈南鄉子〉(何處望神州)	未選	未選	未選	信手拈來，自然合拍。－《放歌集》	未選	。。
辛棄疾〈玉樓春〉(狂歌擊碎村醪醱)	未選	未選	未選	無評語－《放歌集》	未選	。
辛棄疾〈西江月〉(明月別枝驚鵲)	未選	未選	未選	的是夜景。所聞所見，信手拈來，都成異采。總由筆力勝故也。－《別調集》	未選	。
王千秋〈謁金門〉(春漠漠)	未選	未選	未選	刺時之言，自明其不仕也。－《大雅集》	未選	。。
杜安世〈鳳棲梧〉(離落繁枝千萬片)	未選	未選	未選	哀婉沉至。－《大雅集》	未選	。。
杜安世〈鳳棲梧〉(惆悵留春春不住)	未選	未選	未選	陶詩云：「首夏猶清和。」言初夏猶有春日清和之意。竟以「清和」作夏令，未免相沿誤用。「賺」字似峭實俗，慎用爲是。－《大雅集》	未選	。。
黃公度〈卜算子〉(薄宦各西東)	未選	未選	未選	自然流出，卻極沉至。子沃云：公之從弟童，士季其字也。以紹興戊午同榜乙科及第。有和章云：「不忍更回頭，別淚多於雨。肺腑相看四十秋，奚止朝朝暮暮。何事值花時，又是匆匆去。過了陽關更向西，總是思兄處。」－《大雅集》	未選	。。
黃公度〈菩薩蠻〉(高樓目斷南來翼)	未選	未選	未選	知稼翁詞，氣和音雅，得味外味，參看子沃諸案語，其妙始見。子沃云：公時在泉幕，有懷汪彥章而作。以當路多忌，故託「玉人」以見意。－《大雅集》	未選	。。。
黃公度〈青玉案〉(鄰雞不管離懷苦)	未選	未選	未選	子沃云：公之初登第也，趙丞相鼎延見款密，別後以書來往。秦益公聞而憾之。及泉幕任滿，始以故事召赴行在，公雖知非當路意，而迫於君命，不敢俟駕，故寓意此詞。道過分水嶺，復題詩云：「誰	未選	。。

				知不作多時別。」又題崇安驛詩云：「睡美生憎曉色催。」皆此意也。既而罷歸，離臨安有詞云：「湖上送殘春，已負別時歸約。」則公之去就，蓋早定矣。－《大雅集》		
黃公度〈卜算子〉(寒透小窗紗)	未選	未選	未選	子沃云：公赴召命，道遇延平郡讌，有歌妓追誦舊事，即席賦此。－《大雅集》	未選	· · ○
黃公度〈好事近〉(湖上送殘春)	未選	未選	未選	去就早決於胸，故無怨懟之語。子沃云：公到闕，除秘書省正字。未幾，言者迎合秦益公意，騰章於上，謂公嘗貽書臺官，欲著私史以謗時政。蓋公之在泉幕也，嘗有啓賀李侍御文會云：「雖莫陪賓客後塵，為大廈之賀，固將續山林野史，記朝陽之鳴。」因是罷歸。將離臨安，作此詞，所謂「故園桃李」，蓋指二侍兒也。－《大雅集》	未選	· ○
黃公度〈眼兒媚〉(一枝雪裏冷光浮)	未選	未選	未選	子沃云：公時為高要倅，傅參議雰彥濟寓居五羊，嘗遺示梅詞。公依韻和之。初公被召命而西過分水嶺，有詩云：「嗚咽泉流萬仞峰，斷腸從此各西東。誰知不作多時別，依舊相逢滄海中。」及公遭謗歸莆，趙丞相鼎先已謫居潮陽，讒者傅會其說，謂公此詩指趙而言，將不久復偕還中都也。秦益公愈怒，至以嶺南荒惡之地處之。此詞蓋以自況也。－《大雅集》	未選	○ ○
黃公度〈浣溪沙〉(風送清香過短墻)	未選	未選	未選	無評語－《大雅集》	未選	○
趙以夫〈孤鸞〉(江頭春早)	未選	無評語	未選	未選	未選	未選

趙以夫〈龍山會〉(九日無風雨)	未選	無評語	未選	未選	未選	未選
葛立方〈卜算子〉(裊裊水芝紅)	未選	未選	未選	連用雙字，小有姿態。—《別調集》	未選	。
張孝祥〈六州歌頭〉(長淮望斷)	無評語	未選	未選	起勢蒼莽，全篇亦淋漓盡致。《歷朝詞選》自起處至「亦羶腥」為第一段，自「隔水」至「且休兵」為第二段，自「冠蓋使」至末為第三段，於調未合，今從《六十一家詞》及《詞綜》，分兩段為正。「忠憤」二字提明，太淺，太顯，絕無餘味。或亦聳當路之聽，出於不得已耶？《朝野遺記》云：安國在建康留守，席中賦此歌闋，魏公為罷席而入。—《放歌集》	。	。。
張孝祥〈念奴嬌〉(朔風吹雨)	未選	未選	未選	結以縱為擒，正自怨鬱。—《放歌集》	未選	、。
張孝祥〈念奴嬌〉(洞庭青草)	未選	未選	未選	熱腸鬱思，正於開冷處見得。—《放歌集》	未選	、。
張孝祥〈念奴嬌〉(星沙初下)	未選	未選	未選	雄直處亦近似稼軒。—《放歌集》	未選	、、。
張孝祥〈念奴嬌〉(風帆更起)	未選	未選	未選	無評語—《別調集》	未選	。
張孝祥〈木蘭花慢〉(擁貔貅萬騎)	未選	未選	未選	前寫軍容之壯，此以恢復之事期之。—《放歌集》	未選	。。
張孝祥〈浣溪沙〉(霜日明霄水蘸空)	未選	未選	未選	情詞迫烈，音節悲壯。—《放歌集》	未選	。
張孝祥〈浣溪沙〉(已是人間不繫舟)	未選	未選	未選	無評語—《放歌集》	未選	。
張孝祥〈水調歌頭〉(雪洗虜塵靜)	未選	未選	未選	無評語—《放歌集》	未選	。
張孝祥〈水調歌頭〉(湖海倦游客)	未選	未選	未選	發二帝之幽憤。—《放歌集》	未選	。
范成大〈霜天曉角〉(晚晴風歇)	未選	無評語	未選	未選	未選	未選

范成大〈菩薩蠻〉（客行忽到湘東驛）	未選	未選	未選	芊雅，近正中一派。－《別調集》	未選	。
眞德秀〈蝶戀花〉（兩岸月橋花半吐）	未選	未選	未選	用意著而不著，筆法自高。－《別調集》	未選	。
楊萬里〈好事近〉（月未到誠齋）	未選	未選	未選	衝口而出，樸直有味。－《別調集》	未選	。
程垓〈摸魚兒〉（掩淒涼黃昏庭院）	未選	未選	未選	筆意閒雅。後來竹垞詞與此種筆路最近，而遜此渾融。乃竹垞自以爲學玉田，未免欺人太甚矣。－《大雅集》	未選	。
程垓〈水龍吟〉（夜來風雨匆匆）	未選	未選	未選	愈直捷，愈淒婉。－《大雅集》	未選	、、
程垓〈漁家傲〉（獨上小舟煙雨溼）	未選	未選	未選	無評語－《大雅集》	未選	。。
程垓〈卜算子〉（獨自上層樓）	未選	未選	未選	無評語－《大雅集》	未選	。。
程垓〈鳳棲梧〉（九月江南煙雨裏）	未選	未選	未選	豪宕足破怨鬱。－《放歌集》	未選	。
程垓〈愁倚闌令〉（春猶淺）	未選	未選	未選	此詞甚別致，不言情而情勝。－《閑情集》	未選	。
劉克莊〈滿江紅〉（落日登樓）	未選	未選	未選	潛夫感激豪宕，其詞與安國相伯仲，去稼軒雖遠，正不必讓劉、蔣。世人多好推劉、蔣，直以爲稼軒後勁，何也？直截痛快。－《放歌集》	未選	。。
劉克莊〈沁園春〉（何處相逢）	未選	未選	未選	何等抱負。「書生」八字，感慨眞切。－《放歌集》	未選	。
劉克莊〈沁園春〉（歲暮天寒）	未選	未選	未選	沉痛激烈，敲碎唾壺。－《放歌集》	未選	。。
劉克莊〈沁園春〉（一卷陰符）	未選	未選	未選	有「入門下馬氣如虹」之概。粗豪之甚，亦怨壯之甚。－《放歌集》	未選	、、、
劉克莊〈賀新郎〉（湛湛長空黑）	未選	未選	未選	悲而壯。南宋有如此將才，如此官方，如此士氣，而卒不能恢復者，誰之過耶？－《放歌集》	未選	。

劉克莊〈玉樓春〉(年年躍馬長安市)	未選	未選	未選	無評語－《放歌集》	未選	、。
劉克莊〈憶秦娥〉(春酲薄)	未選	未選	未選	悲憤。－《放歌集》	未選	。
劉克莊〈憶秦娥〉(梅謝了)	未選	未選	未選	無評語－《放歌集》	未選	。
劉克莊〈長相思〉(朝有時)	未選	未選	未選	上下兩排,頗見別致。較叔原一闋,亦不多讓。－《別調集》	未選	、。
劉克莊〈清平樂〉(宮腰束素)	未選	未選	未選	亦復誰能遣此。－《閑情集》	未選	。
俞國寶〈風入松〉(一春長費買花錢)	未選	未選	未選	餘波綺麗。－《閑情集》	未選	、。
朱熹〈水調歌頭〉(江水浸雲影)	未選	未選	未選	筆意頗近坡仙。－《放歌集》	未選	。
甄龍友〈霜天曉角〉(峨眉仙客)	未選	未選	未選	重其人,悲其遇,寥寥數語,可括坡老一生。－《放歌集》	未選	。
杜旟〈酹江月〉(江山如此)	未選	未選	未選	議論縱橫,魄力雄大,此是何等氣概。－《放歌集》	未選	。。
杜旟〈摸魚兒〉(放扁舟萬山環處)	未選	未選	未選	調高響逸,絕塵而奔。一結應上「仙人」二語。－《放歌集》	未選	。。
劉儗〈念奴嬌〉(舳艫東下)	未選	未選	未選	詞嚴義正,慷慨激昂。－《放歌集》	未選	。
劉儗〈江城子〉(東風吹夢落巫山)	未選	未選	未選	自然合拍。－《閑情集》	未選	。
劉儗〈一剪梅〉(唱到陽關第四聲)	未選	未選	未選	兩面都到。－《閑情集》	未選	。
陸游〈青玉案〉(西風挾雨聲翻浪)	未選	未選	未選	辛、陸並稱豪放,然陸之視辛,悉奢瓦缶之競黃鐘也。擇其遒勁者數章,尚可覘其抱負,去稼軒則萬里矣。爽朗。－《放歌集》	未選	。
陸游〈好事近〉(華表又千年)	未選	未選	未選	無評語－《放歌集》	未選	。
陸游〈朝中措〉(怕歌愁舞懶逢迎)	未選	無評語	放翁濃纖得中,精粹不少。南宋善學少游者,惟陸。(總是	未選	未選	未選

			向人深處）彌拙彌秀。			
陸游〈極相思〉（江頭疏雨輕煙）	未選	無評語	未選	未選	未選	未選
陸游〈鵲橋仙〉（茅簷人靜）	未選	無評語	未選	寓意。－《大雅集》	未選	。。
陸游〈鵲橋仙〉（華燈縱博）	未選	未選	未選	悲壯語，亦是安分語。－《別調集》	未選	。
陸游〈採桑子〉（寶釵樓上妝梳晚）	未選	未選	未選	放翁詞，病在一瀉無餘。似此婉雅閑麗，不可多得也。－《大雅集》	未選	
陸游〈鷓鴣天〉（家住東吳近帝鄉）	未選	未選	未選	未嘗不軒爽，而氣魄苦不大。益歎稼軒天人不可及也。－《放歌集》	未選	
陸游〈蝶戀花〉（桐葉晨飄蛩夜語）	未選	未選	未選	無評語－《放歌集》	未選	
陸游〈漁家傲〉（東望山陰何處是）	未選	未選	未選	軒豁是放翁本色。－《放歌集》	未選	。
陸游〈真珠簾〉（山村水館參差路）	未選	未選	未選	懷鄉戀闕，有杜陵之忠愛，惜少稼軒之魄力耳。數語於放浪中見沉鬱，自是高境。－《放歌集》	未選	。。
陸游妾〈生查子〉（只知眉上愁）	未選	未選	未選	怨深情至，獨怪放翁不能庇一妾，何也？陸游之蜀，宿一驛中。見題壁詩，詢之，則驛中女也，遂納爲妾。半載，夫人逐之。妾賦詞而別。－《閑情集》	未選	。
韓元吉〈六州歌頭〉（東風著意）	無評語	無評語	未選	未選	。。	未選
陳亮〈水龍吟〉（鬧花深處層樓）	未選	無評語	未選	淒豔。－《大雅集》	未選	。。
陳亮〈水調歌頭〉（不見南師久）	未選	未選	未選	精警奇肆，劍拔弩張。－《放歌集》	未選	、。
劉過〈六州歌頭〉（中興諸將）	未選	未選	未選	改之、竹山皆學稼軒，但僅得稼軒糟粕，既不沉鬱，又多支蔓。詞之衰，劉、蔣爲之也。竹山稍質實，改之才氣較勝，合者未始不可寄稼軒廡下。－《放歌集》	未選	、。

劉過〈沁園春〉（萬馬不嘶）	未選	未選	未選	結得勁健，筆意亦佳。－《放歌集》	未選	。
劉過〈沁園春〉（洛浦淩波）	未選	未選	未選	〈沁園春〉二闋，去古已遠，麗而淫矣。然風流頑豔，如攬牆、施之袪，亦不能盡棄也。此調自劉龍洲作俑，後來瞿宗吉、馬浩瀾輩愈衍愈多，愈趨愈下矣。－《閑情集》	未選	。
劉過〈沁園春〉（銷薄春冰）	未選	未選	未選	兩「漸」字妙。只四字，姿態甚饒。低迴宛轉。－《閑情集》	未選	、。
劉過〈八聲甘州〉（問紫崖去後漢公卿）	未選	未選	未選	腐語無味。雄麗。－《放歌集》	未選	。
劉過〈賀新郎〉（多病劉郎瘦）	未選	未選	未選	措詞練局，全祖稼軒，但氣魄不逮。酸心硬語，所謂「人生行樂耳，須富貴何時？」－《放歌集》	未選	、、、
劉過〈賀新郎〉（睡覺啼鶯曉）	未選	未選	未選	無評語－《放歌集》	未選	、、、
劉過〈賀新郎〉（老去相如倦）	未選	未選	未選	亦只從「同是天涯淪落人」化出，而波瀾轉折，怨感無端，改之豔詞中最雅者。－《閑情集》	未選	。。
劉過〈唐多令〉（蘆葉滿汀洲）	未選	未選	（舊江山渾是新愁）雅音。	詞意凄感，而句調渾成，似此幾升稼軒之堂矣。－《放歌集》	未選	、。
劉過〈水調歌頭〉（春事能幾許）	未選	未選	未選	無評語－《放歌集》	未選	。
劉過〈醉太平〉（情高意真）	未選	未選	未選	重疊，以盡其致。－《閑情集》	未選	、。
楊炎〈水調歌頭〉（把酒對斜日）	未選	未選	未選	怨壯而沉鬱。忽縱忽擒，擺脫一切。－《放歌集》	未選	。。
鄭域〈念奴嬌〉（嗟來咄去）	未選	未選	未選	以文為詞，縱筆為直幹。平常事，寫得眉飛色舞。－《放歌集》	未選	、。
王奕〈西河〉（天下事）	未選	未選	未選	此篇合下文恭和作，忠憤之氣，溢於言表，千載下猶覺生氣凜凜。－《放歌集》	未選	。。

曹豳〈西河〉（今日事）	未選	未選	未選	淋漓悲壯，字字從血性流出，與上章並垂不朽。－《放歌集》	未選	。。
盧祖皋〈宴清都〉（春訊飛瓊管）	未選	未選	未選	此詞絕幽怨，神似梅溪高境。－《大雅集》	未選	。。
盧祖皋〈賀新郎〉（挽住風前柳）	未選	未選	未選	起筆瀟灑亦突兀。「猛拍」妙，有神境，有情境。－《放歌集》	未選	。。
吳潛〈滿江紅〉（萬里西風）	未選	未選	未選	警快語，然近於廓矣。不可不防其漸。－《放歌集》	未選	、、
陳經國〈沁園春〉（誰使神州）	未選	未選	未選	議論縱橫，膽大心雄。讀之起舞。－《放歌集》	未選	、。。
陳經國〈沁園春〉（過了梅花）	未選	無評語	未選	筆意超脫，意在言外。－《放歌集》	未選	、、、
方岳〈滿江紅〉（且問黃花）	未選	無評語	未選	「且問」二字於題前頓跌，作一緩筆，議論在後，鬆一步，正是緊一步。大言炎炎。－《放歌集》	未選	。。
方岳〈水調歌頭〉（秋雨一何碧）	未選	無評語	未選	無評語－《放歌集》	未選	、。
方岳〈水調歌頭〉（醉我一壺酒）（一作「醉我一壺玉」）	未選	無評語	未選	跌宕生姿。－《放歌集》	未選	。。
方岳〈蝶戀花〉（雁落寒沙秋惻惻）	未選	無評語	未選	未選	未選	未選
張榘〈賀新郎〉（匹馬鍾山路）	未選	未選	未選	後半縱橫跌宕，感慨不盡。－《放歌集》	未選	、。
洪皓〈江梅引〉（天涯除館憶江梅）	未選	「落」作平。	未選	未選	未選	未選
嚴仁〈玉樓春〉（春風只在園西畔）	未選	未選	能用齊、梁小樂府意法入填詞，便參上乘。	未選	未選	未選
嚴仁〈木蘭花〉（春風只在園西畔）	未選	無評語	未選	未選	未選	未選

李石〈臨江仙〉（煙柳疏淡人悄悄）	無評語	未選	未選	未選	。	未選
姜夔〈一萼紅〉（古城陰）	未選	無評語	未選	白石詞，清靈騷雅，前無古人，後無來者，眞詞中之聖也。只三語，勝人弔古千言。－《大雅集》	未選	、。
姜夔〈揚州慢〉（淮左名都）	無評語	未選	未選	起數語，意不深，而措詞妙，愈味愈出。「自胡馬窺江」數語，寫兵燹後，情景逼眞，他人累千百言，總無此韻味。「猶厭言兵」四字沉痛，包括無限傷亂語。－《大雅集》	。。	。。。
姜夔〈淡黃柳〉（空城曉角）	未選	無評語	白石、稼軒，同音笙磬，但清脆與鏗鏓異響，此事自關性分。	無評語－《大雅集》	未選	。
姜夔〈暗香〉（舊時月色）	題曰：「石湖詠梅，此爲石湖作也。時石湖蓋有隱遯之志，作此二詞以沮之。白石〈石湖仙〉云：「須信石湖仙，似鴟夷、飄然引去。」末云：「聞好語，明年定在槐府。」此與同意。首章言己嘗有用世之志，今老無能，但望之石湖也。	盛時如此，衰時如此。想其盛時，感其衰時。	石湖詠梅，是堯章獨到處。（翠尊易泣，紅萼無言耿相憶）深美有《騷》、《辨》意。	二章脫盡恆蹊，永爲千年絕調。張叔夏云：〈暗香〉、〈疏影〉二曲，前無古人，後無來者，眞爲絕唱。《詞選》云：題曰「石湖詠梅，此爲石湖作也。時石湖蓋有隱遯之志，故作此二詞以沮之。白石〈石湖仙〉云：「須信石湖仙，似鴟夷、飄然引去。」末云：「聞好語，明年定在槐府。」此與同意。又云：首章言己嘗有用世之志，今老無能，但望之石湖也。－《大雅集》	。。。	。。。
姜夔〈疏影〉（苔枝綴玉）	此章更以二帝之憤發之，故有「昭君」之句。	此詞以「相逢」、「化作」、「莫似」六字作骨。不能挽留，聽其自爲盛衰。	（還教一片隨波去）跌宕昭彰。	上章已極精妙，此更運用故事，設色渲染，而一往情深，了無痕跡，既清虛、又腴煉，直是壓徧千古。《詞選》云：此章更以二帝之憤發之，故有「昭君」之句。－《大雅集》	。。。	。。。

姜夔〈長亭怨慢〉（漸吹盡枝頭香絮）	未選	無評語	未選	哀怨無端，無中生有，海枯石爛之情。纏綿沉著。－《大雅集》	未選	、、、
姜夔〈念奴嬌〉（鬧紅一舸）	未選	無評語	未選	好句欲仙。鍊意鍊詞，歸於純雅。－《大雅集》	未選	、、、
姜夔〈淒涼犯〉（綠楊巷陌）	未選	無評語	未選	未選	未選	未選
姜夔〈側犯〉（恨春易去）	未選	無評語	未選	未選	未選	未選
姜夔〈惜紅衣〉（枕簟邀涼）	未選	無評語	未選	無評語－《大雅集》	未選	、、
姜夔〈水龍吟〉（夜深客子移舟處）	未選	未選	未選	無評語－《大雅集》	未選	、、
姜夔〈秋宵吟〉（古簾空）	未選	未選	未選	無評語－《大雅集》	未選	、、
姜夔〈琵琶仙〉（雙槳來時）	未選	四句順逆相足。	未選	似周、秦筆墨，而氣格俊上。「前事休說」四字，咽住，藏得許多情事在內。張叔夏云：情景交鍊，得言外意。又云：〈疏影〉、〈暗香〉、〈揚州慢〉、〈一萼紅〉、〈琵琶仙〉、〈淡黃柳〉等曲，不惟清虛，且又騷雅，讀之使人神觀飛越。－《大雅集》	未選	、、、
姜夔〈翠樓吟〉（月冷龍沙）	未選	此地宜得人才，而人才不可得。	未選	起便警策。一縱一操，筆如游龍。－《大雅集》	未選	、、、
姜夔〈探春慢〉（衰草愁煙）	未選	未選	未選	一幅歲暮旅行畫圖。詞意超妙，正如野鶴閒雲，去來無跡。－《大雅集》	未選	、、
姜夔〈點絳唇〉（燕雁無心）	未選	未選	未選	字字清虛，無一筆犯實，只摹歡眼前景物，而令讀者弔古傷今，不能自止。眞絕調也。「今何許」三字，提唱「憑欄懷古」，下只以「殘柳」五字詠歎了之，神韻無盡。－《大雅集》	未選	、、、
姜夔〈點絳唇〉（金谷人歸）	未選	未選	未選	無評語－《大雅集》	未選	、
姜夔〈齊天樂〉（庾郎先自吟愁賦）	未選	未選	未選	此詞精絕，一直說去，其中自有頓挫起伏，正如大江無風，波濤自	未選	、、、

				湧。前無古，後無今。「籬落」二句，平常意。一經點染，便覺神味淵永，其妙真令人不可思議。張叔夏云：全章精粹，所詠瞭然在目，且不留滯於物。－《大雅集》		
姜夔〈湘月〉（五湖舊約）	未選	未選	未選	無評語－《大雅集》	未選	。。
姜夔〈霓裳中序第一〉（亭皋正望極）	未選	未選	未選	骨韻俱古。－《大雅集》	未選	。。
姜夔〈法曲獻仙音〉（虛閣籠寒）	未選	未選	未選	白石詞有以一、二虛字唱歎，韻味俱出者，雖非最上乘，亦是靈境。篇中如「奈」字、「厭」字，及「誰念我」、「甚而今」、「怕平生」等字，俱極有意思，他可類推。－《大雅集》	未選	。。
姜夔〈石湖仙〉（松江煙浦）	未選	未選	未選	言外有多少婉惜。「金」、「玉」字對舉，未免纖俗。－《大雅集》	未選	、。。
姜夔〈玲瓏四犯〉（疊鼓夜寒）	未選	未選	未選	音調蒼涼。白石諸闋，惟此篇詞最激，意亦最顯，蓋亦身世之感，有情不容已者。－《大雅集》	未選	。。
姜夔〈清波引〉（冷雲迷浦）	未選	未選	未選	白石諸詞，鄉心最切，身世之感，當於言外領會。－《大雅集》	未選	、。。
姜夔〈八歸〉（芳蓮墜粉）	未選	未選	未選	氣骨雄蒼，詞意哀婉。－《大雅集》	未選	。。
姜夔〈隔梅溪令〉（好花不與殢香人）	未選	未選	未選	節短音長，醞釀可喜。－《別調集》	未選	、。
姜夔〈憶王孫〉（冷紅葉葉下塘秋）	未選	未選	未選	無評語－《別調集》	未選	、。
姜夔〈驀山溪〉（與鷗為客）	未選	未選	未選	高朗。－《別調集》	未選	、。
姜夔〈解連環〉（玉鞍重倚）	未選	未選	未選	寫離別情事。妙在起四字，已將題說完，卻以「沉吟」二字起下，以	未選	。。

				「爲」字爲一篇總領，申明所以「沉吟」之故，用筆矯變莫測。「柳怯雲鬆」四字精豔，左與言「滴粉搓酥」，不足道矣。－《閑情集》	
姜夔〈少年游〉（雙螺未合）	未選	未選	未選	綺語，自白石出之，亦自閑雅，具有仙筆。－《閑情集》	未選	、、。
姜夔〈百宜嬌〉（看垂楊連苑）	未選	未選	未選	言情微至，《耆舊續聞》：姜堯章嘗寓吳興張仲遠家。仲遠屢出外，其室人知書，賓客通問，必先窺來札，性頗妒。堯章戲作〈百宜嬌〉以遺仲遠云云。仲遠歸，竟莫能辯，則受其指爪損面，至不能出外云。－《閑情集》	未選	。。
張輯〈釣船笛〉（載酒岳陽樓）	未選	未選	未選	《綺語債》命名惡劣。一片熱中，卻不染湖海習氣，是之謂雅正。－《大雅集》	未選	。。
張輯〈碧雲深〉（風淒淒）	未選	未選	未選	神行觀止，合拍無痕。－《大雅集》	未選	。。
張輯〈山漸青〉（山無情）	未選	未選	未選	音節拍合，有行雲流水之致。－《別調集》	未選	。
張輯〈垂楊碧〉（花半溪）	未選	未選	未選	「直」字奇絕，警絕。「如此」二字，有多少惋惜！－《別調集》	未選	。。
張輯〈闌干萬里心〉（小樓柳色未春深）	未選	未選	未選	無評語－《別調集》	未選	。
黃機〈木蘭花慢〉（歎鏡中白髮）	未選	未選	未選	結言少年壯志，今老無能，恢復之業，惟望之總幹也。－《放歌集》	未選	、。
黃機〈虞美人〉（十年不作湖湘客）	未選	未選	未選	壯語而不激烈。－《放歌集》	未選	。
黃機〈醜奴兒〉（綺窗搬斷琵琶索）	未選	未選	未選	兩排。後段起句，皆承前段。頓句亦甚別致。連用三「知」字，趣甚，兩面俱有，虛實兼到。－《別調集》	未選	。

毛开〈滿江紅〉（潑火初收）	未選	未選	未選	亦只是以詞勝，而說來字字動人。後半闋更情詞兼勝。－《別調集》	未選	、、。
劉光祖〈醉落魄〉（春風開者）	未選	未選	未選	此詞一味灑脫，遺詞命意，俱極超忽可喜。－《別調集》	未選	。
陸淞〈瑞鶴仙〉（臉霞紅印枕）	未選	未選	未選	張叔夏云：景中帶情，屏去浮豔。《詞選》云：刺時之言。－《大雅集》	未選	。。
潘元賢〈醜奴兒慢〉（愁春未醒）	未選	無評語	未選	未選	未選	未選
朱淑眞〈蝶戀花〉（樓外垂楊千萬縷）	未選	未選	未選	無評語－《大雅集》	未選	。
朱淑眞〈謁金門〉（春已半）	未選	未選	未選	淒婉。得五代人神髓。－《大雅集》	未選	、。
朱淑眞〈生查子〉（年年玉鏡臺）	未選	未選	未選	宋婦人能詞者，自以易安爲冠，淑眞才力稍遜，然規模唐五代，不失分寸，轉爲詞中正聲。－《大雅集》	未選	、。
朱淑眞〈生查子〉（去年元夜時）	未選	未選	未選	此詞一云歐陽公作，漁洋辭之於前，雲伯辭之於後，俱有挽扶風教之心。然淑眞本非佚女，不得以一詞短之。－《閑情集》	未選	。
鄭文妻孫氏〈憶秦娥〉（花深深）	無評語	未選	未選	麗而有則。《古杭雜記》云：文，秀州人。太學服膺齋上舍，孫氏寄以詞，一時傳播，酒樓妓館皆歌之。－《大雅集》	。。	。。
蕭淑蘭〈菩薩蠻〉（有情潮落西陵浦）	未選	未選	未選	憶是眞憶，恨非眞恨，用意忠厚，益知「待雁卻回時」也，無書寄伊之薄矣。－《閑情集》	未選	。
史達祖〈雙雙燕〉（過春社了）	無評語	無評語	（過春社了，度簾幕中間，去年塵冷。差池欲往，試入舊巢相並）藏過一番感嘆，爲「還」字、「又」字張本。（還相	無評語－《大雅集》	。	。。

			雕梁藻井，又軟語、商量不定)挑、按見指法，再搏弄便薄。(紅樓歸晚)換筆。(應自樓香正穩)換意。(愁損翠黛雙蛾)收足，然無餘味。		
史達祖〈瑞鶴仙〉(杏煙嬌溼鬢)	未選	無評語	未選	無評語－《別調集》	未選	、、
史達祖〈秋霽〉(江水蒼蒼)	未選	無評語	未選	未選	未選	未選
史達祖〈綺羅香〉(做冷欺花)	未選	未選	未選	淒警特絕。－《大雅集》	未選	。。
史達祖〈蝶戀花〉(二月東風吹客袂)	未選	未選	未選	起七字淡而彌永。情餘言外。－《大雅集》	未選	。。
史達祖〈臨江仙〉(倦客如今老矣)	未選	未選	未選	直是唐人絕妙樂府。－《大雅集》	未選	、、。
史達祖〈臨江仙〉(草腳青回細膩)	未選	未選	未選	悽惋沉至。－《別調集》	未選	、、。
史達祖〈臨江仙〉(愁與西風應有約)	未選	未選	未選	「一燈」二句，警鍊。後半多俚詞。－《閑情集》	未選	。
史達祖〈東風第一枝〉(草腳愁回)	未選	未選	未選	精妙處直與清眞、白石並驅。白石、梅溪皆祖清眞，白石化矣，梅溪或稍遜焉。然高者亦未嘗不化，如此篇是也。張叔夏云：不獨措詞精粹，又且見時節風物之感。－《大雅集》	未選	。。。
史達祖〈湘江靜〉(暮草堆青雲浸浦)	未選	未選	未選	淒涼幽怨。－《大雅集》	未選	、。。
史達祖〈浪淘沙〉(醉月小紅樓)	未選	未選	未選	無評語－《大雅集》	未選	。

史達祖〈齊天樂〉(闌干只在鷗飛處)	未選	未選	未選	情景兼到。樂笑翁高境顏近此種。－《大雅集》	未選	。。
史達祖〈齊天樂〉(鴛鴦拂破蘋花影)	未選	未選	未選	鍊字鍊句,昔人謂梅溪詞「融情景於一家,會句意於兩得」,信不誣也。－《大雅集》	未選	。。
史達祖〈齊天樂〉(西風來勸涼雲去)	未選	未選	未選	寄恨甚遠。－《大雅集》	未選	。。
史達祖〈玉蝴蝶〉(晚雨未摧宮樹)	未選	未選	未選	幽怨似少游,清切如美成,合而化矣。－《大雅集》	未選	。。
史達祖〈萬年歡〉(兩袖梅風)	未選	未選	未選	無評語－《大雅集》	未選	。。
史達祖〈風流子〉(紅樓橫落日)	未選	未選	未選	起勢超忽。「怨深臙赤」八字簡約亦靜細。－《閒情集》	未選	、。。
史達祖〈釵頭鳳〉(春愁遠)	未選	未選	未選	無評語－《閒情集》	未選	、。
史達祖〈西江月〉(西月澹窺樓角)	未選	未選	未選	無評語－《閒情集》	未選	。
高觀國〈齊天樂〉(晚雲知有關山念)	未選	無評語	未選	未選	未選	未選
高觀國〈齊天樂〉(碧雲闕處無多雨)	未選	未選	未選	鑄語精鍊。－《大雅集》	未選	。。
高觀國〈菩薩蠻〉(春風吹綠湖邊草)	未選	未選	未選	感時傷事,不著力而自勝。結用比意。－《大雅集》	未選	。。。
高觀國〈賀新郎〉(月冷霜袍擁)	未選	未選	未選	白石〈暗香〉、〈疏影〉已成絕調,除碧山外,後人無能為繼。此作於旁面取勢,思深意遠,亦可謂工於煊染矣。但沖厚之味,不及白石、碧山遠甚。「想見那」三字粗。姿態橫生,目無餘子。－《大雅集》	未選	。。
高觀國〈卜算子〉(屈指數春來)	未選	未選	未選	無情處都寫出情來,自非有情人不能。－《別調集》	未選	。

高觀國〈金人捧露盤〉(楚宮閑)	未選	未選	未選	「寒」字警。結筆高遠。－《別調集》	未選	○○
高觀國〈永遇樂〉(淺暈修蛾)	未選	未選	未選	精警。－《別調集》	未選	、○
高觀國〈玉樓春〉(春煙澹澹生春水)	未選	未選	未選	「雙鴛」七字凄警。結二語不說破,情味最永。－《閑情集》	未選	、○
尹煥〈霓裳序中第一〉(過春社了)	無評語	未選	未選	未選	○	未選
尹煥〈唐多令〉(蘋末轉清商)	未選	未選	未選	情態可想。周公瑾云:可與杜牧之「尋芳較晚」為偶。－《閑情集》	未選	○
汪莘〈乳燕飛〉(去郢頻回首)	未選	未選	未選	身世之感,驅遣《騷》語出之,冷豔幽香,別饒精彩。－《別調集》	未選	○○
汪莘〈杏花天〉(美人家在江南住)	未選	未選	未選	幽怨。－《別調集》	未選	、○
汪莘〈玉樓春〉(一片江南春色晚)	未選	未選	未選	悲鬱見於言外,用筆則頗近小晏。－《別調集》	未選	、、、
黃昇〈醉江月〉(西風解事)	未選	未選	未選	「虛名竟何益」,同此感慨。－《放歌集》	未選	、○
黃昇〈醉江月〉(玉林何有)	未選	未選	未選	「那得」六字,用意似高實陋,琢句尤俗。「甲第」數語,不肯不說破,未免索然無味,何如並隱之為妙。－《別調集》	未選	○
樓槃〈霜天曉角〉(月淡風輕)	未選	未選	未選	考甫詠梅兩章,樸直簡老,頗有別致。－《別調集》	未選	、○
樓槃〈霜天曉角〉(剪雪裁冰)	未選	未選	未選	無評語－《別調集》	未選	、○
文及翁〈賀新郎〉(一勺西湖水)	未選	未選	未選	南宋君臣晏安,不亡何待?不敢明言,故託詞和靖,非譏和靖也。－《放歌集》	未選	○○
李芸子〈木蘭花慢〉(占西風早處)	未選	未選	未選	鬱思豪情,真乃善師古人。－《放歌集》	未選	○

吳文英〈倦尋芳〉（暮帆挂雨）	未選	無評語	未選	夢窗詞能於超逸中見沉鬱，不及碧山、梅溪之厚，而才氣較勝。皋文以夢窗與耆卿、山谷、改之輩同列，一偏之見，非公論也。神味宛然。自然流出，有行雲流水之樂，詞境到此，真非易之。－《大雅集》	未選	○。
吳文英〈憶舊游〉（送人猶未苦）	未選	無評語	正面已是深湛之思，最足善學清真處。（送人猶未苦）飛鳥側翅。（西湖斷橋路）章法。	平常意，一折便深。－《大雅集》	未選	○。
吳文英〈點絳唇〉（卷盡浮雲）（一作「卷盡愁雲」）	未選	無評語	（卷盡浮雲）此起稍平。（輦路重來，彷彿燈前事）便見拗怒。（情如水，小樓熏被，春夢笙歌裏）咳吐珠玉，此足當之。	豔語不落俗套。－《別調集》	未選	、、、
吳文英〈點絳唇〉（時霎清明）	未選	未選	未選	筆意逼近美成。－《大雅集》	未選	○。
吳文英〈西子粧〉（流水麴情）	未選	無評語	未選	無評語－《大雅集》	未選	、。
吳文英〈唐多令〉（何處合成愁）	未選	無評語	未選	語淺情長，不第以疏情見長也。張叔夏云：此詞疏快不質實。－《別調集》	未選	、、。
吳文英〈玉漏遲〉（雁邊風訊小）	未選	無評語	（秦鏡滿）奇弄開發。（每圓處即良宵）直白處不當學。	未選	未選	未選
吳文英〈玉漏遲〉（絮花寒食路）	未選	未選	未選	遣詞雅麗，用意窈曲，似梅溪手筆。－《別調集》	未選	、。

吳文英〈祝英臺近〉（翦紅情）	未選	無評語	未選	夢窗詞不必以綺麗見長。然其一二綺麗處，正不可及。－《大雅集》	未選	、。
吳文英〈祝英臺近〉（采幽香）	未選	無評語	未選	無評語－《大雅集》	未選	。
吳文英〈喜遷鶯〉（江亭年暮）	未選	無評語	未選	未選	未選	未選
吳文英〈高陽臺〉（宮粉凋痕）	未選	無評語	未選	中有怨情，當與中仙詠物諸篇參看。－《大雅集》	未選	。。。
吳文英〈高陽臺〉（修竹凝裝）	未選	無評語	未選	奇思幽想。－《大雅集》	未選	。。
吳文英〈高陽臺〉（帆落迴潮）	未選	未選	未選	無評語－《放歌集》	未選	。。
吳文英〈齊天樂〉（新煙初試花如夢）	未選	「別」作平。	未選	未選	未選	未選
吳文英〈齊天樂〉（煙波桃葉西陵路）	未選	「燭」作平。	雖不是平起，而結響頗遒。（涼颸乍起，渺煙磧飛驪）領句亦是提肘書法。（但有江花）便沉著。（華堂燭暗送客）追敘。	遣詞大雅，一洗綺羅香澤之態。－《閑情集》	未選	、。
吳文英〈齊天樂〉（三千年事殘鴉外）	未選	未選	未選	憑吊蒼茫，感慨無限。結是禹陵。－《大雅集》	未選	。。
吳文英〈齊天樂〉（凌朝一片陽臺影）	未選	未選	未選	狀難狀之景，極煙雲變幻之奇。－《放歌集》	未選	、、。
吳文英〈掃花游〉（水園沁碧）	未選	無評語	未選	未選	未選	未選
吳文英〈解語花〉（門橫皺碧）	未選	「荒苑」本作「荒翠」，誤，失一韻。	未選	未選	未選	未選

吳文英〈解蹀躞〉(醉雲又兼醒雨)	未選	「黯」可叶。	未選	未選	未選	未選
吳文英〈惜紅衣〉(鷺老秋絲)	未選	「約」借叶。「十」巧叶。	未選	未選	未選	未選
吳文英〈風入松〉(聽風聽雨過清明)	未選	無評語	此是夢窗極經意詞，有五季遺響。（西園白日掃林亭）作日。（黃蜂頻撲鞦韆索，有當時、纖手香凝）西子澰裙拂過來，是癡語，是深語。（惆悵雙鴛不到，幽階一夜苔生）溫厚。	未選	未選	未選
吳文英〈鶯啼序〉(殘寒正欺病酒)	未選	無評語	未選	此調頗不易合拍，《詞律》詳言之矣。茲篇操縱自如，全體精粹，空絕古今。追敘舊歡。「輕把斜陽」二句，束上起下，琢句警鍊。此折序別離，極為淋漓慘淡之致。末段撫今追昔，悼歎無窮。按〈招魂〉乃屈原作，非宋玉作。結句「魂兮歸來，哀江南」，言魂歸哀江之南也。哀江在今長沙湘陰縣，有大哀、小哀二洲。後人誤解，以為江南之地可哀，謬矣！沿用已久，習為故，然不可不解。－《別調集》	未選	。。
吳文英〈古香慢〉(怨蛾墜柳)	未選	無評語	未選	未選	未選	未選
吳文英〈水龍吟〉(艷陽不到青山)	未選	「十」作平。	未選	點染處，不留滯於物。－《大雅集》	未選	。。
吳文英〈桃源憶故人〉(越山青斷西陵浦)	未選	無評語	未選	無評語－《大雅集》	未選	。

吳文英〈八聲甘州〉(渺空煙四遠)	未選	未選	未選	「箭徑」六字，承「殘霸」句，「膩水」五字，承「名娃」句。此語氣骨甚遒。－《大雅集》	未選	、。。
吳文英〈瑞鶴仙〉(淚荷拋碎璧)	未選	未選	未選	筆致幽冷。－《大雅集》	未選	。。
吳文英〈滿江紅〉(雲氣樓臺)	未選	未選	未選	平調《滿江紅》，而魄力不減，既精鍊，又清虛。－《大雅集》	未選	。。
吳文英〈新雁過妝樓〉(夢醒芙蓉)	未選	未選	未選	無評語－《大雅集》	未選	。
吳文英〈金縷曲〉(喬木生雲氣)	未選	未選	未選	起五字神來。激烈語，偏寫得温婉，若文及翁之「借問孤山林處士，但掉頭、笑指梅花藥。天下事，可知矣」，不免有張眉怒目之態。－《大雅集》	未選	、。。
吳文英〈好事近〉(飛露灑銀牀)	未選	未選	未選	「夢闊」五字奇警。－《別調集》	未選	、。
吳文英〈好事近〉(琴冷石牀雲)	未選	未選	未選	無評語－《別調集》	未選	、。
吳文英〈浪淘沙〉(綠樹越溪灣)	未選	未選	未選	哀怨沉著，其有感於南渡耶？－《別調集》	未選	、、。
吳文英〈青玉案〉(短亭芳草長亭柳)	未選	未選	未選	筆意爽朗。－《別調集》	未選	、。
吳文英〈青玉案〉(新腔一唱雙金斗)	未選	未選	未選	接筆好。－《別調集》	未選	、。
吳文英〈尾犯〉(紺海掣微雲)	未選	未選	未選	亦綺麗，亦超脫，此夢窗本色。彼譏夢窗以組織爲工者，不知夢窗者也。－《別調集》	未選	。。
吳文英〈絳都春〉(情黏舞線)	未選	未選	未選	雅麗中時有靈氣往來。－《別調集》	未選	。。
吳文英〈木蘭花慢〉(紫騮嘶凍草)	未選	未選	未選	景中帶情，詞意兩勝。－《別調集》	未選	。。

吳文英〈浣溪沙〉(門隔花深夢舊游)	未選	未選	未選	字字淒警。－《閑情集》	未選	、。
吳文英〈生查子〉(暮雲千萬重)	未選	未選	未選	無評語－《閑情集》	未選	、。
吳文英〈蝶戀花〉(北斗秋橫雲髻影)	未選	未選	未選	語帶仙氣，吐棄一切凡豔。惟「腰減」五定病俗，在全篇中不稱。－《閑情集》	未選	、。。
吳文英〈醉落魄〉(春溫紅玉)	未選	未選	未選	別饒仙豔，未許俗人問津。－《閑情集》	未選	、。。
吳文英〈思佳客〉(釵燕籠雲睡起時)	未選	未選	未選	淒麗奇警，從何處得來。－《閑情集》	未選	、。。
蔣捷〈賀新郎〉(渺渺啼鴉了)	未選	無評語	未選	竹山在南宋亦樹一幟，然好作質實語，而力量不足，合者不過改之之匹，不能得稼軒彷彿也。「嘶馬」六字，似接不接。「挂牽牛」三句，與通首詞意不融洽，所謂外強中乾也。－《放歌集》	未選	。
蔣捷〈賀新郎〉(夢冷黃金屋)	未選	無評語	瑰麗處薛妍自在。詞藻太密。	磊落英多。曲高和寡，古今同慨。－《放歌集》	未選	。。
蔣捷〈瑞鶴仙〉(紺煙迷雁跡)	未選	無評語	未選	未選	未選	未選
蔣捷〈瑞鶴仙〉(縞霜霏霽雪)	未選	未選	未選	造語奇麗。－《放歌集》	未選	、。
蔣捷〈女冠子〉(蕙花香也)	未選	「怯」作平。	未選	未選	未選	未選
蔣捷〈女冠子〉(電旌飛舞)	未選	未選	未選	無評語－《放歌集》	未選	。
蔣捷〈絳都春〉(春愁怎畫)	未選	無評語	未選	未選	未選	未選
蔣捷〈滿江紅〉(秋本無愁)	未選	未選	未選	閱歷語。「萬誤」二句，「浪遠」二句，極靜細，不是闃寂中，如何辨得。－《放歌集》	未選	、。
蔣捷〈虞美人〉(少年聽雨歌樓上)	未選	未選	未選	無評語－《放歌集》	未選	。

蔣捷〈一剪梅〉（小巧樓臺眼界寬）	未選	未選	未選	竹山〈一剪梅〉詞，「敲」與「拍」無甚分別。然其妙正在無甚分別，乃見愁人情況。必其此乃可以不分別爲工，否則差以毫釐，謬以千里。－《別調集》	未選	。
蔣捷〈聲聲慢〉（黃花深巷）	未選	未選	未選	結得不盡，並能使通篇震動。－《別調集》	未選	、、。
蔣捷〈柳梢青〉（學唱新腔）	未選	未選	未選	麗語，不免於俗。－《閑情集》	未選	、、
趙汝茪〈如夢令〉（小研紅綾箋紙）	未選	未選	未選	「行人臨發又開封」，眞有此情！－《閑情集》	未選	、。
袁去華〈謁金門〉（春索莫）	未選	未選	未選	所謂「自己酸辛自己知」。－《閑情集》	未選	、。
張樞〈清平樂〉（鳳樓人獨）	未選	未選	未選	苦心密意。－《閑情集》	未選	。
張樞〈木蘭花慢〉（歌塵凝燕壘）	未選	未選	未選	麗句，卻是雅調。－《閑情集》	未選	。。
周容〈小重山〉（謝了梅花恨不禁）	未選	未選	未選	此詞精絕，只寫眼前景物，而愁恨連綿不解，直令讀者神迷所往。－《閑情集》	未選	。。
陳允平〈八寶裝〉（望遠秋平）	未選	西麓和平婉麗，最合世好，但無健舉之筆、沉摯之思。學之必使生氣沮喪，故爲後人拈出。	未選	「琴心」二句，其有感於爲制置司參議官時乎？然不肯仕元之意已決於此矣，正不必作激烈語。－《大雅集》	未選	。。
陳允平〈垂楊〉（銀屏夢覺）	未選	無評語	未選	未選	未選	未選
陳允平〈綺羅香〉（雁字蒼寒）	未選	未選	未選	字字錘鍊，卻極醇雅，是西麓本色。－《大雅集》	未選	。。
陳允平〈酹江月〉（漢汕露冷）	未選	未選	未選	張叔夏云：「詞欲雅而正。近時陳西麓所作平正，亦有佳者。」夫平正則難佳，平正而有佳者，乃眞佳也。三復西麓詞，一切流蕩，志反之矣，不化而化矣。－《大雅集》	未選	。。

陳允平〈酹江月〉（霽空虹雨）	未選	未選	未選	無評語－《大雅集》	未選	。。
陳允平〈探春〉（上苑烏啼）	未選	未選	未選	憂時之心，溢於言表。－《大雅集》	未選	、、
陳允平〈秋霽〉（千頃玻璃）	未選	未選	未選	慷慨生哀，時政之失，隱然言外。－《大雅集》	未選	。。
陳允平〈百字令〉（凝雲沍曉）	未選	未選	未選	幽秀而清超。頗近白石。－《大雅集》	未選	。
陳允平〈驀山溪〉（春波浮淥）	未選	未選	未選	通篇就本位寫，一結推開說，先生其有遺世之心乎？一片憂時傷亂之意。諸詞作於景定癸亥歲，閱十餘年，宋亡矣。－《大雅集》	未選	。。。
陳允平〈齊天樂〉(赤欄橋畔斜陽外)	未選	未選	未選	淒婉處，雅近中仙，下視草窗〈木蘭花慢〉十闋，直不足比數矣。－《大雅集》	未選	。。
陳允平〈玉樓春〉(柳絲挽得秋光住)	未選	未選	未選	畫稿。－《大雅集》	未選	。。
陳允平〈蝶戀花〉(謝了梨花寒食後)	未選	未選	未選	寓意微婉，耐人玩味。－《大雅集》	未選	。。
陳允平〈蝶戀花〉(落盡櫻桃春去後)	未選	未選	未選	無評語－《大雅集》	未選	、。
陳允平〈清平樂〉(鳳城春淺)	未選	未選	未選	雅近元獻。怨語出以婉曲之筆，斯謂雅正。－《別調集》	未選	。。
陳允平〈明月引〉(雨餘芳草碧蕭蕭)	未選	未選	未選	騷情雅意。起七字便自精神。曲折婉至。－《別調集》	未選	。。
陳允平〈一落索〉(欲寄相思愁苦)	未選	未選	未選	淒警。－《別調集》	未選	。。
陳允平〈唐多令〉(休去探芙蓉)	未選	未選	未選	疏快中情致綿邈。－《別調集》	未選	、。
陳允平〈瑞鶴仙〉(燕歸簾半卷	未選	未選	未選	幽情苦意，可與《碧山詞》並讀。－《別調集》	未選	。。

周密〈大聖樂〉（嬌綠迷雲）	未選	草窗最近夢窗，但夢窗思沉力厚，草窗則貌合耳。若其鏤新鬥冶，固自絕倫。	未選	未選	未選	未選
周密〈花犯〉（楚江湄）	未選	草窗長於賦物，然惟此及〈瓊花〉二闋，一意盤旋，毫無渣滓。他作縱極工切，不免就題尋典，就典趁韻，就韻成句，墮落苦海矣。特拈出之，以為南宋諸公針砭。	未選	未選	未選	未選
周密〈瑤華〉（朱鈿寶玦）	未選	無評語	未選	感慨蒼茫，不落詠物小家數。亦中仙流亞也。切合《大雅》，文生於情。—《大雅集》	未選	。。
周密〈玉京秋〉（煙水闊）	未選	無評語	南渡詞境高處，往往出於清真。（玉骨西風，恨最恨、閑却新涼時節）何必非髀肉之嘆。	未選	未選	未選
周密〈解語花〉（晴絲罥蝶）	未選	「約」借叶。	層折斷續，熔煉瀝液。（淺薄東風、莫因循、輕把杏鈿狼藉）柔厚在此，豈非《風》詩之遺。	未選	未選	未選
周密〈曲游春〉（禁苑東風外）	未選	無評語	未選	未選	未選	未選
周密〈拜星月慢〉（膩葉陰清）	未選	無評語	未選	未選	未選	未選
周密〈法曲獻仙音〉（松雪飄寒）	未選	無評語	未選	草窗詞刻意學清真，句法字法居然逼似，惟氣體終覺不逮。其高者可	未選	。。

				步武梅溪，次亦平視竹屋。即杜詩「回首可憐歌舞地」意，以詞發之，更覺淒婉。－《大雅集》		
周密〈探芳信〉（步晴晝）	未選	未選	未選	點綴「空梁落燕泥」句，更饒姿態。－《大雅集》	未選	。
周密〈徵招〉（江蘺搖落江楓冷）	未選	未選	未選	骨韻蒼涼，調和音雅，在梅溪、竹屋之間。－《大雅集》	未選	。。
周密〈水龍吟〉（素鸞飛下青冥）	未選	未選	未選	鏤月裁雲，詞意兼勝。－《大雅集》	未選	。。
周密〈疎影〉（冰條凍葉）	未選	未選	未選	思深意遠。－《大雅集》	未選	、。
周密〈掃花游〉（江蘺怨碧）	未選	未選	未選	無評語－《大雅集》	未選	。
周密〈高陽臺〉（小雨分江）	未選	未選	未選	幽怨得碧山意趣，但厚意不及。－《大雅集》	未選	。
周密〈甘州〉（漸萋萋芳草綠江南）	未選	未選	未選	筆意高遠，可與玉田相鼓吹。－《大雅集》	未選	、。
周密〈謁金門〉（花不定）	未選	未選	未選	怨語深婉。－《大雅集》	未選	、。
周密〈謁金門〉（天水碧）	未選	未選	未選	前半雄肆，後半淡遠，山川景物，包括在寥寥數語中。－《別調集》	未選	、。
周密〈南樓令〉（桂影滿空庭）	未選	未選	未選	無評語－《別調集》	未選	。
周密〈好事近〉（輕剪楚臺雲）	未選	未選	未選	清麗。－《大雅集》	未選	、。
周密〈聲聲慢〉（瓊壺歌月）	未選	未選	未選	幽情苦意。－《大雅集》	未選	、。
周密〈一萼紅〉（步深幽）	未選	未選	未選	蒼茫感慨，情見乎詞。雖使清真、白石為之，亦無以過，當為《草窗集》中壓卷。悲憤。－《大雅集》	未選	。。。
周密〈浣溪沙〉（淺色初裁試暖衣）	未選	未選	未選	「雙陸」、「十三」借對，甚巧。結句婉至。－《別調集》	未選	。
周密〈珍珠簾〉（寶階斜轉春宵翳）	未選	未選	未選	造語精彩。其不及中仙者，詞勝而意不深厚也。－《別調集》	未選	、、、。

王武子〈玉樓春〉(紅樓十二春寒側)	未選	無評語	未選	故國之怨。—《大雅集》	未選	、。
黃孝邁〈湘春夜月〉(近清明)	無評語	無評語	未選	芊綿淒咽。起數語便覺牢怨滿紙。—《大雅集》	。。	。。
德祐太學生〈百字令〉(半堤花雨)	未選	未選	未選	權臣當國,不得志者隱於下位,不敢明斥其非,託爲詩詞,長歌當哭,哀之深,怨之至也。「幾番過了」,應是指賈。以上秦、韓、史、丁諸人,孟諸人皆可恨,賈尤可恨,故曰「不似今番苦」也。見《湖海新聞》。三、四謂眾宮女行,五謂朝士去,六謂臺官默,七指太學上書,八、九謂只陳宜中。「東風」,謂賈似道;「飛書傳羽」,謂北軍至也;「新塘楊柳」,謂賈妾。—《大雅集》	未選	。。
德祐太學生〈祝英臺近〉(倚危欄)	未選	未選	未選	「愁來不去」,謂賈雖去,而禍已不可遏矣。大聲疾呼,千年淚下。「檉柳」,謂幼君;「嬌黃」,謂太后;「扁舟飛渡」,謂北軍至;「塞鴻」,指流民也;「人惹愁來」,謂賈出;「那人何處」,謂賈去。—《大雅集》	未選	。。
王夢應〈念奴嬌〉(欲霜更雨)	未選	無評語	未選	未選	未選	未選
樓采〈法曲獻仙音〉(花匣么絃)	未選	無評語	未選	未選	未選	未選
石孝友〈南歌子〉(亂絮飄晴雪)	未選	未選	未選	「驟然」二字逼人。警鍊語,卻極怨鬱。—《別調集》	未選	。。
石孝友〈南歌子〉(春淺梅紅小)	未選	未選	未選	筆力老橫,別具态態。—《別調集》	未選	。。
石孝友〈浣溪沙〉(宿醉離愁慢髻鬟)	未選	未選	未選	無評語—《別調集》	未選	、。

王沂孫〈眉嫵〉（漸新痕懸柳）	碧山詠物諸篇，竝有君國之憂。此喜君有恢復之志，而惜無賢臣也。	無評語	聖與精能以婉約出之，以詩派律之。大歷諸家，去開、寶未遠。玉田正是勁敵，但士氣則碧山勝矣。蹊徑顯然。（便有團圓意，深深拜、相逢誰在香徑。畫眉未穩，料素娥、猶帶離恨）寓意自深，音辭高亮，晏、歐如蘭亭真本，此僅一翻。結句校改作「還老盡桂花影」。	「漸」字，「便有」字，卻是新月，寓意微而多諷。後半忽用縱筆，卻又是虛筆，寄慨無端，別有天地，極龍跳虎臥之奇，海涵地負之觀。《詞選》云：此喜君有恢復之志，而惜無賢臣也。－《大雅集》	○ ○	○ ○ ○
王沂孫〈齊天樂〉（碧痕初化池塘草）	未選	無評語	（誤我殘編，翠囊空嘆夢無準）二句亦寓言。（樓陰時過數點，椅欄人未睡，曾賦幽恨）拓成遠勢，過變中又一法。（漢苑飄苔，秦宮墜葉，千古淒涼不盡）可謂盤拏倔強矣。（已覺蕭疏，更堪秋夜永）繞樑之音。	雅鍊。感慨蒼茫，深人無淺語。「隔水」二語，意者其指帝昺乎？－《大雅集》	未選	○ ○ ○
王沂孫〈齊天樂〉（綠槐千樹西窗悄）	未選	此身世之感。	未選	言中有物，其指全太后祝髮為尼事乎？－《大雅集》	未選	○ ○ ○
王沂孫〈齊天樂〉（一襟餘恨宮魂斷）	無評語	此家國之恨。	此是學唐人句法、章法。「庾郎先自吟秋賦」，遜其蔚跂。（西窗過雨）亦排宕法。（銅仙鉛淚似洗）極力排盪。（病	合上章觀之，此當指清惠改裝女冠。「餘音」數語，想有感於「太液芙蓉」一闋乎？－《大雅集》	○ ○	○ ○ ○

				葉驚秋,枯形閱世,銷得斜陽幾度)玩其弦指,收裹處有變徵之音。(謾想薰風,柳絲千萬縷)掉尾不肯直洩,然未自在。	
王沂孫〈齊天樂〉(冷煙殘水山陰道)	未選	未選	未選	起語令人魂消。「黍離」、「麥秀」之怨,「國破山河在」,猶淺語也。「山色」六字,凄絕,警絕。—《大雅集》	未選	˙˙˙
王沂孫〈高陽臺〉(淺萼梅酸)	未選	無評語	未選	幽情苦緒,耐人尋味。—《大雅集》	未選	˙˙
王沂孫〈高陽臺〉(駝褐輕裝)	未選	無評語	未選	無評語—《大雅集》	未選	˙˙
王沂孫〈高陽臺〉(殘雪庭除)	此題應是梅花。此傷君臣晏安,不思國恥,天下將亡也。	無評語	《詩品》云:「反虛入渾,妙處傳矣。」(相思一夜窗前夢)點逗清醒。(江南自是離愁苦,況游驄古道,歸雁平沙)又是一層鉤勒。	無限哀怨,一片熱腸,反覆低迴,不能自已。以視白石之〈暗香〉、〈疏影〉,亦有過之無不及,詞至是,乃蔑以加矣。詞有碧山,而詞乃尊,以其品高也,古今不可無一,不能有二。詞法莫密於清眞,詞理莫深於少游,詞筆莫超於白石,詞品莫高於碧山,皆聖於詞者。上半敘遠游未還,是懸揣之詞。下半言歸來情事,是逆料之詞。《詞選》云:此傷君臣晏安,不思國恥,天下將亡也。又云:此題應是梅花。—《大雅集》	˙˙˙	˙˙˙˙
王沂孫〈慶清朝〉(玉局歌殘)	此言亂世尚有人才,惜世不用也。不知其何所指。	無評語	未選	低迴婉轉,姿態橫生。《小雅》怨悱不亂,此詞有焉。美成、少游,詞壇領袖也,所可議者,時有俚語耳。白石亦間有此病。故大雅一席,終讓碧山。《詞選》云:此言亂世尚有人才,惜世不用也。不知其何所指。—《大雅集》	˙˙	˙˙˙

王沂孫〈瑣窗寒〉（趁酒梨花）	未選	無評語	（數東風、二十四番，幾番誤了西園宴）幽咽如訴。（曾見，雙蛾淺）章法。（試憑他、流水寄情，遡紅不到春更遠）宕逸得未曾有，碧山勝處獨擅。	此詞絕似陳西麓，但骨韻過之。低徊宕往。－《大雅集》	未選	。。
王沂孫〈瑣窗寒〉（出谷鶯遲）	未選	未選	未選	警動。－《別調集》	未選	。。
王沂孫〈南浦〉（柳下碧粼粼）	未選	碧山故國之思甚深，托意高，故能自尊其體。	未選	寄慨處清麗紆徐，斯爲雅正。玉田以《春水》一篇得名，用冠詞集之首，以中仙此篇較之，畢竟何如？南宋詞家，白石、碧山，純乎純者也。梅溪、夢窗、玉田輩，大純而小疵，能雅不能虛，能清不能厚也。－《大雅集》	未選	。。
王沂孫〈花犯〉（古嬋娟）	未選	賦物能將人、景、情思，一齊融入，最是碧山長處。由其心細、筆靈、取徑曲、布勢遠故也。不減白石風流。	未選	幽索。得屈、宋遺意。－《大雅集》	未選	。。
王沂孫〈無悶〉（陰積龍荒）	未選	何嘗不峭拔？然略粗，此其爲碧山之清剛也；白石好處，無半點粗氣矣。	未選	無限怨情，出以渾厚之筆，令人攬擷不盡。「南枝」句中含譏刺，當指文溪、松雪輩。－《大雅集》	未選	。。。
王沂孫〈水龍吟〉（曉寒慵揭珠簾）	未選	無評語	未選	以清虛之筆，摹富豔之題，感慨沉至。一往哀怨。－《大雅集》	未選	。。
王沂孫〈水龍吟〉（世間無此娉婷）	未選	無評語	未選	碧山詠物諸篇，固是君國之感，時時寄託，卻無一筆犯複，字字貼切故也。就題論題，亦覺	未選	。。

				躊躇滿志。清眞、白石間有疵累語，至碧山乃一歸純正。善學者，首當服膺勿失。－《大雅集》		
王沂孫〈水龍吟〉(曉霜初著青林)	未選	無評語	未選	筆意幽冷，寒芒刺骨，其有慨於崖山乎？結得寂寞。－《大雅集》	未選	。。。
王沂孫〈水龍吟〉(翠雲遙擁環妃)	未選	未選	未選	寫出幽貞意者，亦指清惠乎？－《大雅集》	未選	。。
王沂孫〈綺羅香〉(屋角疏星)	未選	無評語	未選	精警。－《大雅集》	未選	。。
王沂孫〈綺羅香〉(玉杵餘丹)	未選	未選	未選	此詞亦有所刺。結亦有所寓。－《大雅集》	未選	。。
王沂孫〈三姝媚〉(蘭缸花半綻)	未選	無評語	未選	中有幽怨，涉筆意深。－《大雅集》	未選	。。
王沂孫〈掃花游〉(小庭蔭碧)	未選	傷盛時易去。「一別」句本應五字，減一字耳。紅友《詞律》未及是誤，忘檢校也。按：此類甚多，若依紅友，即應另列一體矣。	未選	寄託深婉。－《大雅集》	未選	。。
王沂孫〈埽花游〉(卷簾翠溼)	未選	刺朋黨日繁。	刺朋黨日繁。(亂碧迷人，總是江南舊樹)風刺。	未選	未選	未選
王沂孫〈埽花游〉(商飆乍發)	未選	未選	未選	前半隱括永叔〈秋聲賦〉，後半則自寫身世飄零之感。－《大雅集》	未選	。。
王沂孫〈埽花游〉(滿庭嫩碧)	未選	未選	未選	託體高遠。－《別調集》	未選	。。
王沂孫〈望梅〉(畫闌人寂)	未選	無評語	未選	寄慨往事。惓惓故國忠愛之心，油然感人，作少陵詩讀可也。－《大雅集》	未選	。。。

王沂孫〈天香〉（孤嶠蟠煙）	未選	未選	未選	王碧山詞，品最高，味最厚，意境最深，力量最沉；感時傷世之言，而出以纏綿忠愛，詩中之曹子建、杜子美也。詞人有此，庶幾無憾。「荀令」二語，必有所興，但不知其何所指。《詞選》云：碧山詠物諸篇，並有君國之憂。莊希祖云：此詞應爲謝太后作。前半所指，多海外事。－《大雅集》	未選	｡｡｡
王沂孫〈慶宮春〉（明玉擎金）	未選	未選	未選	淒涼哀怨，其爲王清惠作乎？－《大雅集》	未選	｡｡｡
王沂孫〈八六子〉（洗芳林幾番風雨）	未選	未選	未選	宛雅幽怨。－《大雅集》	未選	｡｡
王沂孫〈法曲獻仙音〉（層綠峨峨）	未選	未選	未選	高似孫〈過聚景園〉詩云：「翠華不向苑中來，可是年年惜露臺。水際春風寒漠漠，官梅卻作野梅開。」可謂淒怨。讀碧山此詞，更覺哀怨。－《大雅集》	未選	｡
王沂孫〈長亭怨慢〉（泛孤艇東皋過徧）	未選	未選	未選	感慨繫之。－《大雅集》	未選	｡｡
王沂孫〈青房竝蒂蓮〉（醉凝眸）	未選	未選	未選	結七字，淡而有味。－《大雅集》	未選	｡｡
王沂孫〈一萼紅〉（玉嬋娟）	未選	未選	未選	身世之感，君國之恨，一一如見。－《大雅集》	未選	｡｡｡
王沂孫〈一萼紅〉（思飄飄）	未選	未選	未選	託志孤高。－《大雅集》	未選	｡｡
王沂孫〈一萼紅〉（翦丹雲）	未選	未選	未選	深人無淺語。結寓意高遠。－《別調集》	未選	｡｡
王沂孫〈疏影〉（瓊妃臥月）	未選	未選	未選	碧山詠梅之作最多，篇篇皆有寓意，出入《風》、《騷》，高不可及。－《大雅集》	未選	｡｡｡
王沂孫〈更漏子〉（日銜山）	未選	未選	未選	無評語－《大雅集》	未選	｡｡
王沂孫〈醉落魄〉（小窗銀燭）	未選	未選	未選	宛麗中見幽怨。－《大雅集》	未選	、｡

王沂孫〈踏莎行〉（白石飛仙）	未選	未選	未選	無評語－《大雅集》	未選	、。
王沂孫〈聲聲慢〉（啼螿門靜）	未選	未選	未選	此篇以疏淡之筆，狀淒惻之情，絕有姿態。－《大雅集》	未選	。。
王沂孫〈摸魚子〉（洗芳林夜來風雨）	未選	未選	未選	中仙詞，惟此篇最疏快，風骨稍低，情詞卻妙。－《大雅集》	未選	。
王沂孫〈摸魚子〉（玉簾寒翠絲微斷）	未選	未選	未選	疏淡中見沉著，筆意自高。－《大雅集》	未選	、。
王沂孫〈如夢令〉（姜似春蠶抽縷）	未選	未選	未選	意有所興，總不作一淺語。－《別調集》	未選	、、、
王沂孫〈金盞子〉（雨葉吟蟬）	未選	未選	未選	碧山此調，與梅溪、夢窗、竹山所作互異，上半闋少一字，下半闋少兩字。「風急」當句絕，而文氣不順，姑以「沈」字句絕。紅友未見此詞，《詞律》中失證矣。－《別調集》	未選	、、、
張炎〈南浦〉（波暖綠粼粼）	未選	未選	未選	玉田詞，感時傷事，與碧山同一機軸。沉厚微遜碧山。其高者，頗有姜白石意趣。玉田以此詞得名，用冠集首。然此詞雖佳，尚非玉田壓卷，知音者審之。後半有所指而言，自覺深情綿邈。－《大雅集》	未選	。。
張炎〈憶舊游〉（看方壺擁翠）	未選	未選	未選	直是仙筆。古豔幽香，別饒感喟。－《大雅集》	未選	。、、
張炎〈憶舊游〉（記瓊筵卜夜）	未選	未選	未選	措語超脫而幽秀。－《大雅集》	未選	、。
張炎〈憶舊游〉（問蓬萊何處）	未選	未選	未選	後闋愈唱愈高，是玉田真面目。－《大雅集》	未選	。。
張炎〈憶舊游〉（記開簾送酒）	未選	無評語	未選	無評語－《大雅集》	未選	、。
張炎〈解連環〉（楚江空晚）	未選	無評語	（楚江空晚，恨離群萬里，恍然驚散）亦	未選	未選	未選

			是側入，而氣傷於儉。（寫不成書，只寄得、相思一點）攜李指痕。（想伴侶、獨宿蘆花）如話。（暮雨相呼，怕驀地、玉關重見）浪花圓跡，頗近自然。		
張炎〈探春〉（銀浦流雲）	未選	無評語	未選	未選	未選	未選
張炎〈高陽臺〉（接葉巢鶯）	無評語	無評語	運棹虛渾。玉田云：「最是過變不可斷了曲意。」（東風且伴薔薇住，到薔薇、春已堪憐）揩注是玉田，他家所無。（當年燕子知何處）章法。	淒涼幽怨，鬱之至，厚之至，似此真不減王碧山矣。－《大雅集》	、、、	、、、
張炎〈渡江雲〉（錦香繚繞地）	未選	無評語	未選	落落清超。－《大雅集》	未選	、、
張炎〈渡江雲〉（山空天入海）	未選	未選	未選	筆力雄蒼。一層緊一層。情詞淒惻。－《大雅集》	未選	、、、
張炎〈水龍吟〉（仙人掌上芙蓉）	未選	未選	未選	無評語－《大雅集》	未選	、。
張炎〈綺羅香〉（萬里飛霜）	未選	無評語	未選	情詞兼工，頗近淮海。－《大雅集》	未選	。。
張炎〈徵招〉（秋聲吹碎江南）	未選	未選	未選	無評語－《大雅集》	未選	、。
張炎〈清平樂〉（候蛩淒斷）	未選	無評語	未選	《絕妙好詞箋注》作「贈陸輔之家妓卿卿作」，後二句云：「可憐瘦損蘭成，多情應為卿卿」，殊病俚淺。茲從戈選《七家詞》本。－《大雅集》	未選	。

張炎〈甘洲〉（記玉關踏雪事清游）（即〈八聲甘洲〉）	未選	無評語	一氣旋折，作壯詞須識此法。白石嘤求稼軒，脫胎耆卿，此中消息，願與知音人參之。（一字無題處）顏詼詭。（有斜陽處，最怕登樓）不著屑沾。	蒼涼怨壯，盛唐人悲歌之詩，不是過也。「折蘆花」十字警絕。－《大雅集》	未選	。。。
張炎〈甘洲〉（記天風飛珮紫霞邊）	未選	未選	未選	精鍊。玉田警句極多，不可枚舉。然不及碧山處正在此。蓋碧山幾於渾化，並無警奇可喜之句令人悅目，所以爲高，所以爲大。－《大雅集》	未選	。。
張炎〈甘洲〉（聽江湖夜雨十年燈）	未選	未選	未選	無評語－《大雅集》	未選	。。
張炎〈壺中天〉（揚舲萬里）	未選	未選	未選	豪情壯采，如太原公子褐裘而來。《詞綜》作「落葉」，《詞選》作「綠葉」誤。「綠」字與「蕭蕭」字不聯屬，亦犯下「秋更綠」字。結句，眼前景，寫得奇警。－《大雅集》	未選	、。。
張炎〈湘月〉（行行且止）	未選	未選	未選	胸襟高曠，氣象超逸，可與白石把臂入林。－《大雅集》	未選	。。
張炎〈浪淘沙〉（香霧溼雲鬟）	未選	未選	未選	詞意凄怨，幽冷刺骨。－《大雅集》	未選	。。
張炎〈邁陂塘〉（愛吾廬傍湖千頃）	未選	未選	未選	亦凄婉，亦超逸，圓美流轉，脫手如丸。飄飄有凌雲之志，振衣千仞岡，無此超遠。－《大雅集》	未選	。。
張炎〈臺城路〉（朗吟未了西湖酒）	未選	未選	未選	字字洗鍊，而無斧鑿痕，此白石之妙也。－《大雅集》	未選	。。
張炎〈臺城路〉（扁舟忽過蘆花浦）	未選	未選	未選	滿眼是秋，卻云「無尋秋處」，警絕，奇絕。《詞綜》脫去「一色」二字，茲從戈選《七家詞》	未選	。。

				本。然去此二字，似更精警，惜於調不合。－《大雅集》		
張炎〈臺城路〉（薛濤箋上相思字）	未選	未選	未選	疏狂閒雅，眞可與白石老仙相鼓吹。「闊」字有精神。－《大雅集》	未選	◦◦
張炎〈臺城路〉（十年前事翻疑夢）	未選	未選	未選	起語魂銷。－《大雅集》	未選	、◦
張炎〈掃花遊〉（煙霞萬壑）	未選	未選	未選	風骨高騫，文采疎朗，直入白石之室矣。－《大雅集》	未選	◦◦
張炎〈聲聲慢〉（百花洲畔）	未選	未選	未選	哀感無盡，雅近中仙。－《大雅集》	未選	◦◦
張炎〈三姝媚〉（蒼潭枯海樹）	未選	未選	未選	語帶箴規，耐人尋味，便似中仙最高之作。－《大雅集》	未選	◦◦◦
張炎〈瑣窗寒〉（斷碧分山）	未選	未選	未選	措語琢鍊。無限痛惜。字字從性情流出，不獨鑄語之工。－《大雅集》	未選	◦◦
張炎〈長亭怨〉（記橫篷玉關高處）	未選	未選	未選	敘薊北一層，來勢蒼莽。微而多諷，結二語自明其不仕之志。－《大雅集》	未選	◦◦◦
張炎〈長亭怨〉（望花外小橋流水）	未選	未選	未選	無評語－《大雅集》	未選	◦◦
張炎〈西子妝〉（自浪搖天）	未選	未選	未選	景物蒼茫，出以雄秀之筆，固自不減夢窗。「殘山剩水」，《詞綜》作「遙岑寸碧」；「誰識」作「誰看」；「輕擲」作「輕把」。茲並從戈選本。－《大雅集》	未選	、◦◦
張炎〈春從天上來〉（海上回槎）	未選	未選	未選	後半極沉鬱。讀玉田詞者，貴取其沉鬱處，徒賞其一字一句之工，遂驚歎欲絕，轉失玉田矣。－《大雅集》	未選	◦◦
張炎〈疏影〉（柳黃未結）	未選	未選	未選	今昔之感，十分沉至。－《大雅集》	未選	◦◦
張炎〈疏影〉（黃昏片月）	未選	未選	未選	姿態橫生。－《大雅集》	未選	、◦
張炎〈臨江仙〉（翦翦春冰生萬壑）	未選	未選	未選	筆筆超脫。－《別調集》	未選	、◦

張炎〈祝英臺近〉（路重尋）	未選	未選	未選	點綴唐詩，用筆清超，無些子塵俗氣。－《別調集》	未選	、。
張炎〈探芳信〉（坐清晝）	未選	未選	未選	以退讓見高曠，襟懷自加人數等。－《別調集》	未選	。。
張炎〈瀟瀟雨〉（空山彈古瑟）	未選	未選	未選	哀怨沉痛，故國之思，溢於言外。－《別調集》	未選	。。
張炎〈月下笛〉（萬里孤雲）	未選	未選	未選	骨韻俱高，詞意兼勝，白石老仙之後勁也。－《別調集》	未選	。。
張炎〈虞美人〉（修眉刷翠春痕聚）	未選	未選	未選	情事宛轉連出。－《閑情集》	未選	、。
張炎〈長相思〉（去來心）	未選	未選	未選	無評語－《閑情集》	未選	。
李彭老〈木蘭花慢〉（折秦淮露柳）	未選	未選	未選	此詞絕有感慨。《絕妙詞選》中失載，見公謹《浩然齋雅談》。－《大雅集》	未選	。
李彭老〈清平樂〉（合歡扇子）	未選	未選	未選	有飛卿遺意。－《閑情集》	未選	、。
李彭老〈章臺月〉（露輕風細）	未選	未選	未選	鍊句。情詞並妙，筆意亦近方回。－《閑情集》	未選	、。
李彭老〈青玉案〉（楚峰十二陽臺路）	未選	未選	未選	詞以雅正爲貴，情爲物役，則失其雅正之音。似此頗近西麓手筆。－《閑情集》	未選	。
李萊老〈點絳唇〉（綠染春波）	未選	未選	未選	語亦雅秀。－《閑情集》	未選	。
翁元龍〈江城子〉（一年簫鼓疏鐘）	未選	未選	未選	詞勝骨韻亦勝。草窗稱：時可與夢窗爲親伯仲，作詞各有所長。今觀此詞，固可亞於夢窗。－《閑情集》	未選	。
翁元龍〈西江月〉（畫閣換粘春帖）	未選	未選	未選	精秀。－《閑情集》	未選	。
翁元龍〈朝中措〉（花情偏與夜相投）	未選	未選	未選	筆致甚別。－《閑情集》	未選	。
趙聞禮〈踏莎行〉（照眼菱花）	未選	未選	未選	周公謹《浩然齋雅談》謂：「《約月集》中，大半皆樓君亮、施仲山所作。此詞安知非他人者？」沉痛。－《閑情集》	未選	、。

黃公紹〈青玉案〉(年年社日停鍼線)	未選	無評語	未選	未選	未選	未選
練恕可〈齊天樂〉(蛻仙飛佩流空)	未選	無評語	未選	未選	未選	未選
唐玨〈齊天樂〉(蛻痕初染仙莖)	未選	無評語	未選	未選	未選	未選
唐玨〈水龍吟〉(淡妝人更嬋娟)	未選	無評語	「汐社」諸篇，當以江淹〈雜詩〉法讀之；更上，則郭璞〈游仙〉、元亮〈讀山海經〉。字字訣麗，學者取月，於此梯雲。(太液池空)開。(別有凌空一葉)推闡以盡能。(珠房淚溼)合。(奈香雲易散，綃衣半脫，露涼如水)一唱三嘆，有遺音者矣。	未選	未選	未選
趙希邁〈滿江紅〉(三十年前)	未選	未選	未選	粗豪中有勁直之氣。詞品不必高，而筆趣甚足。－《放歌集》	未選	。
李演〈賀新郎〉(笛叫東風起)	未選	未選	未選	淋漓怨壯。此何時也，而修名勝，侈聲妓，以為樂乎？想太守對之，應有慚色。《浩然齋雅談》：淳祐間，丹陽太守重修多景樓，高宴落成，一時席上皆湖海名流。酒餘，主人命妓持紅箋徵諸客詞。秋田詞先成，眾人驚賞，為之擱筆。－《放歌集》	未選	。。
翁孟寅〈摸魚兒〉(卷西風方肥塞草)	未選	未選	未選	壯浪縱恣。精壯頓挫。《浩然齋雅談》：賓暘嘗游維揚，時賈師憲開帥閫，甚前席之。其歸又置酒以餞，賓暘即席賦詞云云。師憲大喜，舉席間飲器凡數十萬，悉以贈之。－《放歌集》	未選	。。

文天祥〈大江東去〉(水天空闊)	未選	未選	未選	悲壯雄麗,並無叫囂氣息。－《放歌集》	未選	、。
鄧剡〈滿江紅〉(王母仙桃)	未選	未選	未選	情文根於血性,筆力亦與原作相抗。－《放歌集》	未選	。
汪元量〈鶯啼序〉(金陵故都最好)	未選	未選	未選	大聲疾呼,風號雨泣。－《放歌集》	未選	。。
汪元量〈長相思〉(吳山深)	未選	未選	未選	無評語－《別調集》	未選	。
莫崙〈摸魚兒〉(聽春教燕罌鶯訴)	未選	未選	未選	此詞以疊字、雙字見長,亦有佳致。－《別調集》	未選	
陳逢辰〈烏夜啼〉(月痕未到朱扉)	未選	未選	未選	無評語－《別調集》	未選	
王鼎翁〈沁園春〉(又是年時)	未選	未選	未選	故國之思,觸目皆淚。觀炎午〈上文山書〉,具見大節,真不愧信國弟子。－《放歌集》	未選	
蕭泰來〈霜天曉角〉(千霜萬雪)	未選	未選	未選	刻摯極矣,即詞可以見氣骨,但微少渾含耳。－《放歌集》	未選	
王清惠〈滿江紅〉(太液芙蓉)	未選	未選	未選	淒涼怨慕,和者雖多,無出其右。《東園友聞》謂:「此詞或傳昭儀下張琦英所賦」,然當時諸公和作俱屬昭儀,諒不誤也。－《放歌集》	未選	。。
吳激〈青衫溼〉(南朝千古傷心地)	無評語	未選	未選	未選	。。	未選
僧揮〈玉樓春〉(飛香漠漠簾帷暖)	未選	未選	未選	情詞哀豔,逼近小山。－《別調集》	未選	、。
上清蔡真人〈法駕導引〉(闌干曲)	未選	未選	未選	語極清麗,飄飄有仙氣。《夷堅志》云:陳東,靖康間嘗飲於京師酒樓,有妓倚欄歌此詞,音調清越,東不覺傾聽,其後有「鏗鐵板,閑引步虛聲。塵世無人知此曲,卻騎黃鶴上瑤京。風冷月華清」五句。問:「何人所製?」曰:「上清蔡真人詞也。」－《別調集》	未選	、。

葛長庚〈水調歌頭〉（江上春山遠）	未選	未選	未選	起十字有十一層。－《大雅集》	未選	。。
葛長庚〈酹江月〉（漢江北瀉）	未選	未選	未選	眞人詞一片熱腸，不作閑散語，轉見其高。－《別調集》	未選	、、。
葛長庚〈摸魚兒〉（問滄江舊盟鷗鷺）	未選	未選	未選	風流酸楚中，極清俊之致，出黃叔暘筆右矣。－《別調集》	未選	。。
葛長庚〈霜天曉角〉（五羊安在）	未選	未選	未選	筆力雄蒼。－《別調集》	未選	、、。
葛長庚〈賀新郎〉（且盡杯中酒）	未選	未選	未選	眞人〈賀新郎〉諸闋，大率多送別之作，情極眞，語極俊，既纏綿，又沉著。在宋人中，亞於稼軒，高於竹山。－《別調集》	未選	。。
葛長庚〈賀新郎〉（倏又西風起）	未選	未選	未選	一波三折。蒼涼悲壯，情味無窮。－《別調集》	未選	。。
葛長庚〈賀新郎〉（謂是無情者）	未選	未選	未選	眞人詞，最工發端。此篇低徊反覆，情至文亦至，絕唱也。－《別調集》	未選	。。。
乩仙〈憶少年〉（淒涼天氣）	未選	未選	未選	「依舊」二字倒用，甚雋。－《別調集》	未選	。。
舒氏〈點絳唇〉（獨自臨池）	未選	未選	未選	兩「年時」字，一自寫一寫趙，兩兩對照，不勝凄感，何物老傖思令佳偶離絕耶！《夷堅志》云：彥齡，元祐中樞密彥霖弟也，善爲詞曲，妻舒亦工篇翰。而婦翁本出武列，彥齡頗失禮於翁，翁怒，邀其女歸，竟至離絕。女在父家，偶獨行池上，懷其夫，仍作此詞。－《別調集》	未選	。
無名氏〈眉峰碧〉（蹙破眉峰碧）	未選	未選	未選	一本作「分明葉上心頭滴」。增一「明」字，不獨於調不合，且使「分」字精神全失，並「葉上」二字亦屬贅疣矣。《玉照新志》：裕陵親書其後：「此詞甚佳，不知何人所作。」－《大雅集》	未選	。

無名氏〈九張機〉（一張機）	未選	未選	未選	《九張機》字字芊雅，凄婉欲絕之妙，古樂府也。《詞綜》刪存七首，今就兩篇摘錄十一首，不啻窺全豹矣。－《大雅集》	未選	○ ○ ○
無名氏〈九張機〉（兩張機）	未選	未選	未選	無評語－《大雅集》	未選	○ ○ ○
無名氏〈九張機〉（三張機）	未選	未選	未選	刺在言外。－《大雅集》	未選	○ ○ ○
無名氏〈九張機〉（四張機）	未選	未選	未選	言外有無窮凄感，詞之可以怨者。－《大雅集》	未選	○ ○ ○
無名氏〈九張機〉（五張機）	未選	未選	未選	低迴宛轉，意殊忠厚。－《大雅集》	未選	○ ○ ○
無名氏〈九張機〉（六張機）	未選	未選	未選	宛雅流麗，淺處亦耐人思。－《大雅集》	未選	○ ○ ○
無名氏〈九張機〉（七張機）	未選	未選	未選	苦心密意，不忍卒讀。詞至「九張機」，高處不減《風》、《騷》，次亦〈子夜〉、〈怨歌〉之匹，千年絕調也。－《大雅集》	未選	○ ○ ○
無名氏〈九張機〉（八張機）	未選	未選	未選	凄斷。－《大雅集》	未選	○ ○ ○
無名氏〈九張機〉（九張機）	未選	未選	未選	「雙花」七字，何等親切。「從頭」三句，更慎重，可以觀，可以怨。－《大雅集》	未選	○ ○ ○
無名氏〈九張機〉（輕絲魯床）	未選	未選	未選	歡樂語中含凄感。－《大雅集》	未選	○ ○ ○
無名氏〈九張機〉（春衣素然）	未選	未選	未選	搖落堪怨。我讀之於邑累日。此章最沉痛。千古孤臣孽子、勞人思婦讀之，皆當一齊淚下。似為貶節者言之，觀次句可見。以下言何況又加以塵污也。凄涼怨慕，不堪再誦。〈九張機〉全是寄怨之作，其〈緣起〉云：醉留客者，樂府之舊名；〈九張機〉者，才子之新調。憑憂玉之情歌，寫擲梭之春怨。章章寄恨，句句言情。詩云：「一擲梭心一縷絲，連連織就九張機。從來巧思知多少，苦恨春風久	未選	○ ○ ○

			不歸。」可知其寄意矣。〈九張機〉純是《騷》、《雅》變相，詞至是已臻絕頂，雖美成、白石亦不能爲也。〈九張機〉自是逐臣棄婦之詞，怨怨無端，令人魂斷。－《大雅集》		
無名氏〈調笑〉集句（千里）	未選	未選	未選	無評語－《大雅集》	未選	、、
無名氏〈鷓鴣天〉（宣德樓前雪未融）	未選	未選	未選	劉興伯云：上元詞十五首，備述宣政之感，非想像者所能道，當與《夢華錄》並行也。結二語，隱含諷意，得風人之正。－《大雅集》	未選	。。
無名氏〈綠意〉（碧園自潔）	此傷君子負枉而死，蓋似李綱、趙鼎之流。「回首當年漢舞」云者，言其自結主知，不肯遠引。結語喜其已死，而心得白也。	《詞綜》列入無名氏。記見一本作夢窗詞，今忘其何本矣。仍列此，不入夢窗後。「但剩」原本作「喜淨」。	未選	《詞選》云：此傷君子負枉而死，蓋似李綱、趙鼎之流。「回首當年漢舞」云者，言其自結主知，不肯遠引。結語喜其身已死而心得白也。－《大雅集》	。	。。
無名氏〈念奴嬌〉（鮑魚腥斷）	未選	未選	未選	龍吟虎嘯，勁氣直前。結得悲壯。－《放歌集》	未選	、。。
無名氏〈西江月〉（記得洛陽話別）	未選	未選	未選	水逝雲卷。－《放歌集》	未選	。。
無名氏〈楊柳枝〉（簌簌花飛一雨殘）	未選	未選	未選	「回首夕陽紅盡處，應是長安」。張詞以沉著勝，此詞以宛雅勝。－《別調集》	未選	。。
無名氏〈烏夜啼〉（都無一點殘紅）	未選	未選	未選	情詞淒豔，後主嗣響。一作五代詞。－《別調集》	未選	、。。
無名氏〈烏夜啼〉（一彎月挂危樓）	未選	未選	未選	是用後主原韻，措語自佳，意味稍薄，正坐情未到極處耳！－《別調集》	未選	、、、
無名氏〈秦樓月〉（煙漠漠）	未選	未選	未選	爲秦皇、漢武猛下一鍼。－《別調集》	未選	、。
無名氏〈秦樓月〉（秋寐寐）	未選	未選	未選	無評語－《別調集》	未選	、。

無名氏〈風光好〉（柳陰陰）	未選	未選	未選	旅情如畫。口頭語便成絕妙好筆。－《別調集》	未選	。
無名氏〈生查子〉（閒倚曲屏風）	未選	未選	未選	屏去浮豔，純用白描，往復纏綿，情味無盡。－《閑情集》	未選	。。
無名氏〈踏莎行〉（碧蘚迴廊）	未選	未選	未選	為元人諸曲借徑。－《閑情集》	未選	。
無名氏〈玉瓏璁〉（城南路）	未選	未選	未選	筆意生動。《能改齋漫錄》：近有士人嘗於錢塘江漲橋為狹斜之游，作此詞。其後朝廷復收河南，士人陷而不返。其友作詩寄之，且附以龍涎香。詩云：「江漲橋邊花發時，故人曾共著征衣。諸君莫唱橋南曲，花已飄零人不歸。」士人在河南得詩，酬之云：「認得吳家心字香，玉窗春夢紫羅囊。餘薰未歇人何許，洗破征衣更斷腸。」－《閑情集》	未選	。。
無名氏〈鷓鴣天〉（鎮日無心掃黛眉）	未選	未選	未選	深情入骨。「天雨粟，鬼夜哭」矣。語不深而情深，千古離別之詞，以此為最。－《閑情集》	未選	。。。
無名氏〈點絳唇〉（蹴罷鞦韆）	未選	未選	未選	情態如畫，微傷莊雅。－《閑情集》	未選	。
無名氏〈琴調相思引〉（膽樣瓶兒幾點春）	未選	未選	未選	宛約得唐、五代遺意。－《閑情集》	未選	。。
無名氏〈眼兒媚〉（蕭蕭江上萩花秋）	未選	未選	未選	緊峭。－《閑情集》	未選	、、
無名氏〈謁金門〉（山無數）	未選	未選	未選	癡情奇想，用筆亦精警。－《閑情集》	未選	。。
無名氏〈謁金門〉（休只坐）	未選	未選	未選	一味樸直，似粗實精，此境不易到，亦不必學也。－《閑情集》	未選	。。
無名氏〈小重山〉（鼓報黃昏禽影歇）	未選	未選	未選	神在箇中，情餘言外。－《閑情集》	未選	。。
合計	116首	239首	92首	1029首		

附錄二　清代常州派四部詞選評點唐宋詞書影

一、張惠言《詞選》，清道光十年宛鄰書屋刻本，《續修四庫全書》本。

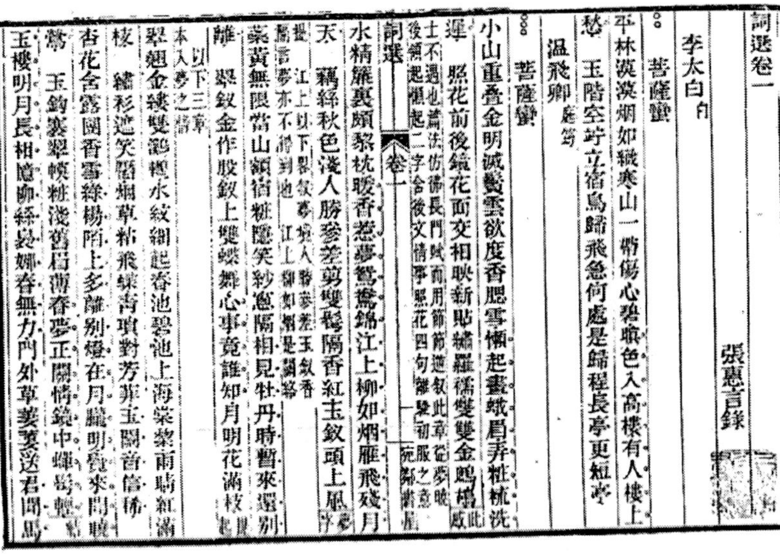
詞選卷一
張惠言錄
李太白 白
菩薩蠻
平林漠漠烟如織寒山一帶傷心碧暝色入高樓有人樓上愁　玉階空佇立宿鳥歸飛急何處是歸程長亭更短亭
溫飛卿 庭筠
菩薩蠻
小山重疊金明滅鬢雲欲度香腮雪懶起畫蛾眉弄粧梳洗遲　照花前後鏡花面交相映新貼繡羅襦雙雙金鷓鴣
此感士不遇也篇法仿佛長門賦而用節節逆敘此章從夢曉後領起懶起二字含後文情事照花四句離騷初服之意
詞選　卷一　宛鄰書屋
水精簾裏頗黎枕暖香惹夢鴛鴦錦江上柳如烟雁飛殘月天　藕絲秋色淺人勝參差剪雙鬢隔香紅玉釵頭上風
夢
江上以下略敘夢境人勝參差玉釵香隔言夢亦不得到也　江上柳如烟是關絡
蘂黃無限當山額宿粧隱笑紗窗隔相見牡丹時暫來還別離　翠釵金作股釵上雙蝶舞心事竟誰知月明花滿枝
以下三章本入夢之情
翠翹金縷雙鸂鶒水紋細起春池碧池上海棠梨雨晴紅滿枝　繡衫遮笑靨烟草粘飛蝶青瑣對芳菲玉關音信稀
杏花含露團香雪綠楊陌上多離別燈在月朧明覺來聞曉鶯　玉鉤褰翠幕粧淺舊眉薄春夢正關情鏡中蟬鬢輕
玉樓明月長相憶柳絲裊娜春無力門外草萋萋送君聞馬

二、周濟《宋四家詞選》，清光緒潘祖蔭輯刊《滂喜齋叢書》
　　本。

只一句化去町畦

不須刻畫看其由無情蘊入結意厚薄頗與華往復處

客中送客第四卷字代行者說想四下不拼是景低是景低似閒婉雅舊詫蓋字慈肆無紀勾

周邦彥字美成錢塘人

瑞龍吟

章臺路還見褪粉梅梢試花桃樹愔愔坊陌人家定巢燕子歸來舊處
黯凝竚因記箇人癡小乍窺門戶侵晨淺約宮黃障風映袖盈盈笑語
前度劉郎重到訪鄰尋里同時歌舞唯有舊家秋娘聲價如故吟箋賦筆
猶記燕臺句知誰伴名園露飲東城閒步事與孤鴻去探春盡是傷離情
緒官柳低金縷歸騎晚纖纖池塘飛雨斷腸院落一簾風絮

蘭陵王　柳

柳陰直烟裏絲絲弄碧隋堤上曾見幾番拂水飄綿送行色登臨望故國
誰識京華倦客長亭路年去歲來應折柔條過千尺　閒尋舊踪跡又酒
趁哀絃燈照離席梨花榆火催寒食愁一箭風快半篙波暖回頭迢遞便
數驛望人在天北　悽惻恨堆積漸別浦縈迴津堠岑寂斜陽冉冉春無
極念月榭攜手露橋聞笛沈思前事似夢裏淚暗滴

鑪窗寒　寒食

三、譚獻《譚評詞辨 附介存齋論詞雜著》，線裝書，1920年版。

周氏止庵詞辨卷一

仁和譚復堂先生評　　徐　珂仲可　　三　多六橋校刊

趙逢年伯英

菩薩蠻　　溫庭筠

小山重疊金明滅，鬢雲欲度香腮雪。懶起畫蛾眉，弄妝梳洗遲。

照花前後鏡，花面交相映。新貼繡羅襦，雙雙金鷓鴣。

水精簾裏頗黎枕，暖香惹夢鴛鴦錦。江上柳如烟，雁飛殘月天。

藕花秋色淺，人勝參差剪。雙鬢隔香紅，玉釵頭上風。

玉樓明月長相憶，柳絲裊娜春無力。門外草萋萋，送君聞馬嘶。

畫羅金翡翠，香燭銷成淚。花落子規啼，綠窗殘夢迷。

四、陳廷焯《詞則》，上海古籍出版社，1984 年 5 月版。

詞則

大雅集卷四

丹徒亦峯陳廷焯選評

宋詞

王沂孫字聖與號碧山又號中仙會稽人　有碧山樂府二卷一名花外集

王碧山詞品最高味最厚意境最深力量最重沈鬱頓挫中……

天香

○○○天香

孤嶠蟠煙層濤蛻月驪宮夜採鉛水訊遠槎風夢深薇露化作斷魂心字紅甆候火還乍識冰環玉指一縷縈簾翠影依稀海天雲氣

幾回殢嬌半醉翦春燈夜寒花碎更好故溪飛雪小窗深閉荀令如今頓老總忘卻尊前舊風味謾惜餘薰空篝素被篇中選云碧山詠物諸篇……

薛礪若祖云此詞運意高遠……指多海外事

荀令二語石有所興但不……兑其……